U0135643

VISTA
PUBLISHING

VISTA
PUBLISHING

# 璀璨的明珠

## 林煥彰童詩研究

楊麗珠／著

# 目次

# 我正在讀這本書

## ——半工半讀的碩論

### 0.

喜歡詩、喜歡文學、喜歡藝術，
讓我找到了人生的方向，也讓我學會了
自己當自己的老師；
我一輩子都在學習，也在教我自己……

### 1.

要寫這篇〈推薦序〉，對我是極大挑戰和考驗；我從未寫過這類文字；這本書，是碩士論文，研究我的童詩，以我長達五十年所寫、已出版的部分，約六百餘首，作為研究文本，自然我應該迴避，我沒能推辭又沒迴避，作為當事人，我推辭過，可又不夠絕情；我應如何跳出、純粹作一個客觀的讀者，欣賞它，讀它寫它，寫出我忠於這本

書的優點與成就的讀後感，寫出我內心真摯的感動，感佩
和祝賀？

　　這是極大的煎熬，

　　已熬過了好多日和夜……

2

　　首先，我確確實實的克服了，我得閱讀近三十萬字、
扎扎實實的這部論文及其所相關的內容，是超過我向來的
閱讀能力和閱讀耐力，能順利專注在極短時間內讀完，是
我從未有過的閱讀紀錄；因為這本書，的確是極吸引我
的……

　　從 2002 年，最早以我的詩作為碩士論文研究的，是
陳春玉老師（小學）所完成的相關學位開始，迄至目前為
止，碩博士論文已達下列近十篇：

（1）《林煥彰童詩研究》（陳春玉碩士論文／台東師範學
　　　院兒童文學研究所，2002.06）

（2）《台灣詩人林煥彰詩研究》（韓國鄭美華碩士論文／
　　　韓國外國語大學校大學院中語中文學科，2011）

（3）《林煥彰現代詩研究》（蔡馨儀碩士論文／高雄師範

大學國文學系國文教學碩士，2012）

(4) 《林煥彰童詩創作研究》（王耀梓碩士論文／高雄師範大學國文學系國文教學碩士，2012）

(5) 《林煥彰兒童詩語言風格特色研究》（陳尚郁碩士論文／台北市立教育大學中國文學系碩士，2015）

(6) 《詩中有「道」畫亦有「話」——林煥彰「詩畫集」系列作品之書寫特色與藝術美趣探析》（盧昌昊碩士論文／台北大學中國文學系碩士，2022）

(7) 《台灣詩人林煥彰研究》（蔡志堅博士論文／福建漳州閩南師範大學，2023）

(8) 《林煥彰童詩研究》（楊麗珠碩士論文／新竹清華大學中國語文學系碩士，2023）

　　以上大多碩士論文研究者，在未完成研究論文之前，幾乎我們都不相認識，甚至有兩三位至今我都還沒見過，但對他們我一直是心存感佩和感激；由於他們的關注，對我的鼓勵、默默轉化成孜孜不倦、繼續寫作的毅力，讓我能夠有自覺的必須更認真為兒童寫詩，是最最珍貴的潛在動力……，我是最大的受益者。

### 3.

　　個人從事書寫的文類，以詩為主；成人詩、兒童詩，

始終如一，從未改變；並長年養成、可以走到哪寫到哪，六十多年來，幾乎已是詩壇文壇朋友都會注意到，包括兩岸四地及海外華文文壇，都會認同。甚至於中小學教育界的教師們，都關注到；從 1993 年起，新加坡政府教育主管單位、率先選用我的童詩，作為華語深度教材、編入小學課本，之後就陸續走進各地、收入中小學語文課本裡，普受關注；尤其中國大陸 2001 年選用〈影子〉這首童詩，收入小學一年級語文課本，每學年五六千萬學童必讀，對我從事為兒童寫詩，激勵更大；我的創作量，也隨之逐年增加，近年每年還多達四五百首，童詩約佔三分之二。

### 4.

此時，我正在讀的這本書，不是讀我自己；是它和我有極大關係，把我為兒童寫的詩，超過半個世紀，在台灣、大陸已出版的作品，做了全面性研究分析，楊老師是第一位，是極不容易的事，但我要說的是，作者所下的功力和研究成果，是遠遠超出我的想像，我自己為兒童寫詩所投注的精力和成就；是遠遠不到她的十分之一；而這本書的作者楊麗珠老師能夠克服種種困難，又超前完成，我是萬分敬佩和感激；近日，我由臉書得知，她擔任教職：從小學到高中，已逾三十年，可說是極資深的教師，且又有遠大理想和規劃，創辦了從幼兒、小學到中學的學校，無疑

就是一位有遠大理想的教育家。在這同時，我還側面獲得，她已在進行博士學位的研究，有更遠大的學術成果值得期待和分享。


## 5.

　　作為一個詩的寫作者，我本是很單純的；對於詩的寫作，我從未有設定我要寫什麼題材或主題，一向想到什麼我就寫什麼；主要自己認為有興趣、有意義、值得寫的，可與有共同興趣的讀者分享，我就用心投入，寫下自認為有意義的詩，可完成自己心中的理念，就是我寫作的終極目標；個人秉持的人生向上、向善的理念和意義，就是我最大的目的。

　　從這本論文著作，作者用心設定的每個章節，我細讀之後，我是十分敬佩和感動的；楊老師完成這部著作，她悉心研究，有學理有系統而清晰的分析、歸納，我才忽然回頭、省視自己過去懵懵懂懂寫了些什麼，而後又應該繼續再寫些什麼，又該如何更認真創作；從她七大章節中，所呈現的珍貴研究成果，我更相信在詩文學創作、欣賞和教學，在個個領域裡，我也學到了一個從事文學寫作者，可以更清楚明瞭自己的走向，也同時必定會更多有共同志趣的學者專家，必然會發現其中有不少值得探討、研究和分享的意義。

林煥彰童詩研究
崔榮明珠

總之，我個人是第一個最大的受益者，十分期待有更多人分享，和我一樣獲得好處；這是我忠實的讀後感，也是無私的想法，是最大的願望……


（2023.04.21 07：39 九份半半樓）

2020 年 12 月 12 日，作者於台北國圖地下室〈詩篇〉咖啡館，第二次訪談林煥彰老師，於簽名牆前合影。

# 《璀璨的明珠》

# 留美名於學林

　　2021 年，楊麗珠報考我的博士生，當年報我名下的台生四位，只有楊麗珠和吳陽林兩位上線被錄取。閩南師大博士招生，實行招、考 「分離」，即招生的老師不出卷，出卷的老師不改卷。2022 年，三位台生來報考，全軍覆沒。麗珠能被錄取，說明她的專業基礎知識還是相當不錯的。

　　麗珠接到錄取通知書時，疫情正熾，兩岸往來幾乎中斷。兩年多的時間，師生之間只能隔岸通話，或者在上課時線上打照面。每次上課，我都大聲喊上一句：「麗珠，你能聽到嗎？」視屏那邊，傳來她爽朗的聲音：「報告老師，麗珠聽到了。」同時，她也沒忘記和同學問個安，打個招呼。雖然隔著一道海峽，線上的教學互動，仍然可以感受到她的熱情和對學業執著的追求。

　　麗珠本科在台灣政治大學讀外交學，工作數年後進入新竹清華大學讀語文碩士班。她的碩士論文研究的是林煥彰兒童詩，答辯得了高分，獲得很好的評價。她的指導教

／陳慶元

授丁威仁先生和答辯老師，鼓勵她將論文修改後交出版社出版。學生有書出版，我當然很高興。清樣出來之後，麗珠請我為她這本《璀璨的明珠——林煥彰童詩研究》作序。我曾許諾過學生，只要有書請序，必定效力。我為學生作的序，之前沒有一篇是碩士論文，這是第一篇。《璀璨的明珠——林煥彰童詩研究》這部書的意義，有兩個方面，首先是分量足夠，碩士論文少則三至五萬字，多者不過十來萬，而此全書卻多達二十餘萬字；其次是有較高的學術水準，出版社接受碩士論文很罕見。

林煥彰先生，台灣宜蘭人，作家、詩人，六十年來筆耕不輟，出版的著作有四、五十種，而且大半是兒童文學、兒童詩，其作品已經被譯成英、日、德、法等文字，影響相當廣泛。林先生的兒童文學在華人社會中具有很高的知名度，更為大陸讀者所熟悉。早在上世紀八十年代，林先生就帶領臺灣兒童文學作家來到福建交流訪問，開啟兩岸兒童文學交流的管道。大陸多家出版社出版許多林先生的著作，有的著作還榮獲陳伯吹兒童文學獎、冰心兒童圖書新作獎。2001 年，林先生的《影子》一詩被編入大陸小學一年級語文課本，家喻戶曉。麗珠選擇林煥彰先生的兒童詩作為她的碩士論文，固然出於她的童心未泯，更出於對林先生的敬仰。

問題是，在麗珠研究林煥彰先生兒童詩之前，以林煥彰兒童文學為題的碩博士論文至少已經有七篇，其中兩岸碩博士論文六篇，韓國外國語大學碩士論文一篇。碩博士生論文選題，我有一個基本的原則，即如果選他人已經做過的選題，至少應當具備以下三個條件之一：發現較重要的新資料，論文呈現新面貌；論文有新觀點，且能自圓其說；論述全面深入，足以超越前人格局。如果做不到，就不宜選。麗珠此書突破前人，在林煥彰兒童詩研究方面堪稱代表，全面、深入，而且有自己的心得體會，林煥彰先生讀後連聲叫好。林序在前，諸位不妨仔細閱讀，茲不贅述。

　　麗珠的博士論文已經進入選題的階段。閩南師大作為一個博士培養單位，2012 年獲批的是一個博士項目而不是學科博士點（中國語言文學一級學科博士點獲批於 2022 年），博士項目的名稱叫「閩南文化與兩岸交流研究博士人才培養項目」，下設四個方向，我所在的方向是「閩南文獻與海疆文化」。這個方向和我在福建師範大學中國古代文學博士點、文獻學博士點不太一樣。我在福建師大指導的數十篇論文全都與「古」字有關，港臺生、國外留學生也無一例外。閩南師大就不太一樣了，這個方向可古可今，後來增補的博導也有專攻現當代文學的教授。所以，我指導的學生也就開始出現台灣現當代文學的選題。我對家鄉金門情有獨鍾，關注過金門當代文學，所以要選台灣現當代，遂往金門文學的方向引導。我和麗珠討論過幾次選題，一直定不下來，後來發現她對兒童詩已經達迷戀的

境界，來大陸求學之後，又深感大陸兒童詩的創作十分豐富，大有可為，今後選題方向便圈定在兩岸童詩的範圍。童詩，是我不熟悉的領域，只能走一步看一步，隨之起舞，或許能做到教學相長？

序文開頭，我說 2021 年我錄取兩位台籍博士生：楊麗珠和吳陽林。誰也猜不著吳陽林竟然是她的兒子，事前我也不知道。我招了三十多年的博碩士生，有兩對是姐妹，有三對是夫妻（其中一對同一年考上博士），卻沒有父子、母子檔。麗珠、陽林母子同時入學，不僅在同門中傳為佳話，在閩南師大也傳為美談。麗珠不僅自已勤勉向學，也影響了陽林。我當然也期待。麗珠與陽林能如期完成學位論文、同時答辯、同時畢業，留美名於學林，也留美名於閩南師範大學。

2023 年 6 月 18 日

2023 年 6 月 21 日，作者返回福建漳州閩南師範大學，於閩南文化學院前，與陳慶元教授合影。左一為作者次子陽林。

# 從主題裡拓出新境——
# 序麗珠《林煥彰童詩研究》

　　我一直覺得要完整呈現一位仍健在前行代詩人的生命歷程，同時還要藉此對應其詩作的發展軌跡，若仍要加上作為研究者的美學評價，是一件相當困難的事。研究者一方面要透過各種資料的爬梳，再輔以對於詩人的最新訪談，勾稽出詩人的生平；一方面又得閱讀詩人所有的詩作，並將這些作品透過歷時性的分期，或是共時性的分類置入詩人的生命階段裡，產生對應（或對映），而又必須在其中分辨哪些詩作可能具有本事，哪些詩作可能必須純粹討論或分析文本，又得對詩人訪談的內容採取策略性的思考與融通（不能盡信之），如何使用訪談內容於研究論述之中，採取什麼樣的方法與視野，這些諸多操作，的確都考驗著研究者的思維與辨析能力，因此並非易事。

　　更艱難的恐怕在於研究者的美學思維，研究者本身或許已有自身對於詩的美學標準，而被研究的詩人也會有詩作文本在美學上的變化歷程（簡單來說就是詩作的優劣），

倘若涉及這個部分，就必須進入研究者對於詩人詩歌文本的美學評價（必須說有些詩人的詩作美學價值不高，但社會價值高），而要評價一位詩人的位置，到底是否必須討論文本的美學呈現（究竟是不是詩，或者說是不是完成度高的詩等等）？若論述不涉及詩人創作文本的美學判斷，選擇從主題切入研究，或許可以避開這個不易面對，也容易引起爭議的問題。

　　就上述角度觀察，《林煥彰童詩研究》是一本以主題分類，深入探討臺灣童詩作家林煥彰的著作，作者楊麗珠是我的碩士班指導生，這一本書的前身其實是麗珠的碩士論文，當時在三位口試委員均給予高分的情況下，也鼓勵麗珠尋求出書的機會，也非常感謝遠景葉麗晴社長，能夠給予麗珠這個機會，進行修改與調整，以嶄新的面貌呈現他對詩人林煥彰童詩的全面關懷，在全書中透過對詩人的生平、創作理念、詩觀等方面的分析，進行查考與討論，再從主題的角度進行詩作分類，對其童詩中所呈現出來的親情、自然生態、教育理念和社會關懷等主題的做深度的爬梳與解析，從他的論述中不僅能看到詩人林煥彰的生命情態與童詩特色，更藉著這個研究勾勒出一幅臺灣兒童詩的發展脈絡與圖景。

　　其實對於詩人林煥彰作品的相關研究，在麗珠之前的

碩博士學位論文，已近十本，較早的是在民國九十年，較近的則是民國一一〇年，研究的主題從童詩、現代詩到詩畫集等等，尤其是童詩是較多的研究主軸，所以麗珠要如何能在前行研究中拓展出新的可能，是一件相對不易之事。但在指導過程中，我深深感受到了麗珠對於臺灣兒童文學與詩歌發展和詩人林煥彰之間交錯關係的研究興趣與能量，她通過細膩入微的分析和觀察，透過主題研究的分類思維，關注到林煥彰在其童詩創作中所表現的豐富情感和思想底蘊。例如，在書中提到林煥彰的親情主題書寫，認為他通過細膩真摯的筆觸，描繪出親人對他成長過程中的影響和支持，以及親情的溫暖和力量。

此外，麗珠對林煥彰在其童詩中所呈現出來的自然生態、教育理念和社會關懷等主題進行深入探討。在自然生態方面，通過對林煥彰的鳥獸、昆蟲和植物類的童詩進行討論，認為詩人對於自然生態有著高度的關注和尊重，想要透過童詩讓下一代能夠儘早培養生態與環保思維。另外在教育理念和社會關懷方面，麗珠則通過對林煥彰先生的積極行動派教育觀的論述，強調詩人對於教育和社會都有透過童詩的書寫，呈現內在的想法與關注，在在可見林煥彰的童詩具備主題的多元性。

另外，按作者的研究內容，認為林煥彰的童詩具有生命療癒性，麗珠說：「他的作品常常透過兒童的視角和另類、反轉的思維來書寫，擅長把一些生活上的奇思怪想透過淺顯易懂、口語化的語詞轉化成意象，讓閱讀者在閱讀

後產生共鳴和釋懷。」這樣的觀察不僅充分詮釋了詩人林煥彰的童詩特點，更將林煥彰的詩作放在「療癒」的位置上，認為詩人的創作不僅是激昂讀者閱讀的情感，更重要的在於讓讀者，尤其是兒童能夠透過他的童詩，產生內化的啟蒙與情緒的相通，同時能讓孩子透過讀詩而生起生命的療癒，啟發讀者對生命和世界的思考。

新歷史主義批評家認為應該將歷史的考辨置入人文研究之中，認為文學與歷史之間不僅相互聯繫，同時互文，一方面文學是大型文化網絡中的一個結構體，所以必須分析文學與其他範疇，譬如政治、經濟、權力等相互作用之關係，倘若把這個觀點放在詩人生命史、詩學發展史與文化背景大歷史的三角習題裡觀察，三者之間的對話才構成了對詩人與其詩的深度研究。

對於麗珠而言，我更期待的是他未來能夠把林煥彰的生命史和其童詩的書寫置入於台灣戰後的文化脈絡之中進行考察，或許在這樣的考察之中，可以發現詩人林煥彰在童詩書寫題材上的轉移與變化代表著什麼樣的選擇與意義，又或許可以觀察詩人的意識形態、族群認同與其跨國的移動，有沒有任何的特定思維？而這樣的思考是否也影響了他近期的創作，而其具備社會性的詩作是否也反映了他的認同選擇？更進一步說，倘若我們觀察林煥彰從過去到現在詩集出版的地點，他所獲得的褒獎與表揚，似乎也能觀察到一些可以進一步論述的焦點。

身為麗珠的指導教授，對麗珠未來的研究頗為期待，

這本《林煥彰童詩研究》是值得一讀的好書，它不僅深入探討了臺灣兒童文學發展史中的一位重要詩人的價值與位置，同時深刻地分析其童詩中呈現的豐富情感和思想內涵，在詩人與詩的交錯對應之下，透過主題作為研究的分類，讓讀者能夠更深刻地理解詩人林煥彰的詩作特色，也能更為了解臺灣兒童文學的發展脈絡和特點。我相信，這本書不僅是探討林煥彰的童詩書寫，更同時能啟發讀者對於童詩的理解、熱愛和創作熱情。

2021 年 3 月 23 日，作者參加恩師丁威仁老師的《編年台北》新書發表簽名會，於台灣清華大學合影。

壹

緣起

隨著時代巨輪的推展，筆者身為一個在教育領域耕耘多年的教育工作者，在教學領域跨近三十年，和不同世代與不同年齡層學生相處與互動歷程，深深感到：我們想教給孩子越多這個世界的真善美，希望他們能過得比前一代更幸福、更具備改變這個世界的力量，但卻常常很無奈的發現：美好生活與命運的垂青於他們，似乎連多一分都是那麼的不容易。沒有感受到自我的存在，實現自我的價值，自然無法發現何為真善美，又遑論成為承接世界美好的新苗呢？

　　前兩年在美國表態參選角逐 2020 年總統大選的名單，赫然出現首位亞洲臉孔－－美籍華裔的參選者：楊安澤 (Andrew Yang)。楊安澤的父母皆在台灣受教育與培養出來，移民到美國的台灣人。而儘管楊安澤在美國主流媒體很不被看好，最後竟跌破輿論名嘴的眼鏡，一舉跨過民調門檻，日前在 2020 年 6 月，他以黑馬之姿站上黨內初選辯論舞台。令人關注的是：他的選舉核心口號之一是「人性優先」（Humanity First）。

　　楊安澤認為：所謂的「人性優先」（Humanity First）就是「人本資本主義」(Human Capitalism)，核心為：人的價值比金錢更重要，以及經濟發展的目的是以創造「人」為核心，而非以「錢」為核心。這個概念呈現的是：不管是在目前居世界領導龍頭的美國，或是在我們居住的台灣，人們過度於物質生活不虞匱乏的追求，無心於精神層次提升的結果是內心世界的空虛匱乏，汲汲於財富增加，財富是增加了，但卻越來越看不到身邊與我們朝夕相處的人事物。原本存在人性中，溫暖的心漸漸冷卻與僵化，這就是現代人最欠缺與需要的「人性

面的回歸」。

特別是筆者在這幾年，因緣際會到新竹監獄擔任寫作評審，評閱了幾百篇文章，透過文字接觸了幾百個真真實實的生命故事。在被許多生命故事感動的同時，也發現其中不乏文筆相當好的受刑者，內心不禁感慨：難道人必須經歷與在這樣的情境下，才寫得出深刻的文章，才會想到對這世界重新懷抱美好的夢想與期待嗎？綜上所述，筆者認為：在孩童學習時期，播種文學，才能真正落實人文關懷，重新建立一個尊重生命的世界。

而在所有文學中，「詩」是最能容易進入人心，喚醒人性，也是最具有藝術價值的文學作品。孔子云：「小子！何莫學夫詩？詩可以興，可以觀，可以群，可以怨；邇之事父，遠之事君；多識於鳥獸草木之名。」（《論語陽貨篇》）這段話是孔子在告訴當時的弟子們：多學詩是一件很重要又有意義的事，因為詩不但可以激發熱情與聯想力，還可以提高對周遭事物的觀察力，鍛鍊與人的合群性，詩更可以抒發心中的鬱結與不滿。近的話，可以用其中的道理來事奉父母，遠的話，可以用它來輔佐君王；還可以多知道些鳥獸草木的名字。對既是教育家也思想家的孔子而言，詩的價值已經超越文學性，進入生活，成為教化人的內心的最佳介質了。

筆者每天工作所接觸的都是兒童，發現長久以來的傳統教育，總是以居於高高在上的教育者地位，用教育的觀念控制著文學，總想著能為孩子多遮掩些什麼、多引導些什麼，幫他們避開一些世界的暗黑面，保留所謂的純真，但卻也讓我們的下一代遠離真正的事實。正如同劉緒源在《中國兒童文學史略》

一書中所言：「忠於生活，才可作為原初的、本真的出發點。」他認為林煥彰的童詩創作，是真正的兒童的思維，是原生態的兒童形象，充滿兒童趣味，沒有精妙的詩思，因為直白，而常有更多意外之喜[1]，在林煥彰的童詩創作裡，劉緒源看到了相對完整的真實世界的兒童。台灣作家林飛在 1980 年的《月光光》兒童詩刊中也有提到，林煥彰的兒童詩，是歌詠兒童實在生活的詩歌。因為只有寫兒童實在生活的詩，才容易獲得小讀者的共鳴[2]。筆者認為，林煥彰不但對台灣童詩的啟蒙與推展，有巨大的貢獻，也帶動了近三十年海峽兩岸兒童文學的深度交流，成為二十世紀最具影響力的少兒文學作家之一。所以更促發筆者著力於林煥彰童詩書寫的研究動機。

　　林煥彰先生曾對「詩是甚麼」下了定義，他說：「詩是善良的語言，善良的語言，就是詩」[3]。而林煥彰先生的兒童詩，從 1976 年出版《童年的夢》開始，到普為人知、在兩岸三地得獎無數也是被出版次數最多的《妹妹的紅雨鞋》童詩集，每一首童詩都讓筆者在閱讀與教學時，忍不住在課堂上帶著大家一起吟詠。很多人直覺地以為，在 3C 產品唾手可及的現代社會，童詩怎可能與之相抗衡？但筆者在教學過程，透過朗讀林煥彰老師的童詩，與孩子們對話，發現孩童對其童詩作品意念的掌握竟極為快速，透過不斷反覆吟詠，漸漸感受與領會後，不知不覺就融入每個人的內心，產生另一個窗口。

1. 劉緒源：《風信子兒童文學理論文叢 中國兒童文學史略（1916-1977）》（上海：少年兒童出版社，2013 年 1 月），頁 209-210。
2. 林　飛：〈《小河有一首歌》的詩味〉，《月光光》第 20 集，(1980 年 )。
3. 林煥彰：《飛，我一直想飛》（台北市：秀威資訊科技，2010 年 11 月），頁 24。

林煥彰往往可以在童詩書寫中展現純真的性情，使人放下大人世界叵測的心；不加修飾的童詩語言，使人不自覺地親近童年，更容易觸摸到孩子的內心；透過對周邊各種人類生命共同體的觀察，細細述說進童詩裡，轉化為人類的語言，提醒人對生命的關懷與愛。林煥彰先生的童詩既積極，又充滿良善。

　　筆者不僅認為林煥彰的童詩書寫，可以發揮的關鍵性功能與角色觸媒的重要性，更重要的是林煥彰先生的童詩，充滿愛與良善，在生活的日常尋求和諧，讓每一個人不管是小孩或大人，都能拋開冷漠，打開心的眼睛，看到與懂得關心身邊周遭的人、事、物：包含日益消失的自然生態與環保意識的燃起、傳統與現代美學的接軌、對家人與對社會的關懷。希望透過《林煥彰童詩研究》一書，成為人們與這世界連結的另一種窗口，喚醒與回歸最樸實的人性，也能夠定位林煥彰童詩書寫在台灣新詩發展上的價值與意義。

# 一、關於林煥彰：

　　林煥彰，1939 年生，台灣宜蘭礁溪鄉桂竹林人。從事新詩、繪畫、兒童文學創作與推廣。1983 年發起成立中華民國兒童文學學會，擔任第一屆總幹事，第五屆理事長、大陸兒童文學研究會及亞洲兒童文學學會台北分會會長，得過中山文藝獎，宋慶齡、冰心、陳伯吹、洪建全等兒童文學獎及澳洲建國二百周年（1788-1988）現代詩獎章等 20 餘種獎項。

　　林煥彰已出版新詩散文兒童文學畫冊及相關論述文字和史料等 120 餘種。部分作品譯成英、日、韓、泰、德、義、俄、蒙等十餘種外文發表，也出版多種外文版圖書。童詩、現代詩、小品文收入新加坡、台灣、香港、澳門、大陸中小學語文課本、讀本、教材及中學學測、大學考題和兩岸上百種詩選集中。

　　林煥彰曾任聯合報系美國《世界日報》副刊編輯及泰國、印尼《世界日報》副刊主編，中華民國兒童文學學會、中國海峽兩岸兒童文學研究會理事長及亞洲兒童文學學會台北分會會長等。先後參與《笠詩刊》、《龍族詩刊》、《乾坤詩刊》，並分別擔任執行編輯、主編、總編輯及發行人。

　　2006 年底退休後，周遊列國，海內外遊走、演講、寫詩、畫畫等。2006 年 7 月，在曼谷和泰華詩人曾心等成立「小詩磨坊」，提倡六行小詩寫作；2008 年擔任香港大學首任駐校作家。曾先後任中國海峽兩岸兒童文學研究會理事長、《布穀鳥兒童詩學季刊》總編輯、兒童文學家雜誌及《乾坤詩刊》發行人，現已退休，但仍時常來回汐止研究苑家與九份工作室間，也常接受各兒童文學單位邀請，並在海峽兩岸創作不輟，幾乎每年皆有新作出版。

# 二、童詩的義界：

關於兒童詩的定義，各家說法不同。

許漢卿先生認為：

> 童詩是泛指兒童為對象，表現兒童生活情趣和感受的詩詞
> 作品，包括傳統的舊詩詞和現代的白話詩歌。（《童謠童
> 詩的欣賞語吟誦》）

林良先生認為：

> 兒童詩是專為兒童創作的詩，切合他們的心理特點，結合
> 兒童的理解，表現出濃厚的感情，並且是適合他們閱讀與
> 欣賞的詩歌。（《慈恩兒童論叢》）

林武憲先生認為：

> 兒童詩是以分行的、想像的、有韻律的口語、來表現兒童
> 見解感受和生活情趣的一種兒童文學形式。（《兒童文學
> 詩歌選集》）

許義宗先生曾說童詩是：

> 專為兒童寫作，用最精鍊而富有節奏的語言。以分行的形
> 式，將兒童世界的一切事物的主觀意念，予以形象化和創
> 造環境，而能適合兒童欣賞的詩。（《兒童文學論》）

吳鼎先生認為：

> 兒童詩是一種有思想、有情感，用和諧的文字把它表達出來，與兒童生活有密切的關係，兒童喜歡它、吟誦它，因而增進兒童美感，發展兒童想像力，便是兒童詩歌。(《兒童文學詩歌研究》)

林煥彰先生則說：

> 何謂「兒童詩」？顧名思義，應該是指兒童用詩的體裁所寫作的詩......不過，這在兒童詩的領域裡，似乎是屬於狹義的說法，範圍狹窄；以目前發展情形而言，兒童詩似乎可以分為：兒童寫的詩、成人專為兒童寫作的詩，和適合兒童欣賞的詩三種。......
>
> 兒童有敏銳的感觸和奇異的想像......兒童寫詩，因為使用文字的能力有限，固然會有很多欠缺，不完整的地方，但可貴的是他們有天真無邪的直覺。......
>
> 成人為兒童寫作的詩，是目前兒童詩的主流，或多或少帶有示範性的作用；成人寫作兒童詩，是一件嚴肅的工作，尤其不可忽略的，兒童詩對兒童的人格形成教養有可能發生的影響。......
>
> 適合兒童欣賞的詩，嚴格來說，是不屬於「兒童詩」的範疇，但以「適合兒童欣賞」這個觀點而言，它不僅是兒童詩的一種，更可以說是我們兒童詩的一項大「資產」；它不僅存在於五四以來的新詩之中，也隱藏於我國古典詩詞

裡，值得我們挖掘、整理……此類作品，作者寫作的本意，也許事先並沒有確立它的讀者對象，但由於所抒寫的題材正好也是一般兒童可能關心的，而表現手法也適合於兒童所能接受的能力……雖然不是專為兒童寫作的，但在本質上，卻是一首標準的兒童詩……（《童詩百首》）

就上述所引用的各家看法，以林煥彰的論點作為基礎，筆者認為童詩的定義如下：

## 1、作者角度：

並不限於兒童寫的詩，包含成人寫給兒童的詩。

兒童寫的詩主要以抒發情感、鍛鍊文學感為主；成人寫給兒童的詩，除了文學性、情感抒發，往往也帶有引導與示範的教育觀在裡面。

## 2、讀者角度：

讀者不限於兒童，成人也可以是兒童詩的閱聽與欣賞者。

兒童讀者是兒童詩必然的讀者，而成人讀兒童詩，卻往往可以隨著詩的意境回到熟悉的時空，在情感上，是一種抒發，更是一種療癒。

## 3、分行形式：

必須是用詩的體裁與結構書寫，帶著韻律的躍動感。

但近年來，林煥彰不斷在這個部分進行創新，讓傳統的分行形式，遇到另類的挑戰，關於林煥彰童詩的創作形式，

將在各章分別進行探討。

## 4、表現手法：

用字遣詞不過於艱澀或華麗，必須是兒童易讀易懂的。
這是現代兒童詩和古典詩詞很不同的地方。和西方形式主義提到詩的藝術化的表現手法，倒是有些許相通之處，將會在各章分別探討。

## 5、書寫題材：

沒有也不要有一定的限制。可以是兒童生活日常所熟悉與關照的人事物，小至細微的生物或無生命的事物，大至自然與宇宙的意識，從自我、本我再到他與我的層界，都可以是兒童詩書寫的題材與範圍。

# 三、研究文本：

　　林煥彰先生自 1976 年出版第一本童詩《童年的夢》開始，即創作不輟，根據筆者收集及林煥彰與筆者分享，將林煥彰的童詩創作相關資料，分為童詩與童話詩繪本，以及編選的童詩集三大類，計有童詩類 47 冊、童話詩繪本類 35 冊、編著或編選童詩集 6 冊。本研究主要以林煥彰的童詩創作為研究範圍，故先刪除編著編選的部分，再刪去長篇童話詩繪本部分，以林煥彰自 1976 年 4 月到 2021 年 6 月所出版的個人童詩創作集（含部分短篇繪本童話詩）為研究文本，如下表所列：

| 年代 | 出版日期 | 書名 | 出版社 |
|---|---|---|---|
| 1 | 1976.04 | 童年的夢 | 台中 光啟出版社 |
| 2 | 1976.12. | 妹妹的紅雨鞋 | 臺北 純文學出版社 |
| 3 | 1979.12. | 小河有一首歌 | 臺北 漢京書店 |
| 4 | 1982.12 | 壞松鼠 | 台灣省教育廳 |
| 5 | 1983.09. | 牽著春天的手 | 臺北 好兒童教育月刊社 |
| 6 | 1983.09 | 大象和牠的小朋友 | 臺北 好兒童教育月刊社 |
| 7 | 1985.04 | 愛的童詩 | 香港 晶晶幼教出版社 |
| 8 | 1993.10 | 我愛青蛙呱呱呱 | 臺北 小兵出版 |
| 9 | 1993.10 | 春天飛出來 | 台灣省教育廳 |
| 10 | 1993.12 | 回去看童年 | 臺北 國際少年村 |
| 11 | 1999.08 | 家是我放心的地方 | 臺北 三民書局 |
| 12 | 2005.08 | 一個詩人的祕密 | 台北 聯合報民生報事業處 |
| 13 | 2007.02 | 夢和誰玩 | 台北 小兵出版社 |
| 14 | 2007 | 夢的眼睛 | 馬來西亞 彩虹出版社 |
| 15 | 2007.11 | 花和蝴蝶 | 台北 民生報 |
| 16 | 2008.08 | 飛，我一直想飛 | 臺北 兒童文學家 |
| 17 | 2009.10 | 夢的眼睛 | 雲南 教育出版社 |
| 18 | 2011.06 | 妹妹的圍巾 | 重慶 重慶出版社 |
| 19 | 2012.03 | 在心裡種一棵樹 | 成都 四川少兒 |
| 20 | 2012.04 | 我的聲音會去旅行 | 天津 新蕾 |

| 年代 | 出版日期 | 書名 | 出版社 |
|---|---|---|---|
| 21 | 2012.11 | 影子 毛毛蟲說 | 貴州 人民出版社 |
| 22 | 2013.05 | 大自然的心聲 | 台北 小魯出版社 |
| 23 | 2014.07 | 童詩剪紙玩圈圈 | 臺北 幼獅 |
| 24 | 2014.10 | 在一棵櫻花樹下 | 杭州 浙江少兒 |
| 25 | 2015.11 | 妹妹的紅雨鞋 | 福州 福建少兒 |
| 26 | 2015.11 | 我和我的影子 | 福州 福建少兒 |
| 27 | 2015.11 | 小貓走路沒有聲音 | 福州 福建少兒 |
| 28 | 2016.07 | 童詩動物遊樂園 | 台北 幼獅文化 |
| 29 | 2017.07 | 我的童年在長大 | 杭州 浙江少兒 |
| 30 | 2018.06 | 影子 | 武漢 長江文藝出版社 |
| 31 | 2018.08 | 妹妹的紅雨鞋 | 湖北 長江少兒 |
| 32 | 2018.10 | 我的貓是自由的 | 湖南 湖南少兒 |
| 33 | 2019.07 | 妹妹的紅雨鞋 | 湖北 長江少兒 |
| 34 | 2019.08 | 我種我自己 | 南昌 江西人民出版社 |
| 35 | 2019.09 | 不睡覺的小雨點 | 北京 中國致公出版社 |
| 36 | 2019.11 | 小貓走路沒有聲音 | 杭州 浙江少兒 |
| 37 | 2019.11 | 我心裡養貓的秘密 | 杭州 浙江少兒 |
| 38 | 2019.11 | 我的貓，是詩貓 | 杭州 浙江少兒 |
| 39 | 2020.09 | 鳥有波浪 海有翅膀 | 福州 福建少兒 |
| 40 | 2021.06 | 翻譯鳥聲 | 北京 世界圖書出版社 |

# 四、相關文獻：

## 專書著作：

截至目前為止，對林煥彰的童詩的評介與賞析，大多是以單篇的發表在期刊或雜誌為多，在台灣的部分，目前找到的有：

（一）2013 年由「中華民國兒童文學學會」所主辦的「資深兒童文學作家作品研討會」所集結成書的論文集，其中陳燕玲就林煥彰近年大量創作的貓詩部分，分別就為成人的、兒童的與自我書寫的三部分，進行分析與探究。[4]

（二）2019 年 3 月林煥彰八十大壽之前，由明道大學蕭蕭老師主導策劃，集合十一位詩人書寫關於林煥彰的「林深音廣 ‧ 煥彩明彰：林煥彰詩與藝術之旅特輯」，先是發表於國文天地雜誌社，後再進一步，於當年 8 月，由蕭蕭及卡夫主編，統整了包含林煥彰創作六十年，結交海內外各地文友、粉絲無數，所分別記述的情誼片段、藝術心得，書後還附錄他自撰的〈林煥彰「做中學」文學年表初編〉，長達四萬字八十年，最值得珍視。[5]

---

4.《資深兒童文學作家作品研討會論文集》，（台北：兒童文學學會，2013 年 11 月），頁 53-86

5. 蕭蕭，卡夫：《林深音廣.煥彩明彰：林煥彰詩與藝術之旅特輯》（台北：萬卷樓，2019 年 8 月）

另在中國大陸的部分，也有兩本，似乎較台灣的專書著作再早個幾年，分別是：

(一) 2013 年 1 月由著名兒童文學家劉緒源所著作的《風信子兒童文學理論文叢——中國兒童文學史略(1916-1977)》（上海少年兒童出版社）裡的第十八章：林海音、朱氏姊妹與林煥彰，剖析六十年代兒童文學在大陸走下坡之際，台灣作家卻開創一片新格局，除了林海音在兒童文學的突破、朱天文與朱天心姊妹的承續，七十年代起活躍於台灣兒童文學的詩人林煥彰，他認為，可說是「觀水有術，必觀其瀾」（《孟子‧盡心篇上》）裡不可忽略與重要的「瀾」。

(二) 2014 年 3 月出版的《從儀式到狂歡：20 世紀少兒文學作家作品研究》（北京：人民文學出版社），是由溫州大學人文學院教授吳其南教授所編著的一套作家作品論；其中選擇了 20 世紀初以來，二十多位有影響的作家的少兒文學作品進行細讀，在形式與內容的統一中，在與其他作家作品的比較中探討其題材、意蘊、敘事藝術及風格。所選的作家作品涉及 20 世紀的各個時期、各種題材、各種思潮，包括少兒文學在這一歷史時期的各種演變，合起來，可以看出這一時期少兒文學發展的整體風貌。關於林煥彰的部分，被編排在第九章：林煥彰：諦聽天籟，吳其南從兒童詩的創作語言角度，從三個面向分析林煥彰在兒童詩的創作表現，認為林煥彰不僅可以透過敘事的方式，把人物的精神狀態，生動地透過詩呈

現出來；更使用擬人的創作語言，準確的把握兒童有趣的思想、行為、語言特徵，而且還能在兒童和事物間進行非常有趣新穎的聯想。最後，從林煥彰的一本詩集《回去看童年》，討論林煥彰如何處理兩個「我」（現在的我和童年的我）的寫作形式，進一步講到對人類精神母題：回憶與故鄉的永恆價值。[6]

## 學位論文

經由台灣博碩士論文加值系統搜尋，關於林煥彰童詩創作的論文，共計有四篇，分別為：

（一）陳春玉《林煥彰童詩研究》[7]

本篇論文為第一本研究林煥彰童詩的碩論，作者在論著中提到：林煥彰的童詩具有極高的藝術性與深厚的意象。陳春玉針對林煥彰當時已出版的 13 本童詩集，共 274 首童詩，以表格的方式逐首分析，歸納林煥彰在題材的選擇、意象的經營、修辭以及形式等方面的特色，分析並將結果應用，討論林煥彰童詩中的題材、感情、想像，再分析林煥彰童詩中的意境美、節奏美和語言美。最後則以相關的報導，對照他在童詩內容上的呈現，尋找林煥彰的現實生活對童詩創作的影響，並將林煥彰的創作分為早期作品與近期作品，分析林煥彰的童詩創作歷程演變。

6. 吳其南：《從儀式到狂歡：20 世紀少兒文學作家作品研究（套裝上下冊）》（北京：人民文學出版社，2014 年 3 月），頁 203-214。
7. 陳春玉：《林煥彰童詩研究》（台東：台東師範學院兒童文學研究所碩士論文，2002 年）。

（二）王耀梓《林煥彰童詩創作研究》[8]

作者透過對文本的分析，將林煥彰的情懷分類探討，分別是對生命的慈愛、對親人的惜愛、對鄉土的懷念、對兒童的憐愛、悲天憫人的情懷、愛護動物的情懷、對自然的喜愛、愛惜物資的態度。再輔以對林煥彰童詩中時空設計的技巧分析，及情境的時空分析，顯露他的童詩作品中隱藏的動人思念情懷，以及他在生活中身心安頓的情形，深刻感受林煥彰的人格特質及童詩作品中「愛」的情懷。最後作者認為：林煥彰的作品代表了一個世代的回憶與歷史，不能一概否決它的價值，其童詩作品中「愛」是普遍存在的，亙古不變令人感覺溫暖的元素。

（三）陳尚郁《林煥彰兒童詩觀及其動物童詩語言風格研究》[9]

以林煥彰與其動物童詩為主題，主要探究其兒童詩觀與動物童詩之語言風格。音韻部分，從「疊音詞」與「押韻方式」出發，研究林煥彰的動物童詩在音韻上展現的風格。詞彙部分，從「動物類詞彙的運用形式」與「擬聲詞的運用」探求林煥彰的動物童詩的風格。最後在句法部分，從「詩句進行形式」與「對話形式」進行分析。總結出林煥彰的兒童詩觀，以及他在動物童詩創作上所表現的語言風格。

（四）康世昌《林煥彰《童詩百首》章法研究》[10]

在本篇論文，作者著力在從章法視角分析童詩結構，選定林煥彰編選的《童詩百首》一書為研究文本，以書中八十五首成人創作童詩及適合兒童欣賞的詩為研究對象，並以陳滿銘、仇小屏所論述四十餘種辭章章法為基礎，對書中童詩進行章法結構分析，試圖找出童詩章法的一般脈絡。

## 期刊資料

對於與林煥彰有關的期刊報章雜誌的報導，在海峽兩岸都有很多的評介。林煥彰先生著力於兒童文學的推廣，即使已經年屆八十，始終不減對創作的熱情，著作等身。整個創作歷程已跨一甲子，本研究以林煥彰的童詩研究為主，故只擷取與針對與童詩有關的部分資料進行探討，分為台灣與大陸兩區域的研究，如下所列：

(一) 台灣的研究

1. 蕭蕭〈兒童詩理論的奠基──評《妹妹的紅雨鞋》〉（《臺灣新聞報》）

此篇為蕭蕭在林煥彰以《妹妹的紅雨鞋》，在 1978 年獲得教育部「兒童文學獎」文藝獎章後，所寫的評論。

從「生活詩人」而為兒童詩的創作者，始終未缺席的是一顆讓他勃發不已的童心。……童心的掌握包含想像力與愛心。……

---

10. 康世昌：《林煥彰《童詩百首》章法研究》(嘉義：嘉義大學中國語文研究所碩士論文，2018 年)。

他的詩作，構思新穎而自然。

與愛心相等的是美學觀點，這種美與醜的觀點更要切合兒童心理，不以成人既成美醜觀念加以限定……。

2. 林飛〈《小河有一首歌》的詩味〉（《月光光》第20集）
林飛，著名已故兒童文學家林鍾隆的筆名之一。他在林煥彰剛出版《小河有一首歌》童詩集時，寫了這篇評論文章。認為林煥彰有幾樣寫作風格是令人喜愛的。

一豐滿圓美的詩歌，二歌詠兒童實在生活的詩歌，三天真可愛的稚氣放出了璀璨的詩歌。
文學的欣賞，離不開生活經驗。……生活事實，往往一點也不優美，但把它寫成詩，就可以使小朋友感覺、發現生活的美好。

3. 周雪霏〈一首別開生面的兒童詩──評詩人林煥彰的〈曬衣服〉〉（《乾坤詩刊》38期，2006年）
從評論〈曬衣服〉這首大家都認為在林煥彰的童詩作品中，難得的少見的較沉重的一首詩，自「歷史」角度解讀，提出對兒童進行憂患意識、愛國主義思想的思考點。

4. 牧也〈與作家有約──在詩的天空翱翔〉（《國語日報》，2019年3月）
這是記錄在2018年，林煥彰走入校園與學子進行詩作

交流。在古亭國中校園，經由讀詩分享作詩的過程，感受到高齡已屆八十的煥彰爺爺的熱情與反璞歸真的心。

接下來的五篇，皆為 2019 年林煥彰八十大壽之前，由明道大學蕭蕭老師主導策劃的一場論文發表會中發表的研究，筆者選取其中與林煥彰童詩創作相關度較高的五篇，2019 年 7 月並刊於《國文天地》第 35 卷第二期，將在之後的內容中，分別融入各主題探討。

5. 陳燕玲〈向前追上童年的老人——林煥彰詩中童年與老年並在的書寫〉

6. 林世仁〈詩畫編三跨界的童心詩人〉

7. 羅文玲〈跟著兒童文學家林煥彰玩童詩〉

8. 葉莎〈螞蟻的高速公路〉

9. 陳木城〈在藝術領空中自在寫意的飛行——林煥彰的詩與藝術之旅〉

(二) 大陸的研究

1. 李元洛〈敲自己的鑼—台灣詩人林煥彰作品欣賞〉（《台港文學講評》，1990 年 8 月）

李元洛可說是對岸最早以專文評論林煥彰的創作：

林煥彰的詩作，強調從生活新詩的大眾化，從而促進本土意識的抬頭……，詩與現實的結合，推行中汲取

詩情，表現了詩人的愛心；富於鄉土氣息和生活情味、提煉口語入詩，具有樸素之美的詩風……

林煥彰將他的一顆愛心獻給了兒童和少年，寫出了大量作品，為台灣兒童文學園地培植了一些香氣襲人的花卉……

2. 金波〈一顆靈敏的愛心──讀《林煥彰兒童詩選》〉（《兒童文學研究》，1996 年第 1 期）

在大陸屢獲兒童文學獎，也在 1992 年獲得台灣楊喚兒童文學特殊貢獻獎，更在 2018 年獲得陳伯吹國際兒童文學獎年度單篇作品獎的金波先生，對林煥彰的童詩作品也有如下的評論：

林煥彰先生的詩，是真正的兒童詩。……當我翻開《林煥彰兒童詩選》，隨意閱讀都可以感受到快樂……所表現的是真正的兒童感受。……

一個真正的兒童文學家，他不必提醒自己蹲下來和孩子談話，只要有適當的契機，他就可以全身心的復歸到童年時代，從整體上把握兒童的特徵……。

他能於最平凡的生活現象中創造出童話的境界。……帶給小讀者滿足好奇心的閱讀快感。

煥彰的兒童詩，很少用華麗的詞藻，也很少用形容詞，「他以口語作為寫詩的利器」，表現出來的似乎是不經意的自然流露，但仔細品味起來，又有不盡的甘醇。

3. 謝采筏〈新世代兒童詩審美空間的拓展——兼論林煥彰童詩中的「宇宙意識」〉（《國語日報》，1996年8月）

此篇研究為大陸的文壇長青樹謝采筏所評寫。主要是以林煥彰童詩中對大自然的描寫，講述詩人對潛意識中原初生命的肯定，與對生命價值的追尋。提出在林煥彰的很多童詩集裡都有「宇宙意識」的存在，更進一步說明詩作中對兒童主體參與意識的肯定。

4. 劉屏〈論林煥彰的兒童詩歌〉（《文學教育》，2008年3月）

在江蘇省運河高等師範學院任教的劉屏認為林煥彰童詩及本人具有以下特質：

林煥彰的童詩，是真正屬於兒童的美麗文字，而且是具有生命力的文字。……
是明朗的、快樂的，對生活充滿著真情的詩歌。……
是親切的、抒情的，真誠的書寫兒童成長的詩歌。
兒童的成長過程，不應只有快樂，還應有對未來的希望與責任。

5. 郭強〈論林煥彰童詩的陌生化策略〉（《昆明學院學報》，2012年8月）

此篇為在廣西師範大學文學院的論文研討會發表的論文，主題試從形式主義陌生化的角度，來剖析林煥彰

的童詩作品，適與筆者的若干思考方向不謀而合。他分別自幾個視角來觀察：結構、語言與意象、邏輯的陌生化來探究。

6. 喬雪〈想像讓童詩自由的飛翔——論林煥彰童詩的想像藝術〉（《滄州師範學院學報》第 29 卷第 1 期，2013 年 3 月）

此篇研究為浙江師範大學人文學院的研究生喬雪所發表。將林煥彰的童詩創作從三個面向來做統整分析：一為來自生活的靈感，飽含童趣的幻想，二為不重複自己，對同一意象多維度聯想，三為借助多種修辭方法，拓展想像的橋樑。

7. 李華〈童詩美學上的兩個散點——試論大陸兒童文學作家聖野和台灣文學作家林煥彰的童詩創作〉（《瀘州教育學院學報》第 38、39 期，2013 年 3 月）
李華將兩位在兩岸對兒童文學的童詩發展皆有巨大貢獻的聖野和林煥彰放在一起，比較他們在寫作的原初點和寫作對象與技巧上的異同。她提到：

美是他們共同的特徵。都善用愛心布展童詩。……
林煥彰構築較長的童詩中，顯現出另一種特點，就是聲音與色彩相加。……
其美學意義上的震顫發散，使人很容易產生強烈的共鳴和認同，並隨著這一發端，如癡如醉的進入一種想像與享受。

8. 李貴蒼、熊淑燕〈論林煥彰童詩中色彩的審美生成〉
（《華文文學》第 127 期，2015 年 2 月）
色彩是詩歌創作的一大要素，影響著詩歌的美學結構。
李貴蒼及熊淑燕兩人針對林煥彰在童詩中對色彩別出
心裁的運用，營造出的絢爛的詩歌意境，做了深入的
探討。

## 媒體報導及其它 ( 網路資料 )

1. 趙霞〈關於兒童詩的創作、思考及其他──訪台灣
童文學家林煥彰先生〉（《中國兒童文化》，2008 年）
此篇為一篇訪談報導，透過與林煥彰的對話，暢談作
家的詩與人生。

2. 朱介英〈純淨的自然主義詩人──林煥彰〉
（《Waves》雜誌 Snmmer 2019.5 月號）此篇為生
活潮《Waves》雜誌，People 人物專訪篇，訪問林煥
彰，自作家的生命到創作歷程的轉化昇華，以及與大
自然結合的詩觀。

3. 〈台灣詩人林煥彰：被稱「兩岸童詩交流的第一人」〉
https://kknews.cc/culture/ovz4po.htm （查 詢 日
期：2019.11.16）

4. 〈讓孩子成為被生活和命運多一份垂青的人」〉
https://kknews.cc/culture/4q2beqq.htm （查詢日
期：2019.11.16）

# 貳

林煥彰

童詩創作的時空背景

臺灣，是個四面環海的海島。從歷史的角度回顧，因為特殊的地理位置，在時代巨輪無情的滾動下，往往只能無奈地跟著往前走，但海島上的居民，在歷經滄桑的過程中，陸續出現了許多有識之士，或是在政治博弈上顛仆前進，或是透過文字留名青史，逐漸發展出獨樹一幟的海疆文化與文學。

　　臺灣兒童文學，如同林文寶先生在邱各容所寫的《兒童文學史料初稿 1945-1989》序中所言，是移植自日本與西洋文學，向來不受重視。而在臺灣經濟起飛與整個大環境穩定後，本島文學逐漸成長與茁壯，但兒童文學，或許是本身缺乏學術性研究所致[11]，直至今日，仍然沒有在學術界得到應有的重視，始終沒有被臺灣文學家正式列入臺灣文學史。

　　儘管如此，這並不代表臺灣兒童文學不存在，也無法否定在許多人的努力下，它曾留下的痕跡與貢獻。本章筆者試圖透過歷史角度，重新梳理兒童文學中兒童詩發展的過程，釐清其在各個時期所扮演的角色與進入當代後面臨的歷史性考驗。並透過訪談林煥彰先生，探索其生命歷程，了解其創作理念與詩觀，尋找兒童詩在臺灣兒童文學發展的定位，以展望未來。

---

11. 邱各容：《兒童文學史料初稿 1945-1989》(台北：富春文化事業有限公司，1999 年 1 月)，序。

# 一、臺灣兒童詩的興起與發展

臺灣兒童詩，屬於兒童文學的一部份，筆者在本節僅自日治時期後期，依照不同的歷史發展分期，來瞭解與探討臺灣地區兒童文學中兒童詩的興起與發展。

## 播種期：(1940—1950)

1895 年甲午戰爭後，臺灣於馬關條約中被割讓給日本，開始長達五十年的殖民統治。1937 年起，日本設在臺灣的總督府以「內地延長主義」來統治臺灣，發布禁用中文的命令，更直接從教育上，規定所有公學校（國小）學童都需學習日文，強勢的語言政策，使得早期臺灣作家須使用日文從事創作。[12]

1941 年周伯陽以日文創作〈蓖麻〉入選臺灣總督府文教局教科書，被編選入公學校一年級教科書教材，並於隔年應邀參加童謠詩人聯盟。〈蓖麻〉所使用的語文雖是日文，但卻是第一首由臺灣本土作家所創作，並被編入教科書的童謠。從40 到 50 年代，周伯陽持續創作許多兒童文學等作品，童謠〈妹妹揹著洋娃娃〉、童話〈螞蟻島〉、兒童劇本〈螞蟻的一生〉等，直到 60 年代，更出版了知名的童謠集《花園童謠歌曲集》。從戰前到戰後，他對童謠創作熱誠始終如一。所以在臺灣兒童詩發展史上，可以視為是很重要的前行者。

---

12. 陳芳明，《台灣新文學史》（台北：聯經出版社，2011 年），頁 33。

1945 年二次大戰結束，抗戰勝利，臺灣光復，但兒童文學的發展於此時所受到的影響，就和整個臺灣文學界所遇到的問題一樣：因為政權轉移，日文隨即遭到禁止，整個社會與學校全都要轉換語文學習，臺灣的作家必須重新學習使用中文創作。與傳統語言之間的斷裂，使得兒童文學的發展，進入一種趨近閉鎖與極度緩慢的階段。

　　儘管如此，此時期除了周伯陽，還有詹冰、張彥勳、林亨泰、陳千武等詩人，即使遇到語言（文）轉換的困境，仍堅持努力克服，被稱為「跨越語言的一代」的詩人，同時也成為臺灣兒童文學與兒童詩的先驅。

　　此時大環境（因為仍在戒嚴時期，所以此處指官方）的部分：被派回臺灣任財政部特派員的游彌堅（後任臺北市長），因為自己也是臺灣人，深感臺灣人在語言上的斷裂困境；於是便在 1945 年年底，成立以推行國語文教育為主旨的「東方出版社」，專門出版兒童讀物，延續臺灣兒童文學的命脈，被視為是臺灣兒童讀物出版播種的重要關鍵。隔年 1946 年，臺灣省國語推行委員會成立，「東方出版社」首先響應，用注音符號來讓兒童大量閱讀。1948 年臺灣光復節，在官方的鼓勵下，《國語日報》創刊，這是第一份以中小學生為主要讀者的每日報紙，除了學習語文，也提供發表兒童文學作品的園地。

　　此時的兒童詩，嚴格來說，尚未蔚為風潮。即使有，大部分仍屬於較偏向歌謠或童謠的創作作品。但歷史因素而產生的閉鎖期，並沒有阻擋臺灣文學作家的前進。此時期他們在語文上的過渡、跨越和努力，為後來的兒童文學和兒童詩發展播下極為可貴的種子。

## 萌芽期 (1950—1960)

　　50 年代以後，除了前期「東方出版社」和《國語日報》外，第三個推展兒童文學前進最大的刊物，便是《中央日報》「兒童週刊」的創刊。這份刊物和前兩份兒童刊物最大的不同，也是對兒童詩最大的貢獻，就是吸引了詩人楊喚的經常投稿。楊喚在 1949 年，隨國民革命軍部隊來臺。隔年 9 月 5 日，便開始以筆名「金馬」在《中央日報》「兒童週刊」第 25 期發表第一篇兒童詩：〈童話裡的王國〉。之後便不斷有作品發表，直到 1953 年發表最後一首兒童詩〈花〉為止。

　　1954 年 3 月，楊喚為了趕去看一場電影《安徒生傳》，不顧路人的攔阻，闖越了臺北西門平交道（今西門町徒步區附近），因腳意外被鐵軌的隙縫卡住，不幸遭火車輾斃，得年 24 歲。他在《中央日報》的「兒童週刊」，總計共發表十六首兒童詩。

　　1954 年 9 月，「現代詩社」詩人紀弦首先幫楊喚出版遺作《風景》，裡面包含了十八首兒童詩。他的詩作如〈小螞蟻〉、〈蝸牛的家〉（即小蝸牛）、〈春天來了〉（即春天在哪兒呀？）和〈家〉等，在 1971 年被收錄進國小國語課本，1973 年〈夏夜〉也被編入國中國文課本。後來到了 1976 年，林海音先生所主持的「純文學出版社」將《風景》裡的十八首兒童詩獨立出來，為楊喚出版了《水果們的晚會》兒童詩集。

　　林煥彰在筆者的訪談中，曾提到當時楊喚的兒童詩在此時期的鮮明角色：

林煥彰童詩研究

我剛才講了我在軍中的進修，讀中國文藝函授學校，軍中班的詩歌組啊，讀的是詩人覃子豪編的講義嘛，那覃子豪編的講義裏，常常引用楊喚的詩，在那個階段呢，楊喚可以說在臺灣，是最早、寫得最好，而且有留下來，就是說比較可以成為這時期的兒童詩作家。

　　當時他那些作品呢，可以說應該全部都是在《中央日報》的「兒童週刊」發表，是報紙裏面的每週一次的那個版，主編是陳約文女士……嗯，那量大概是，應該是最多，質也是最受歡迎的一位。

　　1954 年楊喚不幸早逝後，林煥彰也曾在《現代詩復刊》第 6 期之〈略談臺灣的兒童詩〉一文中提到：

　　楊喚的早逝，幾乎熄掉了火種。……從民國四十三年到五十九年，這長達十七年的時間，成人為兒童寫詩，為數極少，幾乎是中斷的。

　　就林煥彰的想法，在楊喚早逝後，兒童詩的出版顯然受到很大的打擊，所以才會出現一個幾乎中斷的時期。

　　此時期應可視為臺灣兒童詩萌芽的時期。因為繼楊喚之後，在《兒童週刊》大量發表的還有茲茲，他的作品風格和楊喚頗為相似，都是具有童話色彩的「童話詩」。[13] 此外，也有劉昌博於 1953 年自印出版的《中國兒歌研究》，是第一本有

---

13. 徐錦成：《臺灣兒童詩理論批評史》（彰化：彰化縣文化局，2004 年），頁 39-40。

關兒歌研究的專著。以及何瑞雄在 1958 年，由「北極星詩社」所出版的《蓓蕾集》兒童詩集，邱各容在所著的《臺灣兒童文學史》曾提到，這本《蓓蕾集》兒童詩集是：

> 具有童話意味的童詩，並不亞於楊喚的童話詩，是臺灣作家出版兒童詩的前行者，也是作家出版童詩集的濫觴。

斯人雖遠去，鴻爪留青史。兒童詩在此期的發展，雖然步履艱難，但楊喚及少數在此時期努力扎根的詩人們，所點燃的火種宛如萌芽般，引領與帶動了下一時期臺灣兒童詩的成長與茁壯。

## 成長茁壯期 (1960—1980)

任何時期文化與文學的發展，必然與政策和經濟的發展密切相關。

在這個時期，從 1964 年起臺灣經濟開始起飛，這一年，臺灣省教育廳設立了「兒童讀物編輯小組」，這是臺灣兒童文學邁向成長的重要指標。第一、二期計畫所推出的中華兒童叢書，對兒童詩的帶動與發展，有很大的幫助。進入 70 年代，第二個很重要的影響背景，便是十大建設的開展，整個海島的經濟也於此時期進入高度發展，大環境的進步與穩定，使大家對兒童的基礎教育更加重視；第三個不可忽略的背景因素是：二次大戰後在臺灣受完整教育的年輕一代，開始成為兒童文學創作、編輯的第一線尖兵，他們不但是現代臺灣兒童文學的開

拓者，也是臺灣新文化的傳遞者。綜上所述，本時期兒童文學及兒童詩的發展，不僅開始受到相當的矚目，並且多了很良好的支持與助力。

以下列出本時期，在兒童詩發展較具代表性的人事物，分為詩人作家及政府和民間團體（出版社、詩刊）的努力推展兩部分，來讓大家了解這個時期兒童詩從成長到茁壯的演進過程。

(一) 作家詩人的創作與努力推展：

1. 王玉川：最早應該是 1967 年 2 月王玉川先生出版的《兒童故事詩》及《大白貓》兒歌集開始。《兒童故事詩》，是依據伊索寓言的故事為題材加以改寫。〈大白貓〉是王玉川先生的代表作，詞句短潔生動，不但具有語言及韻律美，還極富童趣，直到今天，仍為許多童詩作家引用與討論。

2. 王蓉子：1967 年 4 月出版《童話城》，是詩人蓉子唯一一本為兒童寫的詩集，雖然當時是應臺灣省教育廳中華兒童叢書」編輯小組的邀請而寫，但開啟了從一位女詩人的角度，來書寫兒童詩的情懷與純真，是一特色，也直、間接帶動了大人為兒童寫詩的風潮。2021 年 1 月，蓉子以九十九歲高齡逝世，她留下的兒童詩集雖只有一本，但和王玉川先生所寫的《兒童故事詩》同在 1967 年先後出版，成為早期臺灣兒童詩史發展的一塊基石。

3. 林良：在 1968 年由臺灣省教育廳出版了他最早的童詩集《動物與我》。林良的兒童文學作品遍及所有文類，其中他

在 1976 年的兒童文學論述《淺語的藝術》更被視為研究兒童文學的基本入門，對於當時兒童詩的創作家啟發尤大。除了個人著作等身外，他也是為兒童文學作家寫序最多的作家、同一專欄寫作時間最久的作家；是兒童文學界的長青樹，也是大家公認的「大家長」，更是很多年輕作家的「小太陽」。

他在此期兒童詩發展，扮演了極重要的推展角色。許義宗曾在《兒童詩的理論與發展》一書中提到：

寫作兒童詩的熱潮，是從民國六十一年的冬天開始的，一方面受到《笠》詩刊提倡兒童詩的影響，再方面是國語日報社在《兒童文學周刊》刊出「徵求兒童詩的啟事」。這個啟事，就像一塊石頭，投入了平靜的水中，激起了寫作兒童詩的漣漪。

在國語日報徵求兒童詩的啟事，正是出自林良先生之手。他在啟事中提到：

國語日報兒童版為了鼓勵兒童文學工作者為兒童寫一些有益的詩，決定闢出版地，向大家徵稿……

關於兒童詩的形式與內容，並沒有什麼限制。只要求詩裡要有優美的情操，所用的語言要自然通暢。並且記住這是「為我們充滿希望的第二代寫的」……[14]

由這則啟事，可以得知林良先生對兒童詩寫作的殷切與盼望之情。

---

14. 邱各容：《播種希望的人們》（台北：富春文化事業出版社，200 年 8 月），頁 49-54。

之後，臺灣省政府與民間團體、基金會等，陸續辦理教師研習及設立兒童文學創作獎項，例如1974年4月洪建全文教基金會設立的「洪建全兒童文學創作獎」，林良先生都不遺餘力的擔任講師及評審講評，並發掘出許多寫作新秀，這些新秀後來都成為臺灣兒童文學寫作的生力軍。

4. 陳千武：雖然陳千武是到1969年，四十八歲時才開始寫兒童詩與詩評並積極投入兒童文學活動的推廣與落實。但他在日治時期，就曾在《臺灣新民報》以日文發表過兒童詩作品[15]。1964年與趙天儀、詹冰、林亨泰等人成立「笠詩社」，笠詩社原本是個以本土現代詩創作為主的成人詩社，但陳千武（桓夫）等人深感兒童文學在當時的「孤寂」，而破天荒的在1971年第45期的詩刊，特別開始設兒童寫兒童詩的專欄[16]。這對當時推動整個兒童文學風氣，特別是兒童詩的部分，起了很大的帶動作用。

之後，陳千武便以家鄉中部為舞臺，不遺餘力的推展兒童詩的創作，除了擔任各重要獎項的兒童詩評審（例如洪建全兒童文學創作兒童詩獎項），還有臺中縣文化基金會年度與跨縣市的兒童詩創作競賽評審。退休後，也於1989年在中部與兒童文學界人士成立「臺灣省兒童文學協會」，並被推為首任理事長。陳千武先生在兒童詩的起步雖晚，但貢獻卻是具體而值得喝采。因此被稱為「中部兒童文學的舵手」。[17]

---

15. 林文寶 邱各容：《台灣兒童文學史》（台北：萬卷樓，2018年7月），頁107。
16. 見文訊雜誌社：《光復後台灣地區文壇大事要增訂本》，（台北市：文建會，1995年6月）
17. 同註14，頁44-48。

5. 黃基博：1975 年及 1978 年陸續出版兒童詩集《媽媽的心》及《詩寶寶誕生了》。黃基博老師在兒童詩上最大的貢獻，不只自己出詩集，更重要的是：他是第一位在學校正式教兒童如何寫詩的詩人作家老師，被稱為「南臺灣兒童文學的園丁」。[18]《笠》詩刊在 1971 年第 45 期，就已推出黃基博指導學生寫的六首兒童詩習作，使兒童詩受到廣大的注目。1972 年，國語課本更收錄黃基博學生黃幸玲的〈湖〉與周素卿的〈雨點〉，成為最早刊登在國語教科書的童詩創作。1974 年和謝武彰先生共同獲得第一屆洪建全兒童文學獎「童詩組」第一名。

令人感動的是：黃基博老師自小罹患小兒麻痺，但先天的殘疾，絲毫沒有影響他在教學及創作兒童詩，所釋放出的真善美。他的兒童詩〈如果有一天〉，除了自勉，更用來勉勵學生，也寫出了他用一生守護童詩花園的心：[19]

如果有一天
小草感到自卑
都躲到泥土裡
再也看不到油綠綠的一片……

6. 林煥彰：正式學歷只有小學畢業，可以說是早年失學，後透過苦讀自勵自學，終至有成的此期兒童詩代表作家。20 歲開始寫詩，1967 年，「笠」詩社為他出

---

18. 同註 14，頁 122-126。
19. 郭漢辰：〈黃基博以一生守護童詩花園〉，《文訊》九月號 (2014 年 9 月 )，頁 74-77。

版了第一本詩集《牧雲初集》，集中的〈月方方〉，被當時名詩人鄭愁予評為是一首極富童話意味的兒童詩。1969 年，第二本詩集《斑鳩與陷阱》集中，有十餘首饒富童詩意味的作品，後來編入他的第一本兒童詩集《童年的夢》。第二本兒童詩集《妹妹的紅雨鞋》，在 1974 年獲得第一屆洪建全文教基會「童詩組」的佳作。1978 年更以這兩本兒童詩集，榮獲第十一屆中山文藝獎，成為兒童文學類第一個獲獎者。

　　林煥彰先生在臺灣兒童詩發展史上，除了做中學、刻苦自學、持續創作不懈的精神感動人心外，同時也積極參與並創辦兒童詩社與詩刊的發表，例如於 1980 年與詩人舒蘭發起創辦的「布穀鳥兒童詩學社」，其所發行的《布穀鳥兒童詩學季刊》是一份以推廣兒童詩創作、理論、批評、教學研究為宗旨的兒童詩刊，被認為是本時期所有兒童詩刊中影響最大者。[20]

(二) 民間團體與政府的努力推展：

　　在此時期，如同前述，《國語日報》創辦「兒童文學週刊」，特別是在兒童文學家馬景賢接手主編後，便開始經常刊登論述文章鼓勵兒童詩的寫作和教學，並公開徵稿；還有一些現代詩人的轉化[21]，例如陳千武、趙天儀、詹冰、林鍾隆、林煥彰、林武憲、謝武彰等，陸續積極加入兒童詩的創作，其中《笠》詩刊的轉化最具代表。

---

20. 同註 14，頁 132-136。
21. 洪志明主編：〈十一年來兒童詩歌的演化〉序言，《童詩萬花筒》（台北：幼獅文化事業，2000 年），頁 28。

《笠》詩刊於 1971 年 10 月第 45 期首度推出童詩專欄《兒童詩園》，並刊登黃基博老師所指導的學生詩作六首，正式揭開了臺灣童詩創作的新風潮，也是臺灣兒童詩興起的重要指標事件之一。當時，身為主編的趙天儀開始在該刊「卷頭語」，以〈兒童詩的開拓〉為主題發表兒童詩論加以鼓吹。[22] 對此，許義宗先生在《兒童詩的理論與發展》一書中，也提到 1976-1977 年間，《笠》詩刊在兒童詩推展上的著力：

　　七十一期 (65.2) 刊登不少兒童詩創作討論的文章，主要作者是趙天儀林鍾隆周伯陽等人。除此之外，《笠》詩刊更刊出林鍾隆譯〈北海道兒童詩選〉 (66.1)、林錫嘉譯〈童詩的遊戲〉(65.7) 趙天儀、藍祥雲編〈小毛蟲〉(66.5)。從這兒我們可知《笠》詩刊對兒童詩的提倡不餘遺力，導致其他詩刊也紛紛刊登兒童詩，並造成寫作兒童詩的熱潮。[23]

　　而之後，徐錦成先生在《臺灣兒童詩批評理論史》一書中，也針對這部分進一步補充：

　　受到《笠》詩刊的影響，其他若干詩刊－如《秋水》、《葡萄園》、《草根》也相繼設立了兒童詩的園地，一時兒童詩的寫作蔚為風氣。而 1977 年 4 月，臺灣第一本專業兒童詩刊《月光光》雙月刊的創刊，則為兒童詩在詩刊上的成就帶來高潮。

---

22. 邱各容：〈兒童文學創作評論運動－致力於兒童文學研究學術化的趙天儀〉，《全國新書資訊月刊》（民國 94 年 8 月號），頁 7。
23. 見許義宗：《兒童詩的理論與發展》。

《笠》詩刊在臺灣兒童詩發展過程中，領頭羊的角色由此定位。而當代臺灣有史以來第一本兒童詩刊《月光光》也在其後誕生。

　　另外，1974 年「洪建全兒童文學創作獎」適時的設立，以及 1978 年有臺灣文學界奧斯卡之稱的「中山文藝獎」首次將兒童文學類納入獎項；同時政府機關教育主管單位也積極舉辦各種兒童文學的教師研習會與座談會，很快的就形成了引人注目的一項兒童文學活動風潮。

　　上述詩人作家及出版社、詩刊及政府和民間團體的努力推展，共同促成此期的臺灣兒童詩的成長與茁壯。

## 成熟蓬勃期 (1980—2000)

　　八十年代起，兒童詩在臺灣，開始了另一個不同層次與境界的發展。

　　首先是在 1980 年，詩人舒蘭先生、薛林先生和林煥彰先生，共同發起創辦「布穀鳥兒童詩學社」，並發行《布穀鳥兒童詩學季刊》，這是一本以提倡兒童詩創作、理論、批評、教學研究為宗旨，結合童謠、童話、美術和音樂的兒童詩刊。此詩刊自 1980 創刊到 1983 年停刊，共發行 15 期。邱各容在《播種希望的人們》一書中評介：「有人以為該刊是本時期所有兒童詩刊中影響最大者」。筆者對此點的想法是更加確定的。《布穀鳥兒童詩學季刊》和臺灣的第一份兒童詩刊《月光光》

---

24. 徐錦成：《臺灣兒童詩批評理論史》。

最大的不同，除了兩份刊物創辦人的理念與作法不同，最大的
原因，應該是對臺灣兒童詩發展在視角與眼界的差別。筆者推
論的依據有二：一是在《布穀鳥兒童詩學季刊》的邀稿文。文
中除了提出邀稿需求的說明，包含創作的創新、有見解的論述
等外，後面還有一句：

> 最後要強調的是：「布穀鳥」是全中國人的，歡迎全中國
> 人都來。

　　筆者以為，這呈現出這份兒童詩刊的包容性之大，視野之
廣，同時也是臺灣與海峽的對岸，甚至與其他國家在兒童文學
的交流與拓展方面，一個很重要的起點。

　　第二個筆者認為的依據，是在《布穀鳥兒童詩學季刊》每
期刊物的封底。它有一個很特別的地方：每期不含封面封底，
固定只有 64 頁，薄薄的一本刊物，可是封底列的編輯委員每
期都超過百人，第三期後，每期的同仁加上執行編輯及企畫等
工作人員超過兩百人，不僅遍及全省，甚至連「駐國外顧問」
都有，陣容之強大，是許多刊物望塵莫及的。自然，也有可能
如林煥彰在接受筆者訪談時所言，有籌措經費的需求。但能同
時號召齊集那麼多具有高知名度的兒童詩作家及文學家，實在
非當時其他同類型刊物所能做到的。此外，《布穀鳥兒童詩學
季刊》還舉辦過三屆「布穀鳥紀念楊喚兒童詩獎」，並曾出版
九種叢書。所以，說它是本時期所有兒童詩刊中影響最大者，
實不為過。

　　但《布穀鳥兒童詩學季刊》後來也遭遇到了很多詩刊遇過

的無法預測的各種原因與困境，而意外提前結束的命運。根據筆者訪談時任該刊總編輯的林煥彰，他說：1983 年 10 月 10 日發行第 15 期後，《布穀鳥兒童詩學季刊》的所有資料竟然在辦公室搬遷的過程中全部遺失。《布穀鳥兒童詩學季刊》因此終止於第 15 期。儘管如此，它在此時期所扮演與對提升整個大環境兒童詩學的貢獻是很巨大的。

　　本時期，第二個很重要的發展，是各個兒童文學學會組織的成立。本土兒童詩作家在往下札根的工作日趨穩健後，為能更落實推展者，在臺灣戒嚴時期，民間團體的申請與籌組還相當困難的時期，仍然堅持努力奔波，希望能成立兒童文學團體，使兒童文學的推展更能落實。

　　1984 年 12 月 23 日「中華民國兒童文學學會」，也是全臺灣第一個兒童文學的學會，終於排除萬難，在臺北成立，林良為第一屆理事長，林煥彰為總幹事；1989 年，陳千武也與中部兒童文學界人士成立「臺灣省兒童文學協會」，並被推為首任理事長。1987 年臺灣宣布解嚴，兒童文學作家林煥彰、陳木城、杜榮琛、李潼、曾西霸、陳信元、方素珍等成立「大陸兒童文學研究會」，林煥彰被推為會長，開啟積極和大陸兒童文學的研究與交流。1989 年，林煥彰應邀率團進入大陸，開啟了歷史性的「兩岸兒童文學破冰之行」。林煥彰受訪時提到：

　　　　兩岸分離之後，他們就像被關起來一樣的，文學思潮就受到了政治的影響。……所以我們跟大陸的兒童文學的交流，是用「兩岸開放探親」之後開始的。當時我們無親可探，我們假

借探親名義，我帶六個人；哎，這個也是危險的啊！我們都不敢對媒體公布，我們都有默契。回來後也不向媒體說我們去做什麼交流……。可是你看，我們還有機會深入到文化部！當時呢，我們接觸到一起開會的都是大咖！包括那個時候，我們還去拜訪冰心，她那時已經 90 歲了！我們能見到她，是不太容易的！他們都會有一種保護一樣的……

我們透過關係去拜訪她老前輩的啊！還有葉君健，他對丹麥的安徒生的童話，他可以直接用丹麥文翻譯……。還有陳伯吹，我還拿過他的獎。那都是第一代的名作家啊！

由這段訪談內容可以得知：儘管兩岸政治局勢仍對峙，但臺灣兒童文學家們在此期展現的是：對兒童文學的推展熱誠而有的無懼與勇往直前。而兒童詩在此時期也成為臺灣兒童文學的主流。根據徐錦成的研究，認為此時期是臺灣兒童詩的黃金期。

除了兩岸兒童詩交流的開展外，這群對兒童詩的文化傳播充滿熱誠的兒童詩作家，也積極的進行國際間的交流。先是 1990 年 8 月 10 日，與韓國、日本、大陸一起協議組成「亞洲兒童文學學會」，每兩年舉辦一次「亞洲兒童文學大會」，由林煥彰先擔任臺北分會會長，長達八屆。1999 年，更由臺灣在臺北擔任第五屆亞洲兒童文學大會的主辦，除漢城、東京、北京分會代表外，更吸引了來自香港、菲律賓、新馬泰菲等國兒童文學作家百餘人與會，一時之間，盛況空前。此時期可說是臺灣兒童詩的成熟蓬勃發展期。

## 黃金期到衰退 (2000—2021)

2000 年前後的臺灣兒童詩，剛開始仍維持了一段時間的高峰。比較重要的事件有：臺灣第一個兒童文學研究所在臺東師院成立，這象徵了臺灣兒童文學發展進入了一個新的里程碑，第一批兒童文學研究所研究生正式宣告成軍。於是，東師兒文所、靜宜文學院及中華民國兒童文學學會，成為兒童文學學術活動的三大基地，一時之間有風起雲湧之勢。

而這對於兒童詩發展的後續影響，筆者試從學術論文發表的數量來參考與進行推論。筆者從「臺灣地區博碩士生論文加值系統」，找出以童詩及兒童詩為關鍵字搜尋出相關論文，共搜尋出 125 篇。最早的一篇是在 1997 年，由當時尚未改制的臺東師範學院教育學系的郭子妃所發表。所以統計時間就從 1997 年開始，每五年為一分期間距。以下依據發表年份篇數，整理如表格一所示：

〔表格一〕

| 發表年份分期 | 發表論文篇數 | 累計篇數 |
|---|---|---|
| 1997~2000 | 3 | 3 |
| 2001~2005 | 37 | 40 |
| 2006~2010 | 43 | 83 |
| 2011~2015 | 30 | 113 |
| 2016~2020 | 12 | 125 |
| 2021~ 現在 | 0 | 125 |

如上表發表論文的年份分期，對照到各期發表論文篇數，可以發現：2010 年應可視為是一個分水嶺。2010 之前，碩博士論文在童詩的研究與發表篇數，幾乎是躍進式的發展，顯見兒文所的成立及各兒童文學學會的推展與努力有成；但自 2011 年後，便開始以幾乎腰斬的情形大幅減少。

茲進一步分列出近十年，以兒童詩為研究主題論文發表的篇數：

〔表格二〕

| 發表年份 | 發表論文篇數 |
|---|---|
| 2011 | 8 |
| 2012 | 6 |
| 2013 | 7 |
| 2014 | 4 |
| 2015 | 5 |
| 2016 | 2 |
| 2017 | 3 |
| 2018 | 2 |
| 2019 | 1 |
| 2020 | 4 |
| 2021 | 0 |

根據表格二數據顯示，2011~2015 年，每年發表的兒童詩研究論文不到 10 篇，2016 年後，每年發表的論文則降到 4 篇以下。從表格一和表格二的統計，皆顯示出一個事實：兒童詩在當代的衰退。

如同筆者之前所提到：任何時期文化與文學的發展，必然與政策和經濟的發展密切相關。筆者從歷史發展及社會演進的角度分析其中可能的原因。首先是 1999 年第一次政黨輪替後，2002 年教育部長黃榮村即以「時代已經改變，沒有存在的意義」為由，在年底裁撤「兒童讀物編輯小組」。此舉對從 1965 年起成立，對臺灣兒童文學推展相當具有直接影響力的編輯小組來說，是個很大的打擊，從此政府全額補助的「班班有圖書」成為歷史。影響所及，相關的各種兒童詩刊也陸續消失，兒童詩的發展，在此時受到很大的考驗。

專業兒童詩刊的消失，兒童詩作家失去了廣大的發表空間，新進詩人與寫作人也越來越少；而相較於其它日漸口語化的白話文類，例如童話、故事、小說等，再加上現代社會的發展，各種 3C 電子與網路語言的氾濫，群眾追求速食文化已成日常，兒童詩漸漸成為一種較不容易也不願意花時間去解讀的文類。臺灣兒童詩的發展至此，終自黃金期進入衰退。

## 二、林煥彰的生命歷程

如同十九世紀美國詩人朗費羅所言：「創造歷史的人，是在時光沙灘上留下腳印。」沙上腳印可能隨時被風吹散，但在歷史留下的痕跡與對人類的貢獻，卻不會因此而被抹滅。

30年代末出生的林煥彰，被陳芳明戲稱為「掉在代溝裡的一代」[25]，比20~30年代的上一個「跨越語言的一代」的詩人們出發得遲些，又比1945年戰後出生的一代出發得早很多，兩腳分踩兩代，在當年落後窮苦的臺灣本土環境中長大，僅有小學學歷，十五歲邊開始為生活奔波，卻仍能在之後成為著名的橫跨現代詩及兒童詩的詩人，可說是絕無僅有。

本節根據四次深度訪談林煥彰本人，回返其出生的時空背景與每一段生命歷程的記錄，探究與討論其在兒童詩的創作理念與詩觀的形成。

### 林煥彰出生的時空背景：

1939年8月16日，林煥彰出生於臺灣宜蘭縣礁溪鄉的六結村，為林父的第二位太太所生。家族雖歷代務農，但林父並不喜歡種田的工作，而喜歡當個商人。根據訪談林煥彰的逐字稿，有很生動的回憶：

> 我爸爸，作為一個農家出生的農家人，他就偏偏不是那麼認真去種田。

---

25.陳芳明：〈寫在煥彰詩集《歷程》的後面〉，被收入林煥彰《歷程》（臺北：林白出版，1972年）附錄三。

其實他很有體力，我聽人家說，我的堂哥他們講我爸爸可以一個人挑 200 斤；開玩笑，那可不是一般的農民哪！

他是天天要想賺錢，想做生意——我所知道的。過去還跟我堂哥他們賣豬肉，這是一項，還有養鴨，是後來的事，還當過牛販，從淡水買小牛仔回礁溪去賣養，我小時候都幫忙養過，有照顧過小牛仔，養大了又再賣給人家的，我小時候都要幫忙，還有碾米廠，他開過碾米廠，跟我堂哥他們合夥，後來也有自己開。

當時，正值日本殖民臺灣的末幾年，林父和朋友合夥共同販賣高獲利、高風險的米油鹽等管制物資。在林煥彰三歲時，林父被日本警察依非法販賣管制物資逮捕進牢，但和林父合夥的朋友，並未依照諾言代替林父照顧林母子四人，生母只得帶著他和兩個姊姊出走；但在出走過程中，命運多舛，不僅失去了大姊，林煥彰的身體更是孱弱。此時，林父已故的母親（林煥彰的祖母），眼見林父的另一位妻子（林煥彰後來稱為大媽媽）始終未能生下男丁，故而希望林的生母能將林煥彰送回林家傳宗接代；林煥彰生母雖不忍與兒子分離，但一則在出走中已先因貧病失去一個女兒，再則自己對當時林煥彰的體弱多病深感無力與害怕，無奈之下，只得同意將林煥彰送回林家由大媽撫養。

我爸爸被關的時候，我的媽媽帶着三個孩子出走；我這邊所謂的我的媽媽，是講我的生母，她是我爸爸的二太太。……

我媽媽出走，是因為我爸爸已經被關了！為甚麼被關呢？

我猜想，他可能與人合夥，一票人去做這種買賣，犯了日本戰時管制物資的法令，可能要有一個人出來頂罪，這樣其他人就沒事。那些合夥的朋友，可能就跟我爸爸說，他們會照顧我爸爸的家人。我覺得可能是這樣的關係。所以，那個年代呢，為什麼我媽媽出走以後，我又會被送回去給大媽媽養？一個媽媽要帶三個孩子出走，那是很不容易的事，在那個年代。……

　　後來我媽媽（生母）就把二姊先送給人家當養女，是送到九份去。……就剩下我跟大姊在媽媽（生母）身邊，這都是後來我才知道的。據說，就是因為我們兩個姊弟經常生病，這不是更糟糕了嗎？本來吃飯都快成問題，那你看那生病是很緊張的事啊，對不對，一定也盡能力，找了醫生，吃了藥，但是都沒有用。我們那個年代，當然現在也差不多，當藥都吃不好時，可能就想到要求神問神，結果就是說，據說我已過逝的祖母要我回去傳香火。因為我大媽媽，雖然有生過孩子，但是，都沒有留住，只留下了一個我的大姊姊……。當時就問神，結果是說，得送我回去林家。那我大媽媽就答應我的生母，一定會把我當作自己生的小孩來養我、照顧我，就有這樣的承諾。所以我就被送回去，嘿，結果，後來果然沒事、沒有問題，就不再生病了。可是之前跟我一起在生母身邊的大姊，就不見了，我從來沒有看過的大姊生病就走了，直到我 20 歲時去看媽媽，看到照片，媽媽抱著我，左邊、右邊兩個姊姊站著，四個人拍照；那個年代有照片是很不容易的。……

　　直到數十年後，筆者在訪談時已經逾八十幾歲的林煥彰，這段生母和林煥彰之間的斷捨離，仍讓林煥彰在接受訪談時，

淚濕衣襟。他說：

我的人生是這樣子，當然小時候都不會想到也不知道，那長大以後呢，當然也不會說，是不是真的有很大的遺憾，我不知道。總之，命嘛就是這樣子，要能接受逆來順受，我就變成養成了我的一個面對現實生活的一種心態、一種想法。

而這個決定，也對後來林煥彰在文學的創作生命，產生關鍵性的影響。

## 林煥彰的生命歷程：

（一）走出農村的第一份工作到自尊燃起的第二份工作：

三歲時體弱多病的林煥彰，回到林家後，在林母（大媽媽）視同己出的照顧下，身體果然日益恢復健康。但我們常常會發現，一個人生命歷程的發展，往往不見得能依照自己心目中規劃的發展。如果林煥彰之後就這麼一直留在宜蘭的農村裡，承繼家業從事農作，也許就不會有今天的林煥彰。

回到林家對林煥彰的成長是一個關鍵，而再次離開林家到都市發展，應該就是促使林煥彰創作萌芽的第一個轉折。

小學畢業後，沒有考上中學而要跟著堂哥一起從事農作，但卻無法適應，這件事促使林煥彰提前離開農村、離開家鄉。他說：

寫詩這件事情在我年輕的時候，大約大概不到 20 歲，十七、八歲開始萌芽，那個時候的萌芽的背景是，我是小學畢

業，沒有再念書；中學沒有考取嘛，然後當時的農村就是種田為主。可是要我種田，我就哭哭啼啼的。我的堂哥看我這樣，就說，那你算了，你不要種田。可是不種田哪有飯吃？在鄉下，農家最重要的就是勞力，要能做事才行。他說，呃，我把你帶出去……

　　其實應該也是一種命吧！據說，我三歲時我爸爸已經賣掉了屬於他的三間紅磚屋和所有的田地！如果我長大了，也沒有田地可種，我的二堂哥（大我十歲）的決定可能早已意識到。


　　剛開始的第一份工作很短，只有為時十個月，林煥彰在堂哥的介紹下，進入基隆的一家肉類加工廠當學徒，是不知憂愁，少不更事的一段日子。年少的林煥彰，此時尚沉浸在剛走出農村的探索期，對未來也沒有任何的想法。他回溯著：

　　我首先的第一個出去時，大概十五、六歲，去基隆當肉類加工的學徒……做了十個月。那個時候也什麼都不懂啊，但是很快樂，為什麼呢？有的吃又不曬太陽，只有曬日光燈，因為在屋裏面工作嘛，那個階段，當然就不知什麼憂愁。對不對？反正不懂事，就歡樂的，這樣的工作。……當學徒嘛，反正聽人家的，人家工作我們就一起工作，就是這樣子，在那個時候……是不懂事的階段嘛！

　　如果林煥彰的生命就這麼不知憂愁的運轉下去，當然不會有日後的兒童文學大家的出現，那麼也許臺灣的兒童文學界就少了一個重要的推手。

第二份工作，林煥彰在父親委託朋友的介紹下，進入臺灣肥料公司的南港廠。臺肥南港廠，以當時來講，是最晚、最新成立的，建設經費來自美援，號稱是東南亞最現代化的化學肥料工廠。但因為林煥彰只有國小畢業，所以剛開始被安排的工作，是做宿舍的清潔工，每天除了例行性的掃地拖地，還要負責清理每個房間的痰盂。在訪談林煥彰時，至今回想起來，他認為這一段日子的工作，使他心裡受到極大挫折，讓他的自尊開始燃起，也是他寫詩萌芽的開始。他很感慨的回憶著：

　　　　那年代的人，習慣吐痰的特別多；所以，為了講究衛生，宿舍裏面的每一個房間都有痰盂，規定不能亂吐痰，要吐就吐在痰盂裏。那你看，當時的我是不是每天都要倒、要清洗這些東西，對吧？除了掃地、拖地板啊，那這些（痰盂）一定要弄乾淨的嘛！那整理這些呢，你會不會反胃，會不會難過？……

　　　　那個時候呢，我一拿起掃把，就開始暗自流淚，自己感覺好像沒有自尊一樣，沒有前途一樣；我一輩子要做這種事情嗎？……

　　知名人類學家李亦園曾說過：「每一個人生命歷程與宇宙的時間對照配合時，就會有各種大小不同的階段，而每一個階段都有不同的機緣，有時是好，有時是壞，這就是所謂『運』。」筆者認為，也許我們無法掌握宇宙與命運的運行，但卻可以透過認真與積極的生活態度，抓住機緣，與命運產生好的聯結。審視林煥彰生命歷程的每個階段，都可以發現這樣的蛛絲馬跡。

(二) 通過自勵考試，掌握機會，獲得文學的啟蒙：

在當了一年的清潔工後，第二年適逢工廠內部招考檢驗工，林煥彰雖然只有小學畢業，但在強烈自尊的驅使下，鼓起勇氣參加考試，繼而通過成為正式的檢驗工，開始「做中學」的工作，同時也有機會開啟了文學的啟蒙：

我的同事都是新竹高工、嘉義高工畢業的，你看這個公司這個工廠啊，政策多好，非常重視在職訓練，不管你有沒念書的，反正那裏的員工的工作啊，都會針對你的工作需要，不斷地辦在職訓練，那我就有機會去學習了，是這樣跟着人家這樣上來啊，儘管我是最低的檢驗工啊，可是呢，就有了機會學習的……

下班之後，我們還經常因為呢，中央研究院在附近，我們會請學者來，當時呢，我雖然沒有很認真，但我就聽過古文觀止，有請人家來演講新詩，也有請人家來演講小說其他的啊，都有請人來演講。我就被啟發了嘛……

一方面因為臺肥南港廠對員工下班後的社團及學藝活動很重視，另一方面，正好當時林煥彰有一位嘉義高工的同事（楊源波）借給他一份雜誌《新新文藝》[27]，這是林煥彰第一次接觸到的文藝雜誌。沒想到，這本由古之紅編的小刊物，竟因此開啟了林煥彰的文學創作之路。他很感懷的說：

---

27.《新新文藝》，1955 年 1 月 1 日，由當時任教於虎尾女中的古之紅，於雲林虎尾創刊，至1959 年因經費短絀而停刊。

我同事，嘉義高工剛畢業的，他叫楊源波，借我一本雜誌，第一次我接觸到的文藝雜誌……是虎尾出版的，叫作《新新文藝》，32開，薄薄的，內容詩、散文、小說都有，社長古之紅……

那文藝的雜誌呢，我就借來看一看，看了後覺得，深獲我心，還可以接受，還可以懂得一些，甚至於想到，人家這樣寫，那我也會，所以「我也會」那三個字就這樣自然冒出來……

我同事借我雜誌，也算是貴人了！對不對？如果他沒有借我，我就不知道有這樣的東西啊……

林煥彰從來沒想過，居然可以從閱讀借來的《新新文藝》獲得啟發，更從來沒想過，由此產生的「有為者亦若是」的自信，不僅讓自己重新尋回自尊、療癒了自己，更因為對文藝的興趣，遇到了啟蒙的恩師──紀弦先生：

他就成為我的啟蒙的恩師啊，他演講時，你看着他那個樣子，瘦瘦高高的，就很崇拜！他當時在成功高中當國文老師，是臺灣現代詩社成立後，推動現代派的詩人，那我聽他演講那個樣子很獨特很瀟灑，哇，好迷戀啊！拿著拐杖，咬着煙斗，你想想看啊……

紀弦老師的作品：〈檳榔樹〉，哎，他就像，他說，我就是一棵檳榔樹，高高的，瘦瘦的……

後來呢，我當兵也沒有中斷，後來我就對文藝產生了濃厚的興趣……

當時肥料廠的職工福利會學術組，有一次邀請了紀弦來演講。林煥彰聽完紀弦的演講，很受感染，特別是紀弦寫的 < 狼之獨步 >[28] 對當時年輕的林煥彰啟發尤大：

紀弦是我的啟蒙老師，聽他演講，我就很受感染。受他的感染，受他的影響，就可以一派這樣子自在，因為自己有信心嘛。對不對，他的〈狼之獨步〉也是四五行而已，這對我有很大的啟發……

三五行就可以，很療癒，所以後來我就認為，文學藝術啊，都有療癒作用。這對我有很大的啟發，就認為詩就是這樣子吧，很簡單呐，我不必長篇大論，就可以完成一篇作品，我不敢對別人講的話呢，我都可以利用它來寫來講，就這樣子一頭栽進去，60 年了，還沒有斷掉啊！

之後，即使入伍，林煥彰也沒有中斷文學的學習，特別是詩歌的學習。

(三) 軍中的文藝生活：

在軍中的兩年，林煥彰利用時間參加軍中的文藝函授學校，繼續接觸、讀詩，看覃子豪的講義，而當時覃子豪的講義裏面常常引用楊喚的詩。林煥彰很喜歡楊喚寫的短詩，特別是

---

28. 〈狼之獨步〉為紀弦的代表作之一，以狼自喻，勾勒出「先行者必然是孤獨者」的形象，應該有七行，79 字，首發表於 1964 年，《現代詩》停刊之時。後收錄在《紀弦詩拔粹》，（臺北市：九歌，2002.8.10）

只有四五行的短詩，例如《詩的噴泉》，林煥彰認為這和他晚期推動六行小詩，也有一定的影響：

> 楊喚的詩，……很可愛的是短詩《詩的噴泉》，其它的詩也大部分都是短詩之類的，《詩的噴泉》就更短，四行五行啊這樣的，那我就會很喜歡這樣的短詩，這個跟我後來推動六行小詩呢，也都可能冥冥之中都有關係的。

林煥彰寫詩，是從寫新詩（現代詩）開始。除了啟蒙老師紀弦的影響外，胡適先生提倡的白話文運動，對林煥彰的創作之路，也是一個很重要的助力，他用充滿感恩的語氣說：

> 他的白話文詩集《嘗試集》給我信心，否則，我怎麼可能用自己小學畢業的語文能力，來從事詩的寫作？如果沒有白話文學，我的創作之路可能就很遙遠，走的路可能就又不一樣……

## （四）從寫現代詩轉為專意為兒童寫詩的轉捩點：

林煥彰寫現代詩後，中間大約隔了十年，才開始接觸兒童文學的童詩。當時的轉捩點，是參加洪建全兒童文學獎[29]。此時的林煥彰已經有了十年的現代詩的磨練，他開始轉為為兒童寫詩，想試試看自己，除了成人詩之外，也涉獵兒童詩，能不

---

29.「洪建全兒童文學獎」，1974 年由洪建全教育文化基金會所設立，一共舉行了十八屆
(1974~1992)，一度為臺灣兒童文學界的年度盛事，在臺灣兒童文學發展史上，扮演著極重要角色。

能就從這方面再轉一個方向。

　　1975 年，林煥彰以童詩〈妹妹的紅雨鞋〉等二十首參加徵稿，獲得洪建全教育文化基金會「第一屆兒童文學創作獎」童詩組佳作。雖然只有獲得佳作，但這對當時的林煥彰來講，是非常大的鼓勵：

　　　　我就因為有這個獎，所以開始啟動了，覺得：為兒童寫詩是很有意義的。

　　但另一個很大的轉捩點是，林煥彰雖然沒有拿到洪建全第一屆的正獎，只拿到佳作，卻因此受到了當時兒童文學界的矚目。首先是臺中的光啟出版社，願意出版他的《童年的夢》[30]，而在《童年的夢》出版之後，也吸引了文壇上地位很高的林海音先生的注意，而主動聯繫林煥彰，集結了林煥彰其它的童詩作品，出版了《妹妹的紅雨鞋》一書。

　　1978 年 11 月，由臺肥公司總管理處秘書室推薦，林煥彰的兩本童詩集：《童年的夢》、《妹妹的紅雨鞋》，獲第十一屆「中山文藝獎」。林煥彰為此獎項兒童文學類第一位獲獎者。

(五) 兒童文學之路：感恩貴人與堅持努力做中學：

　　林煥彰只有小學的學歷，從一個年輕的工人，到後來可以成為兒童文學界的重要推手，成為一個不可被忽略的兒童文學

---

30. 林煥彰的第一本兒童詩集：《童年的夢》（臺中：光啟出版社，1976 年 4 月）。

大家，不是沒有原因的。

　　他回憶過往，也細數每個在他生命歷程轉彎出現的貴人與伯樂。從帶領他走出農村的堂哥、安排他進入臺肥南港廠的地主、借他《新新文藝》的同事楊源波、透過演講啟蒙的紀弦先生、經由詩人覃子豪先生軍中中國文藝函授學校的講義而得以持續接觸新詩。而隱地先生不但邀請林煥彰為《青溪文藝》詩的賞析專欄，更在之後主編《書評書目》時給了林煥彰機會，促成編輯《近三十年新詩書目》。軍中兩年退役之後參加中國文藝協會辦的「文藝創作研究班」詩歌組遇到三位指導老師：詩人紀弦、瘂弦、鄭愁予……，至此，林煥彰已在心中確立了自己的努力方向。

　　詩人周夢蝶先生，當時在武昌街明星咖啡廳樓下走廊擺書攤，林煥彰受到前面幾位詩人的啟蒙後，就常常去舊書攤找舊書詩集，最常去的便是周夢蝶先生的書攤；一方面去他那裏找書、買詩集，也藉機會去請教：

　　他賣的主要也是新詩集，偶爾會有一些散文小說的，最重要還是新詩啊，我就會一方面去買書喲，一方面請教他；自己寫的亂七八糟的，那就請教他，但是他的人就是不太愛講話，有時高興就講幾句，就不囉嗦，他就是那樣的一個性格的人啊……

　　不愛說話的周夢蝶先生在林煥彰積極的求教下，介紹兩位詩人：沙牧和管管給他，這兩位詩人，後來也分別成為林煥彰在新詩創作上的貴人。

藍雲先生又是另一位貴人，他在擔任《葡萄園詩刊》主編時，不但採用了林煥彰第一次投稿的四行詩：〈雲〉，還持續對他邀稿，這對年輕的林煥彰而言，無疑是非常大的鼓勵。早年林煥彰投稿所用的筆名「牧雲」，便是因為感念沙牧和藍雲的知遇之恩而取的。後來藍雲創辦了《乾坤詩刊》，在退休前，找林煥彰去接任發行人跟總編輯……。

　　有人會覺得是機運，抑或是貴人、伯樂，但對林煥彰而言，一個人的成功與否，貴人的出現，絕不是偶然，更與本身的人生態度和堅持努力有很大的關係。如同林煥彰在接受訪談時所說的：

　　一個人的成長，成功或不成功，成功了，或許也不完全是你自己的功勞，還有貴人啊！至於貴人到底怎麼樣幫助你，未必是具體的；但也有可能，你的成功或者你的成就，都是你自己努力得來的。

　　確實如此，林煥彰先是掌握了隱地先生給他的機會，沒有文學科班出身的底子，只能用土法煉鋼的方式，花了許多時間到周夢蝶先生的舊書攤找尋新詩第一手史料，不僅結識了新詩創作上的許多恩師貴人，順利編出《近三十年新詩書目》，而其後的因緣與際遇更是超乎他的想像。

　　後來當瘂弦從美國愛荷華回來，應聘到《聯合報》當副刊主編與副刊組的主任，策劃編選《聯副30年文學大系》遇到人才不濟時，林煥彰因為先前憑著堅毅編出《近三十年新詩書目》，讓瘂弦想到他，於是林煥彰成為《聯副30年文學大系》

27 本大套書裡的其中總目錄和作者索引三卷的主編。

如同歌德所言：「沒有人事先了解自己到底有多大的力量，直到他試過以後才知道。」筆者認為，對林煥彰而言，學歷與早年的挫折，反而成為他向上的動力。人人都在期待伯樂與貴人，但審視林煥彰的生命歷程，除了伯樂，成功是保留給堅持與不放棄的人。

（六）「認真寫詩，讓詩活著」，向前追上童年的老人：

林煥彰在他年屆八十，寫詩六十年，所出版的中英對照詩集《活著，在這一年》的序裡寫著：「活著，認真寫詩，死了，讓詩活著。」這樣的精神，也出現在他接受筆者訪談時：

從 70 年代，我就有機會被選進詩選集裡，那都是一種鼓勵和肯定……

當兵的時候，我也沒有中斷這個文學的學習、詩歌的學習……

就這樣我一路找到了自己的方向，而不是在某一首詩的成就。……

我的態度就像……，活著認真寫詩，死了要讓詩活著……我會說，詩是我的人生。

……詩裡面要處理的，就是跟我的人生有關。

所有的詩，自然都是詩人對生活的感觸與發想。林煥彰提到「活」與「死」，老實說，單從字面意義看，與過去許多透過文字留名青史的文人並無不同。但若深入了解林煥彰每天的

日常與詩作，便可以進一步辨認出其間其實有著極大的差異。

筆者以為，林煥彰的詩質是積極的。一般詩人年輕時在詩作的意氣風發，到了老年，恐怕大多已隨著生命能量的削減而逐漸轉為消極的面對世界。但對林煥彰而言，正好相反，他是一個努力「向前追上童年的老人」[31]。如同他在八十歲時所寫：

活著，在這一年，我做了什麼？……
活著，活著的意義是什麼？
活著，不是只有呼吸、吃飯而已；總該做些什麼？
我做了什麼？
寫詩，是我一輩子的志趣，所謂志趣，
我認為是自始至終一輩子都不會改變的志趣，
所以寫詩，我會一直寫一直寫……

為林煥彰翻譯《活著，在這一年》（秀威，2018）的黃敏裕教授在譯者序中也寫到：

今年三月，一向謙卑自牧，終身自強不息的煥彰老師親駕我任教的臺灣科技大學，拎著兩冊他的詩畫集……，暢談他的年度新書出版構思和規劃，看他已是髦耋之年，仍眉飛色舞，神采奕奕，每天為明天下個月新的年度籌劃些什麼，規劃出什麼，……他奔走出席於各種活動，推動熱切生活及能靈動的活性文學……其精神與精力之旺盛，讓人打從心底感動……

---

31. 陳燕玲：〈林煥彰詩中童年與老年並在的書寫〉，《林音深廣 煥彩明彰》（台北：萬卷樓，2019 年 8 月），頁 195。

這正是筆者幾次訪談所看到的林煥彰。他在接受訪談時，也回答了筆者問到何以他對創作詩的熱誠可以如此堅持時：

> 作為一個寫作人，本身就要有一種所謂的「悲天憫人」的人道主義思想……要放下，不要有功利，不要為了出版才去寫，……
>
> 透過寫詩，分享我這一生得到的感悟、我發現的美、我想的一些我的智慧，呈現出來……

「活著，認真寫詩；死了，讓詩活著。」，林煥彰的詩觀充滿熱誠與積極。


## 三、林煥彰的創作理念與詩觀

林煥彰在臺灣兒童文學界的兒童詩作家中，是屬於生產量能很高的作家，近幾年，每年均有超過四百首以上的新詩（包含現代詩與兒童詩）創作。兒童詩作品自 1993 年被任職於新加坡教育局的詩人南子先生選入新加坡《小學華文》開始，就頗受華語地區學校語文教育喜愛。除了被新加坡選入課文外，臺灣、香港、澳門、大陸等地的學校語文教材也都先後選用。其中〈影子〉這首兒童詩，從 2001 年被大陸人民教育出版社

收入小學一年級語文課本後，至今持續 20 年，成為林煥彰擁有最多讀者的一首詩。

林煥彰的兒童詩能如此受歡迎，與他的創作理念和詩觀有密切的關係。

**創作理念：**

(一) 透過寫詩分享，療癒讀者，成就自己：

林煥彰認為，詩有一定的療癒作用，因為現實生活不一定都能如我們的計畫而前進。此時，文學就可以給人慰藉，特別是童詩。因為童詩是純真的、是無邪的，可以是寫實的、也可以是超現實的。他在訪談時提到：

> 「童話」是美好的的意念的催化劑，有了它，要轉化一些不良的、負面的情緒，就變得格外容易了。……欣賞詩，有轉換心境的作用。

林煥彰認為透過寫詩分享，不但療癒讀者、療癒自己，同時也成就人生的意義：

> 跟人家分享，寫詩是分享，是這樣的。分享什麼，那當然要分享好的，我跟別人分享壞的，就沒有意義了；分享好的，就是快樂的、喜悅的、新鮮的、美感，還有甚至於你對人生的感悟……就是要分享，你才有成就感，作為一個人才有意義。所以寫詩最大的目的，是在成就自己的人生，這個過程得到了

什麼，體驗跟感受、感悟，甚至裏面就有智慧在。

(二) 堅持「做中學」，不斷追求創新：

　　林煥彰是極少數只有小學學歷，因沒有考上中學而失學的詩人。從在臺肥南港廠聽了紀弦先生的演講而開始了文學的啟蒙，後來參加「文藝創作研究班」，又接受到鄭愁予、瘂弦等老師的指導與鼓勵；每天即寫詩不輟。即使在努力的過程中遇到許多困難，特別是早年失學的他，有些是完全沒有學過的。但林煥彰憑著一份對文學的熱情，咬著牙，拋下旁人的眼光，秉持著從「做中學」的理念，反而獲得更多提升自己的機會，並因此而磨練出更多的能力。除此之外，林煥彰也堅持創作是需要透過不斷地寫。只有不斷的寫，才能不斷的有新的東西出現；即使到後來他已經是獲獎無數的著名詩人，但若停留在過去的榮耀而自滿於現狀，就不會有不斷的學習，而只有不斷的學習，才有意義：

　　……也不是說現在的所謂人家認為的好，我應該還有其它的，我的觀點是這樣的。所以我會努力，而且繼續寫。我認為你要有自覺的，不斷要有新的東西出現，才有意義；如果我一直停留在我以前的作品中，就像有人在講，你在吃以前的這個什麼利息什麼的，那就沒有意義。要不斷有新的東西出現。所謂新的東西就是要有新觀點，新的表現方式，要能夠這樣去經營，所以我後來才會有一種不同的寫作觀。……

　　你要創新，如果只是一直重複別人重複自己，那就沒有意義，沒有長進了。

事實上，林煥彰不僅是個現代詩人、兒童文學童詩作家，同時也是個畫家。這也恰好也符合了他先前在《童詩五家》中所寫的關於詩的創作理念：

　　　兒童詩是詩的一種，也是兒童文學的一環。是詩的，應該具備詩所具備的要素；是兒童的，應該考慮它的對象；是文學的，應該要有文學的價值。……要有三個觀念，那就是：兒童觀、教育觀和藝術觀。[32]

　　結合了詩與畫的美學創作，林煥彰不斷的創新自己的文學生命。

**林煥彰的詩觀：**

(一) 始於愉悅，終於智慧：

　　林煥彰在兒童詩的創作能始終受許多人歡迎，除了因為他向來不喜用艱澀隱晦的創作方式外，還有一個很重要的地方：堅持創作除了要讓讀者喜歡讀，又要能對讀者產生內化的啟發作用。這是他很重要的詩觀。

　　他在評李金髮的〈為幸福而歌〉一文中便曾寫到：

　　　詩，是人類心智活動的一種表現；讀詩，應該可以得到慰藉、鼓舞、提升或淨化心靈的作用。[33]

---

32. 林良等著：《童詩五家》（臺北：爾雅出版社，1985 年 6 月），頁 36。
33. 林煥彰：《詩‧評介和解說》（宜蘭市：宜蘭文化中心，1992 年 6 月），頁 2。

在接受筆者訪談時，他也舉了美國「桂冠詩人」佛洛斯特曾說過的話來說明：

> 美國「桂冠詩人」，總統就職的時候，恭請他當朗誦詩、致詞的這位詩人，「桂冠詩人」佛洛斯特，那是甘迺迪當總統就職典禮的時候。有人曾問他，詩是什麼？他回答：讀起來很愉快，讀過之後感覺自己又聰明了許多的，那就是詩。如果用比較文言的說法，就是「始於愉悅，終於智慧」吧！所以，我啊接受了他的說法，我也朝着這個方向去發展，去追求，這就成為我的詩觀。

> 你的詩好不好，就在你對讀者有沒有那一份內在的文學藝術的成就。所以，你儘管你說我看起來、讀起來很好玩吶，可是你讀過了，好像就沒了，那就可惜了。要能夠留在讀者的心裏，產生內化作用，才行……。要有內在的啟發、有內化的作用。……然後自然智慧就會增加了……寫的題材，裏面要有人生的智慧，這樣才珍貴。

林煥彰寫詩，不僅止於希望療癒讀者，更希望讓讀者讀完後「感覺自己又聰明了許多」。讓讀的人，受到感動內化，進而啟發了自己的智慧。他認為詩的價值莫大於此。

(二)「詩即生活，生活即詩」，反對「靈感說」：

跟林煥彰熟稔的人，幾乎每天會收到他的詩。創作量之驚人，並不是他一天的時間超過二十四小時，也不是他比別人會利用時間。林煥彰在《一個詩人的秘密》自序裡提到，當他在

撰寫這本書時，身兼多職，時間其實被切割得四分五裂，頭腦也在不同的工作領域裡穿梭，但卻在一百日內完成《一個詩人的秘密》這本書。有人會認為，這是因為他有「真功夫」，或是有超強的創作 DNA[34]，但根據筆者訪談，林煥彰對此則有不同的看法，他說：

> 詩是我的人生。我就會這樣想，就是說詩裏面的內容一定是，我要處理的，就是跟我的人生有關。
>
> 我常常跟人家講，我是反對「靈感說」的。人家常常會就會說，哇！你作品那麼多，你的靈感怎麼來的？
>
> 你怎麼寫得那麼好？靈感從哪裏來？我說：哪有憑空掉下來的，哪有說神給你，卻沒有給我？那就不公平了，是不是？所以，我認為你要「認真生活」，那認真生活，你就會感受到人生總會有不同的際遇。有時候可能很順利，有時候可能就好像挫折很大，所以那個喜怒哀樂是很自然，一定會有的。所以要看你怎麼樣去生活。
>
> 你任何時候的生活，都可能累積後來你寫的，有機會出現的東西，那是一輩子的，你不能很現實說我要寫什麼，我才去體驗那個生活……

什麼時候，什麼地方，什麼心情適合寫詩？如同林煥彰在《一個詩人的秘密》書裡提到的：

---

34. 康逸藍：〈管窺《一個詩人的秘密》〉，《林深音廣，煥彩明彰》（台北：萬卷樓，2019 年 8 月），頁 221-226。

詩在我的腦子裡，我要把詩帶著去旅行，走到哪兒，就寫
到哪兒……

對林煥彰而言，沒有時間與地點的限制，只要抓住一個意
念，隨時可以寫詩。


# 四、小結

在本章，筆者從歷史演進角度，重新梳理臺灣自日治時期
後期之後，兒童文學的童詩發展進程，透過大量文獻整理、四
次與詩人深度訪談，間接參與見證了童詩在各個時期的興衰，
在進入當代後持續面臨的社會考驗後，深感兒童詩及詩人們在
過去各個時代的意義與未來的任重而道遠。

從深度訪談中了解林煥彰與文學結緣的因緣，筆者也深
刻感受：任何超越時代的人，應該都是先超越自己。同時在進
行探索林煥彰的生命歷程與文學創作所產生的各個交叉故事過
程，筆者彷彿也看到臺灣兒童詩發展史的縮影。

林煥彰先生的創作理念：透過寫詩分享，療癒讀者，堅持
「做中學」，不斷追求創新。筆者從幾次與他的接觸與聯絡中
看到：一位已逾八十幾歲的退休老人，在努力認真一輩子後的
耄耋之年，仍堅持創作不輟，並持續積極於詩作的創新與分享
的行動家。而他的「始於愉悅，終於智慧」的詩觀，更是療癒

了無數大小讀者們的心，啟發也豐富了當代臺灣功利化社會日益消失的文學價值。

　　正如同訪談時，林煥彰所言：「認真的生活，認真的思考。」筆者認為：林煥彰執著於兒童詩的創作與推廣，應該是因為童詩是很重要的介質，透過童詩的洗滌，讀者的心靈重新恢復純淨，在生活的日常，發現生命的真善美。

參

林煥彰
童詩中的親情與童年

本章主要分成三個部分，從詩人對母親的情感表現到對其他家人的敘寫，再到詩人童年的時光回憶。結合訪談詩人的逐字稿，試圖從詩人的每段成長歷程，理解林煥彰兒童詩中在親情與童年主題的詩作背後可能蘊含的意義，並從中發現與探尋詩人兒童詩中獨特且親近人群的療癒詩趣。

# 一、對於母親的情感表現

林煥彰經由對生活的體會，用樸實無華的文字創作童詩。我們常可以從他的童詩中，感受與看到他與家人的互動的影子。

母親這個主題，是最常出現在許多人的兒童詩的作品中的角色，但林煥彰在母親面向的描寫與敘述，尤其深刻，原因便在於他與眾不同的身世背景。

本節分成三個部分來剖析與瞭解他在詩作上對於母親情感的表現。

## 關於大媽媽

林煥彰常說自己有兩個媽媽，一位是生他的生母，另一位則是撫養他長大的大媽媽。林煥彰的大媽媽是林家的童養媳，是個很傳統的農村婦女，勤奮認真而有著一份極強的母性與責任感。在林父入監時，即使林家經濟狀況已不是很好，仍扛起照料一家子孩子們的照養。

在我小的時候，我伯父母我沒有見過，因為很早過世，我的祖父母我也沒有……都沒有見過。那我媽媽，大媽媽在當時是多麼的重要！既要幫我伯父母帶兩個孩子，就是我的大堂哥跟二堂哥，二堂哥大我大概差不多十歲，跟我同父異母的大姊年齡相仿，這個二堂哥，就是那個種田的二堂哥，而那個大堂哥呢，後來當警察，他是有念書，至於二堂哥呢，大概也差不多跟我一樣唸得不好……我爸爸可能被關的時候，那時就是等於已經破產了，家就已經散掉了，才可能會把房子都賣掉，我大媽媽就一個人撫養了我伯父伯母留下的兩個男孩，還有一個童養媳……是我二堂哥的童養媳，所以有三個喔，再加上我的大媽媽生的大姊姊和我，就變成五個咯……你看，責任多麼重大，最重要的，還好他們（堂哥們）的那一份土地還有老房子，沒有被我爸爸賣掉，當然也不可能也不敢吧！賣掉自己的就好，怎麼還可能賣掉我伯父的。因為大家都還沒有成年，只有我大媽媽，她就扛下照顧我們一群孩子……

一個文學作家的作品，常常是作家真實生活的反映，對於詩人而言，也是如此，只是詩人更常透過塑造出的半真實意象，取代直白的文字來表達。大媽媽在林煥彰父親缺席的那段日子，一手撐起全家的生計與辛勞付出，筆者認為林煥彰早期的這首創作〈我們很傻〉一詩，可以約略反映出當時的生活情景：

那年，我們很傻。我們不懂光陰是什麼。
太陽，太陽總是落在我們家山下那塊果樹園；

不管春天或秋天，我們總是把它當作熟透了的紅柿子，
而一口將它吃 掉。祖母很開心，但媽媽總是不高興。
我們很傻很幼稚，我們不懂光陰是什麼，那年。
那年，祖母總以為我們有很多山，很多果樹園，很多水田；
總以為我們這樣可以不去唸書，
而唸書就得離家很遠很遠。
祖母很寂寞，我們很好玩，媽媽總是不高興。
媽媽說我們很好玩，山會被我們吃掉，
果樹園會有不結實的時候，水田也會有乾旱的一天。
媽媽說得很多，我們不該那麼好玩。
但我們不懂，不懂光陰是什麼，那年。

那年，我們不懂，不懂光陰是什麼。
我們總是很好玩，而玩餓了就把太陽吃掉。
我們的花樣很多，我們把它當滾銅環那樣，
滾在藍天的安全玻璃上；
我們把它當鎳幣來丟，一天一個，
像祖母給我們的零用錢。總是叮叮噹噹的，那年。

那年，我們實在浪費了許多，總是叮叮噹噹的，
不懂光陰是什麼。
祖母說我們有很多山，很多果樹園，很多水田，
我們可以不去唸書。
我們不去唸書，我們很傻。
那年，祖母很寂寞，我們很好玩，媽媽總是不高興。

我們很傻。

　　這首詩屬於較長的敘事詩，〈我們很傻〉雖然用的是孩童的口吻，但不太像是寫給兒童看的詩，反倒比較像是一個成人在長大歷經滄海桑田後，回想起小時候母親曾有的辛勞，與年幼時自己因為不理解家裡的困苦而好玩不去念書，然後對母親當時「總是不高興」的孩子氣，一種來不及的體貼和錯過的遺憾心情。林煥彰雖然不見得是詩裡那個調皮、貪玩、不懂事的孩子，但心情應該是類似的。而且對「不去唸書」這件事，導致日後國小畢業後失學，從「我們很傻」這句看來，顯然也是懊悔的。而「祖母」這個角色，根據筆者訪談林煥彰及其書《來來來，來上學》裡所提及，他的祖父母在他當年被送回林家時早已過世，他是從未見過他們的。這是詩人刻意塑造出的一種意象。凡一首詩要能讓讀者產生深刻的感覺，自然必須要營造出能引起大家熟悉的與有共同體驗的角色、段子或情境，才能進而引發共鳴。祖母對孫子們的溺愛與母親對孩子的要求，即使經過這麼多年到現代的社會，隔代教養上中下三代的隔閡仍是存在的，經由描述這兩個對立關係的呈現，媽媽勞心與勞力的畫面，不知不覺就這麼被帶出來了。陳春玉認為林煥彰的童詩具高度的「成人化」[35]，但仍不能抹滅林煥彰童詩充滿「愛」的特色。這首詩，大略分成四大段落，詩人連續使用了好幾次「那年，我們不懂……」，以及「我們很傻」，在口語化的重複，類似自我對話的呢喃，讓人讀來，也跟著進入詩人對母親

---

35. 陳春玉：《林煥彰童詩研究》，（臺東：臺東師範學院兒童文學研究所碩士論文，2002 年），頁 58。

濃濃的「愛」與感念世界中。

　　事實上，〈我們很傻〉這首詩，的確不是林煥彰專意為兒童寫的詩，原來的詩名前面也多了〈那年〉兩個字，最早是被收錄在他的第二本現代詩集《斑鳩與陷阱》裡。因為被認為具有童趣，所以後來被編入他的第一本兒童詩集《童年的夢》。由此可知，林煥彰的詩，在意象化的詩世界裡，充滿感情，開闢了一個成人與孩童可以共享的真善美樂園。

　　被送回林家的林煥彰，在大媽媽悉心地照養下，身體果然日益恢復健康。大媽媽從來沒有提起他有「兩位媽媽」的身世，對林煥彰視如己出的對待。而林煥彰也始終將大媽媽視為自己的親生母親般的孝順與奉養，直到大媽媽離世。如同他在《來來來，來上學》一書中寫：

　　她把我從小帶到大，當自己的親生的兒子一樣對待，讓我無憂無慮，得到我所應該擁有的母愛。即使我長大成家，結婚生子，她還是一樣守護著我，給我一個溫暖的家。我永遠都是她的兒子。

　　由上面自述可知，林煥彰關於童年時期母親的創作，有很多是與大媽媽間的點滴相處，透過回憶，用充滿情感的文字記錄創作出。例如〈在母親手搖的縫紉機旁〉為其中一詩：

　　一匹陰丹士林布，
　　一支剪刀，
　　在母親手搖的縫紉機旁。

在母親手搖的縫紉機旁，

我是一隻燕子，

穿梭著，

在陰丹士林的天空。


　　這首詩，根據詩人自述：是在回憶小時候，偎在媽媽身旁，知道媽媽要為我縫製新衣時，那種喜悅與跳躍的心情，就像一隻飛翔著的燕子，在那晴朗的天空。乍看之下，的確明白顯現林煥彰兒童詩溫暖的特質，所使用的語詞也很常見：例如「剪刀」、「母親」、「手搖縫紉機」、「燕子」，都無太大的特出之點。真正讓這篇創作與眾不同的地方在：詩人使用了結合時代背景的產物專用形容詞「陰丹士林」。陰丹士林，原是一種布匹的染料。這類布匹自民國初年開始在中國行銷，原有各種顏色，但其中藍色最為暢銷。所謂的「陰丹士林色」多指的是青藍色，從 30 年代起，尤其深受年輕學子與文人雅士喜歡，顏色既鮮亮，耐洗耐曬，價格也不貴，當時它的廣告定位點即是「永不褪色」，在知識分子圈，則是「學識與智慧」的代名詞。所以，一開始詩中的母親用「陰丹士林布」來為孩子製作新衣服，隱含著母親對孩子未來在學習的期望；當時年幼的孩子自然不會想那麼多，有的就是最單純的對新衣服的雀躍與期待。但是在詩的最後一句，長大後的詩人，用「在陰丹士林的天空」作結尾，含蓄且內斂的道出了心中對母親「永不褪色」的愛，平實中潛藏著對母親的感念與深愛。運用衣服的顏色，來寫媽媽的愛的，還有〈斑馬〉一詩，出現在林煥彰的第三本童詩集《壞松鼠》裡，也很有表現力：

哇！好漂亮的斑馬，

跟我穿同樣花式的衣服；

媽媽說：

你也是很漂亮的。

是的，斑馬的衣服，

是他媽媽用毛線編織的；

我的衣服，

也是我媽媽用毛線編織的。

　　一開始的這句：「哇！好漂亮的斑馬」，孩子看到斑馬，
驚喜的說出對和斑馬有相同花式衣服的發現，而媽媽也是很自
然地跟自己的孩子回答全天下的母親都會回答的答案：「你也
是很漂亮的。」。這首童詩最精采的地方在，孩子聽到媽媽的
回答後，自問自答在心中衍生出的結論：「是的，斑馬的衣服，
／是他媽媽用毛線編織的；／我的衣服，／也是我媽媽用毛線
編織的。」我想，這個結論，只有像林煥彰這樣有童心的詩人
才寫得出來！試想，在真實世界，斑馬就是斑馬，哪有可能會
幫牠的孩子織衣服，但這種不規則的邏輯，卻是孩子認識這個
世界最好的方式。在具備童心的詩人詩想裡，進入孩子的世界
後，一切都變得合理了。最後孩子心理上和斑馬從衣服取得的
相似點，再連結回和母親的關連，對母親的感念之情與溫馨畫
面，也就整個顯露出來了。

　　因為童年在大媽媽的溫暖照顧下長大，所以林煥彰童詩在
對母親情懷的創作部分，大部是陽光的，也是充滿溫馨的。通
常沒有深奧的道理，只有再平常不過的周遭事物；沒有諄諄教

誨，但卻總能讓人讀來充滿驚喜的體驗與感受。如同他在《家是我放心的地方》的序裡所寫的：

詩是有無限存在的想像空間，為孩子寫詩，一定得盡情的把想像發揮出來。……孩子是天真的可愛的，童詩是他們的化身，為孩子寫詩，就是要讓他們在有趣的閱讀中，得到美、善、真、愛和智識的啟發。

接下來這三首，便具有這樣的詩質。
首先是〈媽媽的眼睛〉一詩：

媽媽的眼睛，
是兩面小鏡子，
它們時時照著我，
看我的手髒了，就要我去洗手；
看我的臉髒了，就要我去洗臉。
媽媽的眼睛，
是兩面小鏡子，
它們最喜歡看到我，乾乾淨淨；
它們最喜歡看到我，高高興興。

以「媽媽的眼睛」為主題來寫的詩很多，最常見的就是用「明亮的星星」來比擬媽媽的眼睛。大概是因為媽媽對孩子的愛，是發自內心最強大的愛，所以在孩子的眼中，媽媽的眼睛，就像夜空中的星星般明亮。而詩人卻是用日常最常見的「兩面

小鏡子」來比擬「媽媽的眼睛」。鏡子比起天上的星星，顯然要更接近真實的生活，而且比起掛在天上的星星，鏡子顯然也更靠近孩子，更能觀照孩子，而不是高高在天上不可觸的一個星體。事實上，這並不是詩人第一次使用「鏡子」來形容母親對孩子的愛。

在詩人的第一本童詩集《童年的夢》，就有〈小鏡子〉一詩：

> 媽媽陪嫁的那面鏡子，
> 小小的，
> 一口湛藍的湖。
>
> 小時候，
> 我只被允許在那樣安全的地方，
> 嬉水，
> 泳游。

這首〈小鏡子〉全詩完全沒有提到「媽媽的眼睛」，而是用「湛藍的湖」暗喻媽媽「清澈的眼」，用「我只被允許在那樣安全的地方，／嬉水，／泳游。」來帶出始終在旁看顧著孩子、擔心著孩子的「媽媽的眼」。而早在 1964 年，林煥彰二十五歲，參加中國文藝協會「文藝創作研究班」的詩歌組，接受詩人鄭愁予老師上課時的命題作業〈月方方〉[36]，就選擇

---

36. 這是林煥彰童詩創作中少數「童話型」的兒童詩，也是他的第一首童詩。

參──林煥彰童詩中的親情與童年

99

以「鏡子」來表達對母親的情懷，而當時鄭愁予老師給的評語是：「這個作品可愛極了，是富有童話意味的一首兒童詩。」林煥彰也因此獲得很大的鼓勵。不過，不同的是，當時這首詩對應的意象代表是月亮，而不是星星。

除了媽媽的眼睛，另一個最常被拿出來當主題寫，以表現母愛的，便是「媽媽的手」。

林煥彰的童詩裡，也有以下這兩首相關的主題。

其一為〈媽媽的手〉一詩：

> 媽媽的手，
> 每天都用洗衣板洗我們
> 骯髒的衣服。
> 洗衣板磨壞了一塊又一塊，
> 衣服也洗破了一件又一件，
> 可是，媽媽的手，卻越來越厚
> 　　　　　越來越有力。
> 我們像水和泥一樣，
> 是一天一天被媽媽捏大的。

30～40年代，在洗衣機還沒被發明出來或還不是那麼普及前，「洗衣板」是家家戶戶必備的用品。原本只是一件日常的事，在詩人的筆下，讀者跟著回到當時的時空，在旁邊看著媽媽用力的在洗衣板上搓洗衣服：「洗衣板磨壞了一塊又一塊，／衣服也洗破了一件又一件」，因為洗衣服這件家務而變得粗糙的「媽媽的手」，在詩人的詩裡：「我們像水和泥一樣，／

是一天一天被媽媽捏大的」，成為強而有力的，守護孩子長大的「手」。而孩子對媽媽的感懷，我們可以從《小河有一首歌》裏的〈媽媽真好〉這首詩，很明白的感受到：

> 媽媽把洗好的衣服，
> 晾在有陽光的地方；
> 乾淨的衣服擺動著，
> 像跳舞一樣，
> 好像是在說：
> 媽媽真好，媽媽真好。

**關於生母：**

如果用充滿感恩來表達林煥彰對大媽媽的情感，那麼林煥彰對另一位媽媽——生母的情感，應該是一種濃烈的缺憾與企盼。前面曾提到，林煥彰在二十五歲，參加中國文藝協會「文藝創作研究班」的詩歌組，接受了詩人鄭愁予老師的指導。當時上課命題作業，他寫了〈月方方〉，當時鄭愁予老師給了很高的評價，認為是少見的極富有童話意味的一首兒童詩。整首詩分成十四行，但卻使用了十次「媽媽」的名詞。如果只是就詩作的本身來賞析，過去的學者與詩作賞析，多著眼在「月亮的形狀」，從圓的變成方的角度，來討論其中的創新與趣味。但筆者對此卻有不同的看法。筆者認為：這首童詩，描寫的最深刻與令人動容的，是在那重複出現的十次「媽媽」：

> 媽媽，這圓圓的月兒，是妹妹用白紙剪貼的，我不要。

那個袖珍式的，方方的，像我在您面前送給小蜜娜的，
那個小鏡子，方方的，才是我的。

媽媽，別老拿那個，像發了霉的餅干，
不甜不鹹的圓月兒跟我換。
如果小蜜娜在那個方方的小鏡子裡看不到我，
是會哭泣的。

媽媽，我底月兒是方方的，
小蜜娜就是愛在那方方的小鏡子裡，
為我梳理著，修長修長的雙辮子哩！

媽媽，您看！停在那雙小辮子上的，那兩隻花蝴蝶，
一隻多麼像我的她啊！而另一隻又多麼地像，
親娘底愛兒呵！

媽媽，媽媽，您這樣，小蜜娜會哭泣的；
小蜜娜會哭泣的。

媽媽，媽媽，快快還我那個，方方的，
小蜜娜就會喚您一聲好婆媽。
且是，世界上，頂頂好的一個呢！

方方的，方方的月兒，是我的。
媽媽，媽媽，看我們微笑著，把方方的月兒，

照得好亮好亮呵！

　　這首詩一開始便直接以對話的方式跟媽媽說：「媽媽，這圓圓的月兒，是妹妹用白紙剪貼的，我不要。／那個袖珍式的，方方的，像我在您面前送給小蜜娜的，／那個小鏡子，方方的，才是我的。」很顯然的，這首詩的主角，是個早熟、聰慧，同時也是個內心孤寂，很需要被媽媽關愛的孩子。他知道月亮雖美，但遙不可及；只有擁有那個方方的，像月亮一樣會發亮反射的鏡子，就可以天天看到媽媽，天天讓媽媽看到：「方方的，方方的月兒，是我的。／媽媽，媽媽，看我們微笑著，把方方的月兒，／照得好亮好亮呵！」，這首詩，寫來既創新又充滿對母親的情懷。根據詩人接受筆者訪談時自述，他在讀小學的過程當中，或者說是開始有一點懂事時的他，「兩個媽媽」的聲音開始進入他的生命。當時曾經有幾次機會可以透過其他家人，見到極度渴望與想念自己的生母，但是年輕固執的詩人都選擇拒絕相信與接受。直到二十歲要結婚時，才決定去找生母。我們固然無法重回現場看到當時兩人相見時的場景，但筆者在訪談時，提到這一段過去，即使已經過去那麼多年，年逾八十幾歲的詩人，仍忍不住語塞、哽咽、淚盈眼眶……。而當年在與生母碰面時，生母拿給他的被捏得發黃的母子四人唯二有的兩張小照片，至今仍被林煥彰視為極珍貴的照片珍藏。在筆者造訪「半半樓」時，兩張舊照片已被翻拍成大張的照片，懸掛在二樓工作室的牆上。林煥彰對生母的愛，是一種缺憾，更是一種渴望。所以林煥彰在二十五歲時創作的〈月方方〉，「媽媽」兩個字重複出現十次，不只是單字表面

的意義，是一種吶喊，也是一種呢喃，充分代表詩人的心境，也是林煥彰企圖透過童詩穿越童年，呼喊出內心對生母的懸念，進入晚年後，近期對兩位母親在詩上的情感表現。

　　毫無疑問，林煥彰對兩位媽媽的感情，是很深的。年逾八十幾歲的他，在2021年的母親節寫了〈滿街走動的康乃馨〉一詩：

　　　　〈滿街走動的康乃馨〉──我尋找兩個媽媽
　　　　母親節，我一早進城
　　　　去找媽媽；滿街都是
　　　　紅色的康乃馨，
　　　　只有我手上拿著和心上插的
　　　　兩朵，是白色康乃馨……

　　　　我的兩個媽媽，她們
　　　　從鄉下來，
　　　　我到處張望，都沒發現她們
　　　　我想，她們可能迷路了
　　　　也可能坐下來休息；
　　　　城裡有那麼多
　　　　會走動的花，一定是
　　　　看累了，眼花了
　　　　她們年紀那麼大，又少進城
　　　　一個一百，一個九十七
　　　　如果是以前，還在鄉下

她們肯定沒問題；

現在進城來，已經是

一個一百二十，

一個一百一十七，

走走停停，是必然的

可我到處找，到處看

還是滿街遊動的紅色康乃馨，

就少了兩朵，白色的康乃馨……

　　詩人在這首詩創造出一個如夢似幻的場景。因為只有在夢中，兩位他最思念的媽媽才有可能一起出現：「兩個媽媽，她們／從鄉下來，／我到處張望，都沒發現她們／我想，她們可能迷路了／也可能坐下來休息」，詩人帶著期待與擔心，不斷的自我呢喃著。在夢中，詩人兒子在滿街遊動的紅色康乃馨中，找尋最珍貴的他的那兩朵康乃馨，但「走走停停……／可我到處找，到處看／……滿街游動的康乃馨，／就少了兩朵，白色的康乃馨……」。到處找到處看，焦急心情不言而喻，最後的「少了兩朵，白色的康乃馨」的結語，又是多麼的讓人動容。同一年的十月，林煥彰又寫了〈媽媽，我在想〉這首詩：

媽媽，我有兩個媽媽

我在想，我的媽媽

我的大媽媽，一百歲

我的小媽媽，九十七

我有娃娃，我有好幾個娃娃
他們和她們，都是巴比娃娃
他們和她們，也都是
永遠都是
巴比娃娃；
我有車車，我的車車
是娃娃車，它們也都是
永遠都是，我的娃娃車……

我的，一百歲的大媽媽
她永遠不會再長大；
我的，九十七歲的小媽媽
她也永遠不會再長大；
只有我，我在想媽媽
我自己就天天在長大；

現在，我還在想
我的媽媽
只有我自己，還是
天天在長大……

　　在這首詩裡，兩位媽媽，在林煥彰的心裡；「就是巴比娃娃」。即使到了一百歲、九十七歲，已先後離世；但在詩人兒子的心裡，她們的形象，始終停留在永遠的青春時代，成為「永遠不會再長大」，也永遠不會變老的、美麗的「巴比娃娃」。

最後的，「現在，我還在想／我的媽媽／只有我自己，還是／天天在長大……」四行字，顯現的是：天天長大的同時，對兩位母親的情懷與思念，也隨著天天在增加。這首詩是屬於較具「成人味」的童詩，但讀來卻有一種療癒人心的作用，我想這和詩人的創作理念有必然的關係。透過寫詩分享，療癒讀者也療癒自己，林煥彰創作特色與理念，即使到了八十幾歲，仍舊如此堅持著。

## 二、其他家人的敍寫

對兩位媽媽的感懷如此深刻，對其他的家人，不管是在童年成長過程中陪伴他一起長大的兩位堂哥與同母異父的大姊姊，或是在林煥彰長大後自己成立的家庭，甚至是曾經一度缺席的父親；家人在他的心中，始終是有相當的地位與重要性。而林煥彰的詩觀向來很重視「詩即生活，生活即詩」，反對「靈感說」，認為創作應該是來自認真生活所獲得的體驗與體會。因此，家人的敍寫以及詩人與家人的日常互動，便成為詩人童詩作品裡很重要的一個書寫面向。

本節筆者分成三個部分，來窺透詩人詩情的內涵及韻致。

**關於林煥彰的父親：**

林煥彰和他的父親，兩人的生命歷程顯然有諸多不同，但

很巧合的，有一點倒是相同的：

爸爸，作為一個農家出生的農家人，他就偏偏不是那麼認真去種田。他是天天要想賺錢，想做生意——我所知道的。過去還跟我堂哥他們賣豬肉，這是一項，還有養鴨，是後來的事，還當過牛販，從淡水買小牛仔回礁溪去賣養，我小時候都幫忙養過，有照顧過小牛仔，養大了又再賣給人家的，我小時候都要幫忙，還有碾米廠，他開過碾米廠，跟我不同房的大堂哥他們合夥，後來也有自己開。

我們可以從上面這段訪談了解他們父子的共同點，那就是：他們倆人都不安於只是做一個農村子弟，都不喜歡從事農務工作。林煥彰的詩作，關於他父親的部分書寫很少，即使是在林煥彰在 2011 年寫的《林煥彰話童年：來來來、去上學》這本描述童年的回憶的書裡，也完全沒有提到與父親的互動。筆者認為，原因有二：一是詩人的父親在詩人三歲時，因為販賣高風險的管制的民生物資被日本警察抓去坐牢，臺灣光復後才得以獲釋出獄。因此詩人最初回到林家的童年時期，父親是缺席的，在詩人童年的相關回憶詩作就較少。二則與詩人父親的壞脾氣有關。筆者從幾次的深入訪談，也得到一些端倪：

在我童年的過程中，我 15 歲還沒有出外之前，我就有略知一些，知道了一點；他在那個年代，是因為犯了日本的法律被逮捕抓去關……
據說是因為我三歲的時候，我的爸爸原來所應該要有的，

他的家產土地都沒了，原本有三間磚造房子。

我爸爸可能被關的時候，那時就是等於已經破產了，家就已經散掉了，才可能會把房子都賣掉……

她（指生母）不敢公開露面，因為我爸爸說好像有放話：看到就要打斷她的腿！我爸爸很凶，真的是會有可能……

因此，原本脾氣就不好的父親，在歷經人生的不順、破產與酗酒的不良習慣、情緒的不穩定等，對詩人而言，父親的形象應該是較負面的，對於父親的詩作，自然更加寥寥無幾。這個觀點，蔡馨儀在她的碩士論文《林煥彰現代詩研究》中，曾就這個部分，有提及：

大媽一直以無比的堅毅和包容，守護她的孩子，守護她的家園，對於父親長年在外，以至於對家庭和子女的失職，她總是一人默默的承受著。林煥彰謹守為人子的分寸，對父親不曾有過隻字片語的責難，但也忍不住要為母親叫屈。[37]

而之後林煥彰在父親於 1988 年離世後，2002 年在《香港短詩集》一書裡就寫了這麼一首〈血衣〉——為母親說：

〈血衣〉
母親已經不再談她的往事，
往事如煙

---

37. 蔡馨儀：《林煥彰現代詩研究》( 高雄師範大學國文系國文教學碩士論文，2012 年 )，頁 73。

不再是母親腦中的焦點；

我卻牢牢記住，母親曾經對我說過的
悽悽楚楚的追憶——
是半夜我還在她背上睡覺
是半夜，我父親還在酒家喝酒作樂
是一只憤怒的酒杯擊中我母親的頭顱
是那鮮血汩汩染遍
母親背上的衣服
和我緊緊貼著母親背上的，衣服
是一歲兩歲的我，沒有記憶；
母親的陳年往事，直到我年過六十才把它寫成詩
寫成：如果，如果，
在地下的父親也能知道，
他是否還能清楚記得自己
年輕時的荒唐，酒醉時的暴力
是否也能向我苦命的母親說句
真心的、懺悔的、話語？

　　這首〈血衣〉，為傳統父權社會的女性地位長期低下發聲，為自己委屈多年的母親發聲，也道盡林煥彰為人子心中深沉的痛。間接也為筆者前面所提到的現象找到原因：詩人回憶童年的作品中，以父親為主題的詩作，較其他主題少許多，特別是寫關於自己父親的詩，跟懷想兩位媽媽的詩作相較，是極少的。

之後在歷經為人夫、為人父時期，進入老年後的詩人，對父親的想法似乎又有了轉變。筆者在 2021 年訪談林煥彰時，他對父親的回憶與追述除了販賣禁制物資入獄外，還有提到：

　　我爸爸，在那個年代他養鴨；養鴨呢，宜蘭地區的水稻成熟比較早，收穫的早；養鴨為了要省錢，要一路從小鴨開始趕，向台北方向趕……

　　像遊牧民族一樣，就是這個。晚上睡在稻田的田埂上，和搭帳篷一樣的，像現在年輕人露營，然後呢到南港。南港地區，那時候南港一整片都是農田，可是呢，到民國四十七年左右，政府徵收土地，蓋了東南亞地區最現代化的化學肥料工廠，每年接受美援，美國援助。

　　我爸爸就認識了當地的地主，當地的地主土地被徵收，蓋工廠啊，那他們就沒有生產的地方了，所以呢，當時政府的政策是不錯的，就是說凡是被徵收土地的，就會安插工作的機會；不管你有沒有念書，有沒有技術，他都會看你的條件去安排工作給你。

　　我爸爸是動腦筋了，因為呢他敢呀，在這一帶，是已經過了幾年了啊，認識當地的地主，就說有沒有機會幫我們的兒子找一個工作；人家很重視呢，就說好，我就這樣來了。我也沒念書，也沒經過面試，就這樣進入有了新工作，人生有這樣的轉折。

　　儘管父親缺席了林煥彰的童年，也許脾氣情緒也不是很好。但從這段追憶，可以得知，在林煥彰離開農村到城市，即

將展開新的人生時，父親成為一個改變他未來道路的重要關鍵。林煥彰在 2018 年出版的中英對照詩集《活著，在這一年》一書中，有這麼一首詩〈欠債的，要還〉：

今天是父親節，我的貓
一大早就在我心裡，
祝賀我
父親節快樂，
我非常感動
流了好多熱淚，可以裝一瓶
高粱酒的空酒瓶
可惜，我的貓
牠不一定能看得到，牠只活在
我心裡，如果我的淚是可以倒流的，
牠或許就能看得清楚，我為什麼
要流那麼多高興的熱淚？
其實，也不是高興
而是悲傷和歉疚，因為，
我爸爸在的時候，我都不懂得
該如何在這一天，表達我對他
感恩的心意！現在，我懂了
活在世間，人人都是欠債的
你懂得如何還嗎？
你還過父母的什麼嗎？
也不只是父母或妻子丈夫兒女

也不只是兄弟姊妹還有師長貴人
也不只是認識的，還有不認識的
我們都還過了嗎？還有
我們曬過的陽光，
我們吹過的風，
我們呼吸過的空氣，
我們淋過的雨，
我們喝過的水，甚至是
我們生存的環境，
大自然的一草一木，等等……

欠債的，要還
你還過了嗎？
你還夠了嗎？
我的貓和我，
四目對望
仰天，呼喚
一致茫然！

這首詩，離〈血衣〉的創作後約二十年。隨著年紀增長，林煥彰在對父親的情感部分，從「而是悲傷和歉疚，因為，／我爸爸在的時候，我都不懂得／該如何在這一天，表達我對他／感恩的心意！」，透過和內心的貓的對話，超脫了多年和父親之間無法言喻的情感綑綁。題目〈欠債的，要還〉，仍是一種很淺白的寫法，但一開始的父親節變成一個載體，所延伸到

的要「還債」的人事物，從自己「是」父親到自己「的」父親，從父母、妻子、丈夫、兒女、兄弟姊妹、師長貴人，連不認識的人都被匡列進去了；從陽光、風、空氣、雨水，大自然的一草一木也全被匡列。最後那段：「欠債的，要還／你還過了嗎？／你還夠了嗎？／我的貓和我，／四目對望／仰天，呼喚／一致茫然！」，所有的讀者，不知不覺跟著詩人，被帶入這個思考場域。

## 親子關係的童詩敘寫

或許是因為自己與眾不同的身世，所以即使較早婚[38]，即使很快的就有了五個孩子的經濟壓力，但林煥彰反而特別珍惜，沒有屈服於常人可能會有的身心俱疲的狀態，而是將生活與自己的創作結合。從林煥彰「詩即生活，生活即詩」的創作理念來審視，早期很多創作出的兒童詩，大都是他與孩子間溫馨而有趣的生活點滴剪影。如同他在他的第一本兒童詩集《童年的夢》附錄裡所說：

> 只有從生活中提煉出來的詩，那才是真實的、才是自己的；即使題材醜惡、技巧笨拙，也一樣值得珍惜。

詩人獨特的身世背景與生命歷程，創造了眾多在詩作上的與眾不同。其中有一點，也是筆者覺得他的兒童詩能受許多兒童及成人歡迎的原因，那就是：大部分的詩人寫詩，並不喜

林煥彰童詩研究

崔璨明珠

---

38. 林煥彰在 20 歲時即結婚。

歡為自己的詩進行詳細解讀；因為詩的本質在於使用簡單的文字，引發讀者不同與廣泛的想法。而林煥彰在某種程度上，雖認可「詩忌直白」的觀念，在接受筆者訪談時，他曾說到：

> 用口語化的語言文字，不等於直白；兒童詩的創作、表現，必須要有「比喻」、暗示等等，要有「想像」空間。可是你直白以後呢，就說清楚了，太直接，讀起來，就沒有詩的味道，你就剝奪了讀者閱讀的樂趣。

但是，他卻為自己創作的兒童詩創造了一個「以詩告白」的平台。他說：

> 我不是詩學專家，我無法撰寫詩論的東西，所以我才想出了以「詩的告白」、源源本本的一種「現身說法」的方式，針對自己寫的一首詩，理清那首詩的寫作有什麼樣的動機，我用了什麼樣的方法，讀者可以用什麼樣的方式來欣賞它……
> ……我的詩之外的文字，也是我自己對詩的體會和發現，我用我自己的想法忠實的把它寫出來……希望對有志於詩的欣賞寫作教學者，有一些些幫助……[39]

詩人「以詩告白」「現身說法」的方式，跳脫了傳統的詩的曖昧性，從讀者角度來看，的確少了許多延伸思考的空間，但詩人平實真摯的情感，與對生活及兒童的細密觀察，加上了

---

39. 林煥彰：《花和蝴蝶》（台北：聯經出版社，2014年2月），頁5。

告白，反而創造了另一種童詩美學，讓讀者更易親近。例如這首在大陸擁有最多閱眾的經典作〈影子〉：

> 影子在前，
> 影子在後，
> 影子是隻小黑狗，
> 常常跟著我。
>
> 影子在左，
> 影子在右，
> 影子是我的好朋友，
> 常常陪著我。

這首兒童詩，完成於 1972 年，後來在 1976 年 12 月被收錄進林海音女士主持的純文學出版社為林煥彰出版的第二本詩集《妹妹的紅雨鞋》中。之後，這首詩在 2001-2019 年連續被選用進大陸小學語文教科書，2006 年入選香港小學語文教材，2008 年被選錄進臺灣南一版小學國語課本裡，成為林煥彰的作品中讀者量最大的一首童詩。而這首童詩，正是來自他和當年正在就讀幼兒園的大兒子之間的互動情景而有的創作。他在接受筆者的訪談時，這麼追憶著：

那個時候專意要開始為兒童寫詩，你要怎麼寫，就是揣摩以兒童為對象，怎麼樣寫媽媽、寫女兒、寫兒子啊！比如〈影子〉是寫誰啊，設想跟男孩子有關，是我帶我的男孩老大上幼

稚園的時候，接送的一種情景。他走路，在大太陽底下，不甘不願，我怎麼樣來改變他的情緒，我又不願意背他，認真的講，我接小孩回家，也不過五六分鐘的路程而已，男孩子，如果是走路不甘不願，我不會背他的，如果女孩子的話，說不定可能會背一下的……那我會怎麼辦？我看在地上有影子啊！我看到地上有影子，影子向左、向右，這樣念念有詞，回去我就寫了這一首童詩。

　　這首詩的主題雖然是「影子」，但卻讓我們看到了一位父親和兒子間有趣而生動的互動畫面。就詩的形式及文字而言，淺白簡單易懂，還有押韻；但最重要的是，它竟可以結合孩子們在年幼時最不容易弄懂的「方位」概念。筆者擔任第一線教育工作者多年，發現無論老師在課堂上多次口沫橫飛的講解，回家習作上也有許多同步的觀念演練，但低年級的孩子就是整個腦子一團迷糊，解釋越多不懂得越多。

　　但當筆者帶著孩子們邊朗讀這首〈影子〉，邊帶著大家進行「前」「後」「左」「右」的動作時，神奇的事情發生了，突然間，孩子們就這麼「頓悟」了。而這也符合了詩人一直在推廣的詩的「遊戲觀」。透過「遊戲」來「玩詩」，讓孩子們不知不覺變聰明。這的確是林煥彰提倡的詩觀：「始於愉悅，終於智慧。」，希望讓讀者讀完後「感覺自己又聰明了許多」。讓讀的人，受到感動內化，進而啟發了自己的智慧。另外，還有這首〈5〉一詩：

　　上幼稚園小班的孩子寫的

5

是一隻長頸鹿

昨天才從阿拉伯的數字裡走出

很艱苦地　走過大沙漠
　　　　　走過大戈壁
　　　　　走過大沼澤
　　　　　走向我

已經很疲倦地
望著我光禿禿之樹的
那隻長頸鹿
期待的頸子乃顫抖著
垂吊一只喝空了的罐頭

　　這首童詩，完成於 1968 年，同樣是來自和兒子幼時的互動，有感而發而創作。根據詩人自述，他的第二個小男孩，剛上幼稚園時寫「5」這個阿拉伯數字，總是很難寫好，其中的那一豎寫得特別長，看起來就像一隻長頸鹿。其實每個幼兒，因為大小肌肉還沒完全發育好，所以在一開始練習寫字時，力氣及手腕的掌握，對他們而言是一項很重要的學習過程。詩裡面這四句：「走過大沙漠／走過大戈壁／走過大沼澤／走向我」沙漠、戈壁、大沼澤，都是大自然裡最艱險、難過的環境，所以以此來表現孩子寫字的艱苦過程。而詩人在當時常陪伴著

兩個讀幼稚園的孩子寫字，也深深體會到孩子剛開始練習寫字的艱難。但就如同所有的父母心，只能在旁邊多陪伴與鼓勵。詩裡寫的「光禿禿之樹」隱喻的是無法多幫忙的父母親；而原先述說的「5」，剛開始只是一種形象的聯想，到最後一段，「5」變成「長頸鹿」成為孩子的隱喻。「那隻長頸鹿／期待的頸子乃顫抖著／垂吊一隻喝空了的罐頭」充分表示出孩子在遇到學習困難時，對父母的一種企求。這首童詩，一方面描繪出孩子習字的開始與過程，二方面又表現出父母對孩子的愛莫能助與愛憐。接下來，還有這首也是經典的〈妹妹的紅雨鞋〉一詩：

> 妹妹的紅雨鞋，
> 是新買的。
> 下雨天，
> 她最喜歡穿著
> 到屋外去遊戲，
> 我喜歡躲在屋子裡，
> 隔著玻璃窗看它們
> 游來游去，
> 像魚缸裏的一對
> 紅金魚。

這首童詩創作的時空背景，也是產生在 70 年代，一般大眾物資還沒有很富裕與充足的臺灣，林煥彰在《花和蝴蝶》一書中及接受訪談時說：

一個孩子能擁有一雙雨鞋，算是滿稀罕的；那時，南港還是屬於多雨的地區，一般家庭的小孩，能有一雙雨鞋在雨天穿進穿出，也算是多了一種樂趣，尤其生在工人家庭的孩子，能玩的玩具是相當有限的……

　　因為那時候是貧困啊，那年代你一個人要有一雙鞋子是很不容易的，我五個孩子，那個女兒，我當時我算是印象很深刻的，是我二女兒，是〈妹妹的紅雨鞋〉中的主角，那時我買了雨鞋給她啊，她當然是很高興的；現在的小孩子就不稀罕了，對不對？哎，現在的孩子就不一樣了，有的就好幾雙了！那我就揣摩她有新鞋子的高興的心理，那就會設想，就是一雙鞋子，下雨才穿的雨靴，她那急迫的期待，什麼時候可以穿鞋子，當然就是下雨，沒有下雨也行，你要穿出來啊，可能就是發瘋了，會被罵了，我想那下雨的話，穿到外面去淋雨也不好啊，照講也是不好啊，大人總會說，你媽媽，會管你呀，說你這樣去淋雨怎麼可以，不是嗎？

　　從這兩段話可知：這首詩是林煥彰看到女兒穿著新買的紅雨鞋，那份喜悅、雀躍的神情，啟發他寫出這首既有「記錄片」似的純真，同時充滿「愛」的兒童詩。在這首詩裡，首先，筆者認為「顏色」是很重要的一個設定。林煥彰在詩人的告白裡，也提到：「紅是喜氣，紅是熱情，紅是醒目的焦點。」[40] 很顯然，詩人將文化的傳統結合進去詩裡了。如果換成在別的國家，那麼紅色的雨鞋可能就顯現不出什麼特出之處了。其次，就是運

---

40. 林煥彰：《花和蝴蝶》（台北：聯經出版社，2014 年 2 月），頁 60。

用了修辭學上的轉化法，將「紅雨鞋」轉化成一對「紅金魚」。「雨鞋」和「金魚」，原本是完全不相干的兩個物件，但在詩人運用他敏銳的感覺與聯想，找出兩者之間的連結：「水」。下雨天的雨水是水，魚缸裡讓金魚游來游去的也是水。於是，一首深具意味的兒童詩就這麼產生了。

以上這三首童詩，都有詩人的告白解讀，被創作出來的時間，距離現在也皆逾半世紀，但至今在海峽兩岸及整個華語文地區，受歡迎的程度仍不減，先後被選入小學的語文教材裡；原因除了林煥彰詩作的口語化語言特質，內容生活化，能深入人心引起讀者共鳴外；在形式上，還能結合遊戲的創新方式，引領讀者進入快樂學習的情境中。最重要的：因為它們是作家本身生命中很重要的一部份。誠如詩人自己所言：

……和我的關係十分密切，是我生命中很重要的一部份，也是我引以為榮的一部份，特別是它們能讓我回憶起和自己的孩子在一起度過的快樂時光。[41]

### 其他家人的敘寫

林煥彰有兩個從小住在一起的堂哥，大堂哥後來當警察，二堂哥則留在家鄉承繼種田的工作。根據筆者訪談林煥彰，兩個堂哥都很疼愛林煥彰這個小堂弟。大堂哥因為在派出所工作，有一次到台北受訓回家時，買了一雙新球鞋給林煥彰，當時勤儉持家的大媽媽發覺那雙球鞋正好合腳，很快就不能穿，

---

41. 林煥彰：《花和蝴蝶》（台北：聯經出版社，2014 年 2 月），頁 53。。

就把它先讓給了別人再買雙大的給他；；但大堂哥用第一份薪水買鞋子給他這個事情，林煥彰是一直記得的，在筆者訪談時，特別提到：

> 我大堂哥當了警察到台北受訓，買鞋子給我，我才有鞋穿；有了也捨不得穿呢！唉，他不知道怎麼樣，買得大小正好，我剛好可以穿，可是媽媽就認為說，你腳很快就會長大，就轉讓給我堂侄或誰，然後再買一雙「超大一點」的給我，可以穿久一點；後來我去外婆家呢，路上都捨不得穿呢！提著走，快到外婆家，才在稻田的水溝裏趕快洗洗腳，套上去才走進外婆家！是這樣的一種情形的……

除此，林煥彰在他所寫的《林煥彰話童年：來來來、來上學》一書中，全書共分為十章，最末一章的標題即為：〈我的一雙球鞋〉，裡面也特別寫到：

> 我的大堂哥讚勳，在公學校畢業後，在派出所當工友，後來有機會升任基層警員，派到台北受訓。結訓時，他帶回一份禮物給我，竟然是我多年夢寐以求的一雙白球鞋！那年，我就這麼幸運的擁有了平生的的一雙球鞋。我一輩子感念我的大堂哥，就因為這雙白球鞋……

生長在物質生活不像以前那麼貧乏的現代孩子，大概很難想像：「一雙新鞋子」，在那個年代，對一個每天要走路上下學，而當時鄉下馬路都還是由碎石子鋪成的的鄉下孩子而言，

是一種渴望，更是一種夢想。充滿童心的林煥彰，還曾寫了一首標題為〈舊布鞋〉的童詩，收錄在《回去看童年》一書中：

我有一雙舊布鞋，
右腳破了一個洞，大趾正好可以露出頭來
看看天空。他說：
夏天真好，可以透透氣；
如果不穿襪子，他還可以隨時對準我的眼睛，
偷偷瞄我一眼。

鞋子破了，不是我故意弄的；
天天穿著它去上學，
偶爾不小心的時候，
會踢到路邊的小石頭嘛！
時間久了，它就破了。

其實，只破了一點點，
也沒什麼不好啊！
爺爺奶奶常常幫我洗，
我還是挺喜歡它。

　　如果可以選擇，相信沒有一個小朋友喜歡穿著一雙穿到破掉了的布鞋去上學，但詩人把童心給呼喚出來，讓小朋友跟自己的內心對話：「右腳破了一個洞，大趾正好可以露出頭來／看看天空。」換個角度思考，也可以很積極的。然後，再運用

擬人法，讓大趾對自己說話：「　夏天真好，可以透透氣」，還有這句自己跟自己說有關大趾的悄悄話：「如果不穿襪子，他還可以隨時對準我的眼睛，／偷偷瞄我一眼。」，實在太有趣了！既然大趾頭都被擬人化了，那鞋子也要擬人一下，才能自圓其說。把鞋穿破了，總是對鞋子心有愧疚吧，所以才有第二段的出現：「鞋子破了，不是我故意弄的；／天天穿著它去上學，／偶爾不小心的時候，／會踢到路邊的小石頭嘛！／時間久了，它就破了」表面上是在跟鞋子說明破掉的原因，其實心裡還是有著那麼幾分無奈的。最後一段，透過爺爺奶奶角色的出現，回到現實世界，對一個懂事的孩子，對只能擁有舊鞋子的心情，與對家人的感謝，做出了一個陽光的結論。讓人讀完，既心疼又溫馨，心也整個被療癒了。同時，也就更容易理解童年時期的林煥彰，對大堂哥買給他一雙新鞋子的那份感念了。

再談到林煥彰的另一位堂哥：二堂哥，他是日後詩人生命的轉捩人物。林煥彰小學畢業後，沒考上中學，也不願留在農村種田，在接受筆者訪談時，詩人回憶：

我從農村出來，是我那個二堂哥帶我出去的，就我種田的時候，他認為我哭哭啼啼、不甘不願的。因為大太陽曬，我們要除草……我受不了！那個年代呀，我們應該照道理講，施肥的方式，是有機肥，因為大部分用的是堆肥，牛糞吶、雞糞吶去混合，時間久了以後呢，就變成肥料，用那些來施肥。那埋稻田地裏面，呃，太陽一曬啊，要除草，然後就是把它扒開來，那個味道衝上來，反胃呀！很難受耶！……我十三歲的時候，

小學畢業當牧童，然後呢要跟著他一起種田；我二堂哥沒有念書，但他自己很守本分，小學有沒有唸完我都不知道。我大堂哥是去當警察嘛，他們就兩個兄弟嘛，那他就很甘願的去種田。然後帶著我種田，他看我常常哭哭啼啼，就說：「算了算了，你不是種田的人。」他就把我帶去基隆。我那二堂哥，他有他的專長，就是很喜歡跟人家聊天，和陌生人談話他都不怕；就在那個過程當中，他認識到一些人，然後呢，就幫我找工作，他去找到一份做肉鬆肉脯的加工廠。……

　　由這段回憶可以想見：當年小學畢業的林煥彰，相對於大他十歲的二堂哥而言，是個不懂事、只會哭哭啼啼的男孩。而很早就跟著大媽媽一起肩負起全家家計與農務工作的二堂哥，特別早熟；所以，二堂哥一發現林煥彰不喜歡從事農務，非但沒有強迫他，相反的，還協助他到城市找了一份工作。這在早年以勞力為主的農村年代是很難得的觀念與決定。而林煥彰往回看自己的人生歷程，發現整個人生轉彎的起點處，就是從這個時候（二堂哥協助他走出農村）開啟後，心中對這個堂哥的感動與感謝自然是很深刻的。後來在二堂哥離世後，林煥彰曾寫了一首〈農人種地〉一詩：

　　　　農人種地，他們辛苦
　　　　讓我們有飯吃；
　　　　我從小離開農村，
　　　　我是農家子弟，
　　　　我卻背叛了土地！

我二堂哥，他是認命的
一輩子辛苦，辛辛苦苦
都在種田，也把自己
種在稻田裡，讓我有飯吃……

我感念我的二堂哥，
我，感念我的祖先
我感謝，所有
種田的人……

　　第一段的詩中「我是農家子弟，／我卻背叛了土地！」，
使用了「背叛」這個強烈的語詞，與下一段的第一行書寫二堂
哥的「認命」語詞，是刻意的對比寫法，讓讀者能更快速掌握
詩人想表達的情感與意念。其實，即使林煥彰後來沒有從事農
作，但我們可以在許多詩作中，看到他始終記得自己出身農家
子弟。這首〈農人種地〉的詩，平實的、短短的幾句，充滿情
感，道盡對二堂哥的感念，表達對所有農人的感謝，也感念祖
先。

# 三、童年的時光回憶

　　童年，是一個永恆的季節存在人們的心中。我想，對林煥

彰而言，也是如此。林煥彰開始專意為兒童寫詩，根據他自己回溯是從 1973 年，在他寫現代詩十年之後。他在 2017 年在大陸杭州出版的兒童詩集《我的童年在長大》的自序裡說：

> 大約我為我自己寫了 10 年詩之後，在自我摸索、苦讀中，我開始注意到：我也可以為兒童寫詩，可以去尋找已經流失的歲月，回到單純的心靈世界……
>
> 童年是什麼？童年是已回不去的歲月，當然你是再也看不到自己的童年了！可是，我長年為兒童寫詩，我就有這個機會回去看到小時候的自己。這不就是人生最幸福、快樂的事嗎？

由此再往前呼應到林煥彰的第一本童詩集《童年的夢》在後記所寫，我們便更容易理解詩人回憶童年時光的創作詩心：

> 回憶是甜蜜的，是我寫作的泉源之一。寫童詩，回憶童年的事，是我寫這本書中大部分詩作的主要動力。

林煥彰在回憶童年時光的創作，不僅對象廣泛，而且類型多元，寫法雖仍不脫離口語化的特質，但觀察細膩且獨具創意，常常能引發讀者的許多共鳴。要了解詩人童年時光廣泛對象的創作，筆者認為，就得先對詩人童年成長的地域空間有所認識。

林煥彰的祖先，是在兩百多年前從福建漳州平和山區「后卷」移民到臺灣，定居在宜蘭礁溪鄉一個叫作桂竹林（現在的六結村）的地方。到了林煥彰有記憶的童年時期，當時同住的

宗親家族已經衍生到有兩、三百人。根據林煥彰回憶：

> ……桂竹林……是一塊寶地：第一，村子背後是雪山山脈，前面是太平洋，太陽升起的地方。第二，屋後有一大片旱地，當菜園；左右兩邊和前面，都是遼闊的水田。第三，村子兩邊都各有一條水溝，水是地下湧泉，水資源豐沛，終年永不枯竭，清澈、清涼又甘甜……

從這段敘述，可以想見林煥彰童年時生活的自然環境，有著非常豐富的對象材料。即使父親及生母都缺席他的童年，但因為有大媽媽及堂哥親人們的親情滋潤，林煥彰關於回憶童年時光的童詩，總是充滿陽光與溫暖。直到後來離開家鄉，直到已經年逾八十幾歲，他仍然非常珍惜也很懷念那個不能再回來的童年。有很多詩作的敘寫，都充分表達出詩人的心境，例如《童年的夢》裏的〈小鈕扣〉一詩：

> 小時候，
> 我喜歡弄髒衣服，
> 要常常換洗；
> 媽媽縫在我身上的
> 那些小鈕扣，
> 就一顆顆脫落。
> 哦！童年
> 已經找不回來的，
> 像媽媽縫在我身上的，

　　　　那些小鈕扣。

　　這首詩表面上寫的是每個小孩幾乎都曾遇過的事：好玩——「不是故意」弄髒衣服——經常換洗、縫、掉鈕扣……。但事實上，「小鈕扣」只是個介質，詩人回溯與真正想表達的，是掉了再找不回來的屬於詩人的「童年」。這麼一想，筆者也開始有一種想蒐集所有掉了的鈕扣的想法。這就是林煥彰的童詩的特質之一：書寫的主角也許只是一個平凡的事物，主題也許只是一件每天都可能會發生在每個小孩身上的事，又或者只是一個小小的心靈感觸，但卻能在不同的時空觸發與帶領閱讀者，回到那純淨的一刻而產生共鳴。還有這首〈那年〉一詩：

　　　　那年，
　　　　冬至後，
　　　　一個黃昏；

　　　　我跟隔壁阿吉仔玩捉迷藏，
　　　　躲在他家屋後的牆邊。

　　　　已經數過一百了，
　　　　阿吉仔還是找不到我，
　　　　而夜像一個傢伙躺過來，
　　　　將我遮住；
　　　　於是，我們玩得更久，
　　　　阿吉仔一直找不到我，

媽媽也找不到我。

那晚，我不敢回家。

　　鬼抓人、躲貓貓、捉迷藏……，從以前到現在，都是小孩間最喜歡在一起玩的遊戲，而且孩子們的確常常一玩起來，就很難停下來（或者應該說是不知道什麼時候該停）。所以所書寫的主題本身就是很親近兒童生活的。但題目取名叫〈那年〉，不是〈那天〉，也不是遊戲的名字，是為什麼呢？筆者認為：「那年」可以解讀為不知是「哪個年」，這是詩人刻意的布置，強調心中對久遠時間逝去的無法追回的心情。而跟在第一句「那年」兩個字後面的「冬至後，／一個黃昏；」，又很明白的寫出時間點，這又是詩人的另一個巧妙的安排：首先，「冬」在四季是冷的代名詞，但多了個「至」成為「冬至」，意義就又不同：冬至是中國人團聚吃湯圓的一天，也是每個孩子都不會忘記「吃了湯圓才會長一歲」的一天。這樣安排後，「那天」就溫暖了起來。而緊接著在後面的「一個黃昏」則讓人期待與準備迎接，在完成一天工作後，即將回家的家人。這也是一種溫暖。接下來，是整個對當天和鄰居玩遊戲的情景與過程的敘述，詩人用「已經數過一百了」的數字描述，來呈現孩子心中急著回家的心情；然後接著寫：「而夜像一個傢伙躺過來，／將我遮住；」詩人索性把夜擬人了，說夜把整個龐大的身軀遮住了孩童，所以沒人找到他。以此來作為：遊戲從黃昏玩到夜都來了還結束不了，而晚回家的孩子，最後這麼給自己找到的理由。整首詩，既生活化又有修辭上的美學，更重要的是，讓人對〈那年〉的童年記憶特別深刻，也特別難以忘懷！接下來，

還有這首〈碎石子的小路〉一詩：

> 把一條碎石子的小路搓了又搓，
> 在我小時候住過的家門口；
> 搓了又搓一條細長的繩子，
> 我好想念我曾經玩過的陀螺。

走路的路再怎麼小，也還是路，怎麼可能拿到手上搓呢？詩人詩想的天馬行空，實在讓人非常佩服！如此，不僅寫出童年時農村的崎嶇小路，也用農家搓繩子的農事，和出現兩次的「搓了又搓」相對應，來表達心中細細的搓想，最後再用小時候最喜歡的童玩：陀螺，充分表達出對童年時光的懷念。另外，還有《我的童年在長大》裏的〈牽牛花不牽牛〉一詩：

> 我走過的山路上，遍地都開滿了
> 紫色的牽牛花
> 迎接東升的朝陽
>
> （可一頭小牛兒也沒牽著！）
>
> 六十年前，我牽牛走過蘭陽平原
> 每朵牽牛花都跟著我
> 到現在都還被我牽著走……

林煥彰十三歲後，雖沒有繼續留在農村務農，但在讀小

學時期，是常跟著二堂哥去牧牛的，雖然不怎麼會照顧牛兒，但倒是很會和牛兒一起玩，常說自己老愛從牛背上滑落。《童年的夢》這本童詩集的封面，畫著一頭牛和一個牽牛的牧童，便是出自詩人自己畫自己的畫。牽牛花，是生長在鄉間甚或是路邊，很常見與普遍的花。這首詩最吸睛的地方有兩處，一是在於中間的：（可一頭小牛兒也沒牽著！）。在農村，每個小孩多少都要幫忙做事，在孩子的心裡，看著牽牛花遍地開滿，一副不用做事的樣兒。於是，詩人便幫孩子發聲：牽牛花，不是要牽牛嗎？現實世界裡，這自然是不可能發生的。所以，頓了一下，再括弧補充：（可一頭小牛兒也沒牽著！），實在是極富童趣！第二個吸睛的地方在最後一段：「六十年前，我牽牛走過蘭陽平原／每朵牽牛花都跟著我／到現在都還被我牽著走……」，牽牛花沒牽成牛，倒是被詩人牽了六十幾年，在心裡。這又是一個意味深長的寫法：透過牽牛花，詩人把一輩子對童年時光的回憶與想念都給牽回來了。關於童年的回憶，還有《在心裡種一棵樹》裏的這首〈童年的秋千〉一詩：

宇宙的一角，
童年的秋千，在等待童年——

風，來過
雨，來過

早晨，來過
傍晚，來過

太陽，來過
月亮，來過

蝴蝶，來過
鳥兒，來過
時間，來過
春夏秋冬都來過；

不來的，偏偏就是那個——
被歲月綁架的童年！

　　詩人選了小時候最喜歡的遊戲之一：「秋千」作為主題的意象載體。一開始「宇宙的一角，／童年的秋千，在等待童年——」這句就為之後每個出場的角色鋪陳。從大自然的現象：風雨、晨昏、日月，到大自然的生態：蝴蝶鳥兒，兩兩一組安排呈現是一種刻意，也是一種無奈。暗指所有存在宇宙角落的每一份子，隨著宇宙運轉，或是自由的（例如風雨）、或是定期的（例如早晨傍晚、太陽月亮、春夏秋冬）、或是結伴的（例如蝴蝶鳥兒），都可以來看秋千、和秋千玩……，就只有長大後的詩人，無法再回到童年、回到小孩形象和秋千搭檔。

　　已經消逝的童年，當然是不可能再回來。詩人用宇宙萬物的無窮盡，對比了人類的渺小，表達出心中無窮盡的無奈。而最後一句：「不來的，偏偏就是那個——／被歲月綁架的童年！」則以一種孩子的語氣，對人類之母——宇宙，抗議自己的童年的無法回復。這首詩，是在林煥彰進入 70 歲之後所寫。

年歲增長，但林煥彰的童詩，一如他所堅持的純真，顯現的是一樣的純淨與親切，但卻擁有更深的情感，與更圓熟的書寫。

林煥彰在 2017 年寫的〈我的童年在長大〉一詩，可以為他對童年的時光回憶做一個註腳：

> 我把我的童年留在故鄉——礁溪，
> 那是一個美麗的小地方。
>
> 回去看我的童年，
> 我把我的童年留在故鄉；
> 故鄉，是我的血點。
> 故鄉，是祖先停止流浪的地方；
> 故鄉，是我流浪的起點；
> 人是世世代代在流浪！
> 童年是過去的歲月，
> 是小時候的影子，躲在記憶裡；
> 留在故鄉的童年，
> 只有我回去的時候才會出現。
>
> 可是，故鄉變了，
> 過去的茅屋，
> 變成磚瓦變成鋼筋水泥；
> 和我一起玩耍的伙伴，
> 變成少年變成青年變成中年，
> 從小朋友變成大朋友，

從大朋友變成爸爸變成爺爺……

我的故鄉在長大！
我的童年也在長大！

在這首詩裡，最觸動人心的是這段話：「童年是過去的歲月，／是小時候的影子，躲在記憶裡；／留在故鄉的童年，／只有我回去的時候才會出現。」，回到小時候生長的地方，儘管人事物都已改變，但在腦海中的童年印象曾不曾消失。對詩人而言，現實中的童年是已經回不去了，但是因為記憶與想像，再加上一顆熾熱的童心，所以心中的童年持續在長大。

# 四、小結

本章所圍繞的主題都是跟詩人的人生最有關係的三個面向：母親、家人及童年的時光回憶。

在對於母親的情感表現部份：兩個母親的身世，雖讓年少時期的林煥彰困惑與不解，而生母跟他之間無法割捨的生命糾結，更是詩人一生無法回復的遺憾，也是難以承受之輕的愛；但從視他如己出的大媽媽身上得到的溫暖對待，詩人的童年不僅沒有陷入雙親皆缺席的窘境，反而擁有更多的寬厚與包容。所以，在以母親為主題的童詩創作，詩人的作品，溫馨、喜悅

與感懷母親的意念，處處可循。從想到用「⋯⋯在陰丹士林的天空⋯⋯」，含蓄且內斂的道出了心中對母親「永不褪色」的愛，到運用衣服的顏色，來寫媽媽的愛的〈斑馬〉，再到用〈小鏡子〉而不是高掛在天上的星星來比喻媽媽的眼睛，小鏡子更像是能時時觀照孩子的媽媽。因為洗衣服這件家務而變得粗糙的「媽媽的手」，在詩人的詩裡：「我們像水和泥一樣，／是一天一天被媽媽捏大的」，成為強而有力的，守護孩子長大的「手」。而在〈月方方〉裡，「媽媽」兩個字出現十次，是一種吶喊，也是一種呢喃，充分代表詩人的心境。最後〈滿街走動的康乃馨〉讓人動容，「永遠不會再長大」，也永遠不會變老的、美麗的「巴比娃娃」則讓人也跟著進入詩人的意象世界。

在其他家人的敘寫部份：特別列出一段來書寫詩人與父親之間的情感交集，筆者剛開始其實是很猶豫的，因為父親在林煥彰的成長歷程，是屬於負面多於正面的角色；但筆者認為，作家作品與作家生平兩者間是有高度相關性；再加上進入晚年，詩人也漸漸能對父親的許多作為，坦然討論，因此還是將其列在家人敘寫的第一段。同時也充分為詩人以母親主題的童詩，和以父親為主題的童詩，創作量呈現極度不均衡的現象，找到原因。也因此，當詩人成為五個孩子的父親時，更為珍惜與孩子們的互動時光，因而有了經典之作：例如〈影子〉、〈妹妹的紅雨鞋〉、〈5〉等膾炙人心的童詩作品。

在童年的時光回憶部分：即使父親及生母都缺席他的童年，但因為有大媽媽及堂哥親人們的親情滋潤，再加上林煥彰童年時生活的自然環境，有著非常豐富的對象材料，因此林煥彰在回憶童年時光的創作，不僅對象廣泛，而且類型多元，寫

法雖仍不脫離口語化的特質，但觀察細膩且獨具創意，常常能引發讀者的許多共鳴。從用掉了再找不回來的〈小鈕扣〉來比喻詩人再也回不來的「童年」，再到跟隔壁阿吉仔玩捉迷藏，玩到太晚不敢回家的〈那年〉，〈碎石子的小路〉、〈牽牛花不牽牛〉、到找不到同伴的〈童年的秋千〉……。讀者在跟著詩人進入時光隧道，跟著經歷童年時的許多美好，再回到現在，也不禁要發出跟詩人一樣〈我的童年在長大〉的感嘆吧！

# 肆

林煥彰

童詩中的自然生態（上）

雖然，從淺語藝術[42]的角度來看，多數人對童詩的定義仍停留在用淺顯的語言與文字的文學創作，尤其林煥彰的童詩，也許因為沒有經過學術的淬鍊，大都認為是比較接近質樸平實的作品。但林煥彰自己在 2019 年 12 月寫給大陸深圳的鄧麗雲老師的十三句札記中，卻提到「詩忌直白、概念抽象化的用語」。

　　所以筆者認為，口語化的語言文字，並不等同於直白，特別是在詩人創作詩時的表現部分，童詩亦然。本章以林煥彰童詩中自然生態的動物及植物為主題，以詩人詩作運用的隱（暗）喻及象徵意義為軸，試圖探究其間的奧妙與關聯。

# 一、鳥獸類童詩的隱喻

　　從呱呱落地後，孩童的世界裡，除了家人，整個大自然都是亟待他（她）去探索的世界。在語言還沒發展成熟之前，會動、會發出聲音的動物，無異是最能引起他們注意與接觸的生命體。至於看起來沒有腳不會行走但外型卻變化萬千的植物，則是另一類讓兒童好奇的同屬大自然生態生命的一部份。本節便分開主題來說明，在林煥彰童詩中，詩人潛藏於動物及植物的有趣詩心。

---

42. 淺語的藝術，是林良先生對兒童文學所下的定義。「淺語」是指兒童聽得懂看得懂的淺顯語言。文學創作是一種藝術，所以以淺顯的語言從事文學創作，就是一種「淺語的藝術」。

**以貓為書寫主題的童詩：**

　　林煥彰因為愛貓，所以在貓詩系列的創作量很大，也因此被許多詩友與作家暱稱為「貓詩人」。當筆者訪談林煥彰時，曾請教詩人本身，在那麼多的動物裡，為何對「貓」情有獨鍾，詩人這麼回答：

　　貓這個又有特別的。因為呢我認定了，貓可以跟我對話……

　　我的觀念裏面，我認為，貓就像人，牠有很微妙的人性、情緒，很像女性啊，所以呢，現代詩如果是好的，也是應該是要有這樣的內涵；所以，我把牠等同於牠就像詩……

　　所以你可以代稱的，貓可以是你的愛人，也可以貓是詩。你真正懂牠嗎？未必。牠有很豐富、很複雜的、很微妙的、很敏感的，是很自足的；貓，牠可以不理你，所以呢，我是在追求這種「神秘性」。人難免會有一種空虛、心靈的孤獨啊，你可以假借一個啊！……

　　你也可以，人家也許看成說，啊，那個是你的愛人，都可以，沒有關係。所以我常常會在那裏面，牠的牠，動物的「牠」，我會把它轉化成女人的「她」。這樣的轉化，把牠擬人化，你就可以知道說，我為什麼要轉化，我把她當成我的對象，我的心愛的，你都可以這樣想啊，這樣才有意思啊，否則你一直直白的說，牠就是牠，那就沒有意味了。你可以轉換身份，當然內容裏面，你要有足夠可以有那樣的暗示關係，你要處理的那個主題意識，有這一份東西。……

　　我寫的題材，裏面要有人生的智慧，這樣才珍貴。……

詩人觀察事物，不只是用「眼」去觀察，而且也用「心」去觀察。愛貓是因為「貓就像人，牠有很微妙的人性、情緒」，在無數個寫詩的孤寂日子裡，貓成為詩人日常相處最佳的伴，所以會說：「我認定了，貓可以跟我對話」，而這既可以是一種現實，也可以是一種假借：「你可以代稱的，貓可以是你的愛人，也可以貓是詩。」。因此詩人透過對生活的觀察，把貓轉化為心中的各種意象，再將這些意象透過與貓的互動，轉化為各種具體的物象，進入讀者眼中，讓讀者也能透過閱讀詩人的詩，不只有所了解，甚至有所收穫，智慧有所增長：「你一直直白的說，牠就是牠，那就沒有意味了。你可以轉換身份，當然內容裏面，你要有足夠可以有那樣的暗示關係，你要處理的那個主題意識，有這一份東西。……我寫的題材，裏面要有人生的智慧，這樣才珍貴。」這也讓人不禁聯想到了莎士比亞曾說過的：詩人的想像可以「使未知的事物成行而視，……使空靈的烏有，得著它的居處，並有名兒可喚。」[43]。由此看來，「貓詩人」林煥彰愛貓也養貓，在現實世界養貓，更在心靈世界養貓。詩人不只常常在人與貓的世界裡思考，更透過與貓對話，轉化心靈的孤寂，也從中發掘貓獨特的「神秘性」，藉以尋找詩意，尋找生活的真諦與人生的智慧。林煥彰曾寫了一首獨白詩〈我心裡養貓的秘密：給我的小貓〉：

> 我心裡養著千萬隻貓，
> 是一種公開的秘密——

---

43. 出自莎士比亞在約 1590 年－ 1596 年間創作的浪漫喜劇，《仲夏夜之夢》
（A Midsummer Night's Dream）。

沒有人會相信；
但我確實是愛貓，畫貓，寫貓
每一隻，都是我的一首詩一幅畫一個愛。
有很多人都問我，
你養了多少隻貓？
我總是回答說：
我在心裡養了千萬隻
你這樣累不累？
不累！一點兒也不累
因為我發現，把貓養在心裡
有很多好處，我只要能照顧好自己
牠們就不會挨餓，不會走失
我要去哪兒，牠們就可以跟著我，去哪兒
無須託人照顧，不會被冷落
也不會患憂鬱症……
我的心是很大的，
不！應該說
我心裡的貓都是小小的；

但我有很多愛很多詩很多畫，
我得讓它們有個舒適的家，
因此，我的心裡自然可以養著千萬隻
這就是一種祕密

白天，我必須出去工作

有時上課，有時開會

忙是忙累是累；

但我不用操心，晚上我會睡得好

我的貓也一樣，會睡得好


你的心真有那麼大嗎？

不，我說過

我心中的貓都是小小的，

像你這麼小

隨時都可以讓我帶著走，就是這麼小小的 [44]

　　詩人林煥彰的心裡，養著千萬隻的「小小貓」，筆者以為，其實說的是一個心中住著千萬個「小小孩」的老人（詩人自己）。一個心裡住著千萬個小孩的詩人，就是所謂的「童心」。因為有著童心，所以即使世俗事務令人倦累，產生諸多牽絆；但卻因為可以隨時跟心中最純真的自我對話，白天的操心轉化成為一種平靜，所以晚上睡得好。再從另一個角度來看，也是一種孩童自足之心的轉化。兒童的心靈世界，沒有成人世界的事務複雜又多變；小小的在心裡，就可以成一個世界，小小的單純，便可以讓整個心圓滿。詩人心中千萬隻的「小小貓」，是詩人心中無數的「詩心」，在生活中隨時帶著，就像小孩在任何時刻到任何地方，都不會忘記帶著他(她)最寶貝的玩具一樣。

<hr>

44. 林煥彰：《我的童年在長大》（杭州：浙江少年兒童出版社，2017 年 7 月），頁 27-28。

帶著「童心」與「詩心」創作，林煥彰的貓詩，擁有童趣，更充滿許多令人心領神會的智慧。以下以幾首筆者最喜歡的貓詩為例來進行論述，首先是〈小貓〉：

　　　　午睡時，
　　　　風走過窗口，
　　　　搖了幾下風鈴，
　　　　——叮噹地，
　　　　就走了。

　　　　我養的一隻
　　　　小貓，
　　　　跳上床來，
　　　　很驚奇地瞧著，
　　　　窗外。

　　　　那時，
　　　　一片白雲飄過，
　　　　以為是
　　　　一條魚，
　　　　牠很快地
　　　　衝出去。

　　這首詩曾得過陳柏吹獎，最早出現在林煥彰的第三本現代詩集《歷程》這本書中，後來因為頗具童心與童趣，就被收錄

到林煥彰在 1976 年出版的第一本童詩集《童年的夢》中，是林煥彰的第一首貓詩。就這首詩而言，文字表面具體描寫的是小貓遇到雲飛過，想到愛吃的魚而跟著跳出窗；但筆者以為詩中充分隱喻了人類的行為。

「小貓」象徵每個人的孩童時期；「很驚奇地瞧著」與「一片白雲飄過以為是一條魚」，生動的描寫出對世界諸多事物的好奇心；最後的「衝出去」瞬間動作，用三個字所展現的著急感，尤其令人驚艷，充分表現出詩人對孩童的觀察入微。每個小孩可能都曾有過想要養一隻屬於「自己的寵物」的想法，而外表看起來溫馴柔弱的貓咪常位居首位。詩人以小小的小貓作為這首詩的主角，對小孩來說，是最親近不過了！全詩運用淺白的文字，卻能與不同時空的大、小讀者，產生暖心的交會，這是運用暗喻法到最極致也是林煥彰最經典的一首貓詩。

在童玩普遍被電子 3C 相關遊玩產品充斥與取代的現代，身為第一線教育工作三十多年的筆者，在教學現場帶著孩子們朗讀這篇〈小貓〉時，每每還沒來得及跟現場二十幾個從一年級跨齡到八年級的孩子們進行解讀與賞析，大家竟都很有默契的在朗讀完之後，抬起頭來互相對視，不須任何言語說明，很有默契地隨即開心的笑成一團……。

每個人都搶著說，自己也好想養一隻這樣的小貓。這個畫面，就此深深的刻在筆者的心坎裡。

另一首〈小貓走路沒有聲音〉是這樣寫的：

　　　　小貓走路沒有聲音，
　　　　小貓穿的鞋子是

媽媽用最好的皮做的；
小貓走路沒有聲音，
小貓知道牠的鞋子是
媽媽用最好的皮做的；

小貓走路沒有聲音，
小貓知道牠的鞋子是
媽媽用最好的皮做的，
小貓愛惜牠的鞋子；

小貓走路沒有聲音，
小貓知道牠的鞋子是
媽媽用最好的皮做的，
小貓愛惜牠的鞋子，
小貓走路就輕輕的輕輕的；

小貓走路沒有聲音，
小貓知道牠的鞋子是
媽媽用最好的皮做的，
小貓愛惜牠的鞋子，
小貓走路就輕輕的輕輕的，
沒有聲音。

　　這首貓詩，從詩的意義上來理解，根據林煥彰自己的詮釋
與告白，主要是想寫出「惜福」、「感恩」的心情，隱喻對母

親的感恩。如果只從創作詩的用詞及形式來賞析，如同林煥彰自己在詩人的告白中所言[45]，這一首詩中確實有許多的詩句重複，也許也會有流於機械化與呆版的模式之忌。筆者在第一次用眼睛「閱讀」這首詩時，也的確有此感覺……。

　　但當筆者在教學現場改用「吟誦」的方式，帶著孩子們一句一句的朗讀這首詩時，頓時發現與領會這首貓詩的奇趣之處。形式主義文學代表人物什克羅夫斯基（Viktor Shklovsky）曾說，文學形象的特徵就在於它的感知過程，藝術的存在就是為了使人能夠恢復對生活的感知，讓人感覺事物，使石頭具有石頭的質地[46]。林煥彰的這首〈小貓走路沒有聲音〉，透過幾個關鍵字的變化，重複與漸次的擴寫，不但沒有流於機械呆板，相反的，創造出一種文學性的節奏感知過程，充分營造出濃厚的溫馨氛圍。由上述分析，我們可以得知，詩的內涵固然決定一首詩的意義，是否能流傳與受歡迎，形式及文辭的囿不囿於傳統未必相關，而是與詩人創作時的詩心，是否能帶給讀者及社會大眾一種生命的鮮活感，應該更具決定性。

　　另一首在《我的聲音會去旅行》書中的〈小貓的影子〉：

> 一隻小黑貓，第一次
> 自己走進黑夜裡。
> 牠，回頭一看——
> 被自己嚇了一大跳！

---

45. 林煥彰：《花和蝴蝶》（台北：聯經出版，2014 年 2 月），頁 66-67。
46. 朱剛：《20 世紀西方文藝批評理論》（台北：揚智，2009 年 3 月），頁 19。

（怎麼？

影子不見了！）

　　這隻小黑貓繼續往前走，

小心翼翼，膽子也變大了。

牠鬆了一口氣說：

啊！我的影子回來了，

變成這麼大──

（整個黑夜，

都是牠的！）

　　在這首詩裡，小黑貓走在黑夜裡，黑色的身影沒入黑色的夜中。「嚇了一大跳」，是因為牠看不到自己的影子；「鬆了一口氣」，是因為後來找回了影子。平鋪直敘的寫實寫法，充分描繪出當下的情景。小黑貓因為一直在黑夜裡，只是剛開始不適應而害怕，後來適應了，膽子就變大了。當膽子變大後，整個黑夜都是它可以掌握的空間與時間。我們在進入與面對一個新環境時，是否也如同小黑貓一樣呢？林良先生曾說過：握筆為小孩子寫詩的人，會發現那可愛的、純樸的、柔軟的「語詞群」，復活了詩人的童年，也讓詩人重新學會了「最早的語言」[47]。而詩人的心靈經驗要能對小孩子具有意義和價值，必須能夠做到：追溯每一個思想的「情感上的原因」；追溯每一個情感的「事實上的原因」。也就是，把「思想」還原為情感；

---

把「情感」還原為事實。如同林煥彰這首詩裡所表現：「小貓」的想法被還原為讀者的情感，「影子」被還原為：一段經驗世界的敘述。詩人透過抽象的詩，把具象經驗傳達給讀者，因而擴大讀者的未知經驗，加深讀者的已知經驗。在詩人筆下，詩成為感性的產物，可以使我們更充分把握到生命的奧秘。

## 以鷺鷥為書寫主題的動物詩

林煥彰自小在農村生活長大，雖然之後因為自己的堅持加上種種際遇，走出另一個迥然不同的詩人人生；但對於小時候生活的記憶，始終是充滿緬懷與感恩。他常自稱是牧牛的牧童，第一本兒童詩集《童年的夢》，封面的圖是一個牧童牽著一頭牛，更是出自林煥彰自己親筆所繪。在林煥彰自己所繪的圖像當中，鷺鷥因為和水牛的依附關係而成為最佳拍檔，所以鷺鷥自然成為林煥彰鳥詩中常常登場的主角。光是鷺鷥，在他的第二本童詩集《妹妹的紅雨鞋》，就有連續三首的三部曲出現。位處流經新竹市最主要的客雅溪，年年都有為數不少的各種鷺鷥及候鳥，陸續駐留樹林與溪水間，筆者每日觀察漫步在溪水間的鷺鷥，再相互對照林煥彰兒童詩中以鷺鷥為主題的創作，特別有感觸，體會也特別深。其〈鷺鷥（一）〉一詩：

> 鷺鷥穿著白衣服，
> 牠是鄉村的紳士，
> 早晚都喜歡在水田中散步，
> 而且習慣一步一步的走著，
> 好像怕踩碎了──

映著藍天、白雲的
那面清澈的水鏡子。

這首描繪鷺鷥的生態的童詩，先從「穿著白衣服」讓小朋友看到鷺鷥的外表顏色，第二句說「牠是鄉村的紳士」，一方面隱喻鷺鷥的習性，再用兩句描寫：「早晚都喜歡在水田中散步，／而且習慣一步一步的走著……」帶出鷺鷥的動作、表情，讓孩子們一下子全就明白了什麼是「紳士」！在日益都市化的現代，對很多居住在城市的孩子而言，不僅容易閱讀，更很容易在第一時間對鷺鷥這個動物，獲得非常清楚的認識與解讀。就文學的角度來看，最精彩的莫過於最後三句：「好像怕踩碎了──／映著藍天、白雲的／那面清澈的水鏡子。」不直白的說出鷺鷥腳下踩的「水面」，而是將其轉化為「鏡子」；不直白的說出鷺鷥「慢慢地」行走踩水的習性，而是寫「怕踩碎了」，讓讀者透過想像來連結其間與事實的關聯，讀來既具文學性又相當有童趣。

緊接在後的是〈鷺鷥（二）〉：

鷺鷥是愛乾淨的，
牠喜歡穿白衣服，
喜歡照照鏡子，
喜歡慢慢散步，
喜歡一隻腳站著，
一隻腳縮著，
不知在想什麼？

不知在想什麼？

　　第二首鷺鷥詩，一開始就用擬人化的「愛乾淨」，強化了鷺鷥白色的形象。然後，連用了四個反復的語詞「喜歡」與疊詞，讓讀者漸次進入鷺鷥的生活圈，最後再引出疑問：「不知在想什麼？」，詩意的集體意識於焉完成。這首兒童詩，也在2008年被選入復旦大學出版社全國學前教育專業系列《點亮心燈—兒童文學經典陪讀》教材中。

　　而接下來的這首〈鷺鷥（三）〉：

　　　　鷺鷥像一片白羽毛，
　　　　從天空飄下來，
　　　　落在水牛身上，
　　　　水牛一點兒也不知道，
　　　　還是眯著眼，
　　　　不停的反芻著：
　　　　剛剛吃下的草。

　　鷺鷥三部曲的最後這首，用「白羽毛，／從天空飄下來，／落在水牛身上」，水牛卻似乎一點也不知道，繼續反芻與吃草；巧妙的描繪出大自然生態裡鷺鷥和水牛之間的微妙依附關係。

　　以上關於鷺鷥的三部曲，是林煥彰早期兒童詩創作很經典的作品。近年的鷺鷥作品，則有在2016年創作的《童詩動物遊樂園》中的〈白鷺鷥(1)(2)〉二部曲：

(1) 喜歡問自己

白鷺鷥是不是很好學，
我沒有直接問過牠們；
牠們，脖子細長，腳也很細很長
我看到牠們，總是自己把自己
雕成一個大問號！

不錯！牠們是一群好提問的學者，
常常喜歡問自己；
又習慣把大問號投在水田中，
讓自己靜靜思索……

(2) 愛思考

白鷺鷥們繼續思考，夜以繼日
牠們仍然習慣，站在水田中央；
冬天冷冷，冰寒冰凍
是否腦子會更清醒？

有雲飄過，無魚無蝦無蟲
日子怎麼過也得這麼過；
過 365 天的寒冬，
過有毒無糧的日子，
讓脖子、腳更細，更瘦，更直
讓自己雕成的問號
更大！

請天地回答……

　　從詩句本身來看，詩人在此時對鷺鷥的書寫重點已從顏色
（白色）進一步轉移到對外型的具體勾勒：「脖子細長，腳也
很細很長」。最有童趣的地方是在接下來的這句「自己把自己
／雕成一個大問號！」透過擬人化的方式，以物擬人，以人擬
物的方式，經過詩人主觀想像的塑造，賦予白鷺鷥靈性，使牠
們成為有情世界中的一份子。黃基博老師曾說過：「兒童詩的
寫作，最主要的目的就是表現自己內心的感動。此外，還要把
握兩個要點：一寫出美麗想像，二寫出動人的情意。」[48] 這兩
首〈白鷺鷥 (1)(2)〉二部曲，詩人成功的掌握了童詩的目的與
要點。只是，在情意的部分，更增添了幾分對生命的關照。其
實這二部曲，距離前面的〈鷺鷥（一）（二）（三）〉三部曲，已
然經過四十年。林仙龍先生曾把童詩的內部研究，分成「積極
的歌詠」與「消極的憐憫」兩類[49]。如果用「積極的歌詠」來
形容前面的三部曲，那麼後面的〈白鷺鷥 (1)(2)〉二部曲應該
是屬於「消極的憐憫」的作品。

　　詩人藉著詩中的主角，表現人們有毒無糧的無言苦楚，
憐憫情懷不言而喻，是作者對自然萬物深刻的關照，也是愛心
的表現。再加上創作此詩時的林煥彰，年紀已逾七十又七，閱
歷了生老病死等人生歷練，所思考的面，寫出來的意境，必
然也有更深的象徵意義與隱喻。後來，林煥彰先後在 2019 年

---

48.《布穀鳥兒童詩學季刊》第 2 期（1980 年 7 月），頁 11。
49.《布穀鳥兒童詩學季刊》第 4 期 (1981 年 1 月)，頁 46-47。

及 2021 年又再創作了兩首以鷺鷥為書寫主題的詩。特別是在 2019 年寫的這首〈優雅地活著〉，應該是進入晚年的林煥彰心境的最佳寫照：

> 我喜歡穿白衣，腳是瘦長的
> 不怕弄髒，也不怕冷
> 我優雅地活著，活著
> 真好；我喜歡在田裡行走，
> 輕輕地
> 先提起右腳，再輕輕地
> 提起左腳
>
> 我習慣默數，計算時間
> 右腳和左腳的
> 距離，
> 我會算準，不讓他們打亂
> 水紋，不讓
> 天空在水田中碎裂，
> 我會常常借它給我一個
> 完整的、優雅的倒影
>
> 我喜歡優雅，喜歡穿白衣
> 我是天生講究優雅的，
> 白，白白的白鷺鷥
> 優雅的形象

很重要；優雅就是我
活著的最高標準。


吃不吃得好，我不會在乎
吃不吃得飽，我不會在乎
美不美，我不會在乎
優不優雅，我很在乎……


　　這首詩所寫的鷺鷥，顯然已與之前的作品呈現迴然不同的
情境。詩人在這首詩裡，以第一人稱化身為喜穿白衣的鷺鷥，
白色一般代表純潔，意味著純善的心；而瘦長的腳，讓身上的
白衣得以透過高度的優勢，隔離水中可能有的汙穢。讀來頗有
陶淵明「採菊東籬下，心遠地自偏」的意味。

　　在第二段描述鷺鷥緩慢踏水行走，明明只是鷺鷥的動物習
性，但在詩人筆下，卻展現出完全不同的樣貌與思想。將抽象
的涵義具象化，詩人寫來渾然飽滿而自然巧妙。而詩人想表達
的到底是什麼，讀者又如何可以從其中領悟到什麼呢？筆者認
為，詩人想追尋的是一種內在的和諧性，一種人與自然、人與
人間是否可以相輔相成的關係。如同詩人詩中所言：「優雅就
是我／活著的最高標準。」吃好、吃飽是基本需求，但在大千
世界中滿足自我實現的需求，才是最重要的目標。

　　整體而言，白鷺鷥的題材與意象，對詩人而言，在象徵性
的意義上，前後有所不同。前期的書寫，主要代表了對童年的
回憶，逐漸沒落的農業社會，或失去的時代的懷想。晚期的書
寫，則轉移到以雍容不迫的態度面對生活，隨著年紀的增長，

詩人面對歲月與生命，長短之間的消長，顯然有高度的智慧，也更多了幾分自在。

## 二、昆蟲類童詩的隱喻

在所有的童詩創作中，林煥彰的動物詩，佔了他所有童詩創作的一半以上，種類幾乎包含所有的大小動物與昆蟲。他曾在 2016 年出版的《童詩動物遊樂園》自序中寫道：「我為動物寫詩，寫動物的詩，沒有刻意，好像是天生應該就要這樣；因為動物本來就應該受到我們人類的關注……」。除了前述的貓詩與鷺鷥詩外，最特別的是，便是為萬物代言的「說系列」詩。

林煥彰自 1976 年 開始出版童詩集後，把「說」字正式列入動物詩，最早是出現在 2007 年 2 月出版的《夢和誰玩》一書中。正如同李魁賢先生在《布穀鳥》兒童詩刊中所說：「詩人不但要為人類說話，而且要為萬物請命。詩人以自己的眼睛觀察萬象，但他能化身於物象中，不但能傳達人類的悲歡離合，還能道出萬物的喜怒哀樂。」[50] 簡而言之：詩人可以是萬物的代言人。本節的昆蟲詩，即以詩人化身為第一人稱，為毛毛蟲及蚊子兩種昆蟲所寫的童詩創作來進行析論。

---

50.《布穀鳥兒童詩學季刊》第 9 期 (1982 年 4 月 )，頁 56。

**以毛毛蟲為書寫主題的詩**

在林煥彰的所有兒童詩作品中，筆者發現，前後有兩首同篇名但內容卻完全不同的〈毛毛蟲說〉童詩創作。而且兩首詩分別被收錄到不同的兩本詩集中，根據出版年月很接近的角度來看，筆者認為這兩首可以視為二部曲。一首是被收錄在《夢和誰玩》中的〈毛毛蟲說〉：

有些旅程，得花一整天
才能走完；

從鳳仙花的家
到薰衣草的家，就走了
大半天；

從薰衣草的家
到茉莉花的家，
再到玫瑰花的家，
又走了一個下午；

一整天的行程是，
排得滿滿的
累是，有一點兒；

能把這些朋友的拜訪，
都在一天走完；我的下半輩子

也會同她們一樣。

　　另一首則被收錄在於馬來西亞出版的《夢的眼睛》[51] 裡的
〈毛毛蟲說〉：

　　　　　我走過的每一片葉子
　　　　　都睜開眼睛，看我
　　　　　鼓勵我：
　　　　　多吃一點兒啊
　　　　　多吃一點兒……

　　　　　春天，離我蛻變的成長過程
　　　　　還有一段時間。
　　　　　蝴蝶、蝴蝶，
　　　　　她是我的，小姐姐；

　　　　　夏天，我就可以和她們一樣
　　　　　穿著漂亮的衣服，
　　　　　和每朵花，親親嘴
　　　　　在花和花之間，
　　　　　一邊跳舞，一邊
　　　　　飛一飛……

---

51. 林煥彰以《夢的眼睛》為名出版的書，共有兩本，另一本於 2009 年 10 月在雲南出版。

在蛻變成為蝴蝶前，毛毛蟲的外型並不是很起眼，甚至有些種類的外表是會讓人驚聲尖叫的醜陋，即使有的顏色很鮮艷，但在物競天擇的生存競爭下，也往往會讓人因其吐出的氣味與毒素而退避三舍。再講到形體的部分，毛毛蟲也是自然界中最容易被忽略的大小。說起來，其實筆者會選擇牠作為「說」系列首先上場的角色，也跟小時候和牠曾有過慘不忍睹的互動有關。整個看起來，似乎實在很難找出牠值得被書寫的價值。但在兒童天真無邪的心裡，天地萬物都是活生生的。本來司空見慣的自然現象與生命體，被詩人寫出來後，頓時生動活潑起來。我們在林煥彰的這兩首〈毛毛蟲說〉童詩中，便有令人驚喜的不同發現。首先，在一部曲裡，第一段：「有些旅程，得花一整天，／才能走完」，一天對於人類的一輩子，是短的；但相對於毛毛蟲的生命，卻是長的。這時一個有趣的問題產生了！究竟時間的長與短要如何評定？對孩童而言，詩人要怎麼透過文字來讓孩童了解其中所蘊含的寓意呢？

從第二段開始，詩人分三段，透過毛毛蟲陸續拜訪鳳仙花、薰衣草、玫瑰花的家，用平鋪直敘的語句，加上相同的句型，讓孩子從閱讀中，逐步的、慢慢的跟著毛毛蟲走完一整天。這時，第五段的最後一句：「累是，有一點兒」，應該是很刻意安排的一種孩童式脫口而出的語氣，表面上說「累是，有一點兒」，其實是模仿孩童的一種反話。但最後一段：「能把這些朋友的拜訪，／都在一天走完；我的下半輩子，／也會同她們一樣。」沒有明白寫出下半輩子會變成怎麼樣，但每個讀者在讀完後，心中卻充滿被激勵與期待美好未來的感覺。

二部曲中，我們也確實得到了進一步的證實。只不過，在

這首詩中，又有一個亮點出現。在大自然食物鏈中，屬於物種間「吃」與「被吃」關係的毛毛蟲和葉子，在詩人的筆下，關係似乎產生反轉。葉子反過來鼓勵毛毛蟲要多吃葉子，成為一起期待毛毛蟲成長蛻變的角色。乍看之下，似乎不符合邏輯；但若進一步加入一部曲中花的角色，就豁然暢通了。筆者從兩個角度來解讀：一個是從現實面來看，詩人本身應該很了解大自然物種生態關係。因為葉子的存在是為了花的生長，而花的生命是透過蛻變後的毛毛蟲來散播，所以葉子鼓勵毛毛蟲吃它，就沒有任何矛盾了。

## 以蚊子為書寫主題的昆蟲詩

位處亞熱帶氣候區的台灣，在入夏後，氣溫飆升，相信對生長在這個海島的人，童年的記憶中，應該都少不了蚊子這個令人又氣又惱的小不點。在作家追求孤獨與靈感共存的無數個創作的夜晚，自然也對牠有不少的話要說。林煥彰先後寫過幾首有關蚊子的詩，包括〈特大號的蚊子〉、〈我打死一隻蚊子〉、〈蚊子說〉、〈蚊子是我的敵人〉、〈我家的蚊子〉等。他在 2005 年出版的《一個詩人的祕密》一書裡曾提到：

> 在夜裡，我常常被蚊子叮醒，影響睡眠！我不能睡覺的時候，我就起床看書寫詩；你說，蚊子是我的敵人呢？還是我的貴人？

只有自栩為萬物代言人的詩人，才會有這樣的困惑與矛盾吧！既要以「平等」的心來對待所有有生命的生物，甚至無生

命的任何東西，都該給予尊重；但又對夜裡老是來干擾睡眠與侵犯詩人、毫不客氣的又叮又咬的蚊子，難以釋懷。怎麼寫，才能表現出這種糾結的心情呢？詩人很巧妙的在這邊使用了寓言詩的形式。寓言是一種具有簡明象徵的故事，它藉著事物的變化和因果來暗表理念批判，具有簡明性、象徵性和故事性。而寓言詩對兒童而言，就是使用兒童能領會的方式，說出他們對於做人處事，應該抱持那些正確的態度。詩人的蚊子詩，正試圖以簡明易懂的方式，說出人類對自我的嘲弄與該汲取的教訓。其《夢的眼睛》中的〈蚊子說〉一詩：

論個子，我是很小很小
怎能跟人比？
這世界，一般來說：
都是大吃小，哪有小吃大的？
可是，我最喜歡
找人麻煩，
而且是，在人家睡覺
最沒有鬥志的時候，
去叮他，吸他的血；讓他
睡也不是，不睡也不是！

大吃小，很容易；
小吃大，
這道理該怎麼說呢？

這首以蚊子為第一人稱的詩，一開始，便使用寓言詩的「對比性」來引起讀者的注意。「論個子，我是很小很小／怎能跟人比？／這世界，一般來說：／都是大吃小，哪有小吃大的？」這種個體大小上的對比，也是一種情節的對比，在寓言詩中，對比常是一種機智的安排。把兩種不同的，特別是相反的觀念或事實對列起來，不但使氣氛增強，所想表達的意念也會更加明顯強烈。

　　而接下來中間的部分，詩人以故事敘述法，直截了當的說出事件的真實始末，讓人讀來既好氣又好笑，特別是這句「讓他睡也不是，不睡也不是！」表面上是蚊子在說蚊子的想法，其實跳出來看，又何嘗不是所有人心境的表現呢？在蚊子和人類的對決中，蚊子深切感受到人類對牠的好惡，不然就不會出現「找人麻煩」這四個字。若單從大小來評斷一切事物，蚊子是沒有任何討價還價的餘地，但若從「在人家睡覺／最沒有鬥志的時候，／去叮他，吸他的血；讓他／　睡也不是，不睡也不是！」這個角度來看，人類又幾乎是沒有勝算。因此，無法和解。

　　最後一段：「大吃小，很容易；／小吃大，／這道理該怎麼說呢？」這句話充滿諷喻性，其實是一種嘲弄式的反問法。若以寓言詩的角度來看，也是一種荒謬性的結局。透過中間事件的發生，詩人最後回到一開始大小對比的差異疑問。作家想表達與提出的，應該不是只有詩裡的三個問號，很多事情單靠表象觀察，將失之於偏頗。有名的伊索寓言〈獅子和老鼠〉的故事，也是運用大小對比的方式，發人省思；而這首〈蚊子說〉，在最後，透過蚊子說話，向全人類提出一個很重要的思

林煥彰童詩研究

璀璨的明珠

考。

　　另一首〈我家的蚊子〉，則是以人為第一人稱來描寫和蚊子間的故事，也非常有趣，剛好可以和前面的〈蚊子說〉相呼應：

　　　　我住五樓，我家的蚊子
　　　　也住五樓；

　　　　我看電視的時候，
　　　　我家的蚊子，不看電視；
　　　　它要我，也不要看電視。

　　　　我看書的時候，
　　　　我家的蚊子，不看書；
　　　　它要我，也不要看書。
　　　　我睡覺的時候，
　　　　我家的蚊子，不睡覺；
　　　　它要我，也不要睡覺。

　　　　我家的蚊子，不是我養的；
　　　　它要我也學它，嗡嗡叫！

　　在這首詩中，蚊子和詩人，不再是敵我無法和解的角色扮演，反而是日常相伴相知，甚至有一種相互依賴的情感產生，不禁讓人再度折服於「詩人為萬物代言者」的冠冕。

林煥彰的童詩具有濃厚的童趣和童味，即使是日常生活中小如蚊子的動物，在詩人筆下，不僅充滿生命，自成一個世界，還能進入孩童的心中，使人有所領悟與感動。


# 三、植物類童詩的隱喻

　　相較動態無限的動物，環繞在我們身邊默默不語卻始終存在的植物，感覺並不是很容易為他們代言；事實上，在林煥彰的童詩作品中，不管是在量的產出或種類上，純以植物為書寫主題的童詩，也的確不如動物詩。

　　但即使是創作數量不多的植物主題書寫，在作家筆下，又是另一種清新與充滿溫情的展現。以下筆者分為兩個系列，整理與選取其中幾篇創作，逐一進行論述與賞析。

**以樹系列為主題的植物童詩書寫：**

　　在孩童的心裡，樹是「既小且大」、「既快又慢」的奇妙的生命群體。「既小且大」的原因，是因為它們可以從一顆小小小，稍一不小心就會被踩扁的種子；到仍是小小的，看起來弱弱到可以任風擺弄的樹苗；最後再成長為一棵超越眾人身高，仰頭看也看不到它們的頂端，甚至可以讓孩童隨時倚靠的大樹。「既快又慢」則是因為它們的長成期因為較長，所以很容易被各種原因所遮蔽而讓人忘記；等到我們一轉頭，才猛然

發現它們已經成為不可被無視的生命群體。所以，在詩人眼中，是不可被忽略的主題。譬如林煥彰在《小河有一首歌》最早發表的一首樹系列的童詩創作〈樹〉：

樹喜歡跟風講話，
有時，呢呢喃喃。
樹喜歡跟風吵架，
有時，吱吱喳喳。
樹喜歡站著，
看我們遊戲。
樹喜歡打著傘，
給我們乘涼。
樹喜歡的很多很多，
就是不肯走動，
不肯跟我們玩耍。

在這首童詩裡，詩人將樹擬人化了，經過主觀想像的塑造，以物擬人，賦予樹及風靈性，將它們擬人化為孩童。所以在內容的部分，風吹樹的自然現象，微風吹動樹葉時發出的細微聲音，被擬人為樹在和風「呢呢喃喃」的講話，風大時就說樹在跟風「吱吱喳喳」的吵架，就如同孩童和朋友之間會有的日常互動。寫童詩的人，必有一顆童心，作家充分感受孩童對經驗會有的微妙感覺；將日常生活所接觸的一切，透過詩，產生一種喜悅的牽引，而對孩童更具親和力。

第二段寫到樹喜歡做的事，也非常有意思。說它「喜歡站

著，看我們遊戲」、「喜歡打著傘，給我們乘涼。」，詩人在這邊進一步將樹的特質賦予人格，很自然的合理化它的始終靜默，在平實的敘述中，孩童和樹相處時的情景，躍然紙上。而最後的三句：「樹喜歡的很多很多，／就是不肯走動，／不肯跟我們玩耍。」，更是一個讓人驚豔且不禁發出會心微笑的結局。植物和動物最大的不同之處，便是不能任意移動。在這首詩裡，被擬人與賦予人格的樹，在不能移動這部分，也被轉化為性格之一了！ 在詩人筆下，樹不知不覺成為有情世界的一份子。

其次，在語詞的運用上，詩人除了使用疊詞，例如「呢呢喃喃」、「吱吱喳喳」來強化詩的意境，更連續使用了五次的「樹喜歡」，間隔反復的方式，使得全詩讀起來，充滿韻律與節奏感。重複口語、反復循環，充分跳躍過孩童在閱讀文字時可能會有的詞彙圍限，讓這首詩，更加親近孩童的心。另在《壞松鼠》中有一首〈椰子樹〉則寫到：

> 椰子樹有一隻很長的手，
> 白天想摘太陽，摘不到；
> 晚上想摘月亮，也摘不到。
> 不過，他是從不灰心的，
> 每天都努力的向上伸長，
> 所以節節升高。
>
> 我想，有一天，
> 他想要的，都會得到。

這首〈椰子樹〉，詩人不但寫出了樹在孩童心裡的看待，也藉機將詩的「詩教」精神融入其中。李魁賢曾說過：「詩可以把詩人的經驗傳達給讀者，因而擴大讀者的未知經驗，加深讀者的已知經驗，因此，詩是很好的教育手段。」[52] 中國歷史上也很早就以詩作為教化的工具，企圖達成溫柔敦厚的詩教功能。詩人在這首詩中，先是運用想像力與聯想法，將椰子樹長長的樹葉想像成是「一隻很長的手」，有多長呢？從孩童的身高與視角來看，應該是長到幾乎可以伸長到和太陽、月亮一樣高遠的天上吧！但詩人在這邊並不是用肯定的方式來敘述，而是用兩個「摘不到」，很直接的否定了到達天上的可能性。緊接著，第二段詩人再度為椰子樹代言，即使摘不到天上的太陽、月亮，他仍然「從不灰心的，／每天都努力的向上伸長」。最後兩句：「有一天，／他想要的，都會得到。」為全詩寫下了最勵志的結尾。另外一首關於椰子樹的詩作〈仰望著天空〉：

> 我喜歡依靠椰子樹站著，
> 我喜歡仰著頭看看；
> 椰子樹背後的天空——
>
> 哇！好深的一口井啊！
> 藍藍的井，藍藍的水；
> 哇！好深的一口井啊！
> 旋轉的水，旋轉的井；
> 我和椰子樹都倒在它的懷抱了。

---

52.《布穀鳥兒童詩學季刊》第 2 期（1980 年 7 月），頁 44-45。

這首〈仰望著天空〉，又是意境迥然不同的一首詩。和前兩首詩不同的是，這首詩並沒有將樹擬人或人格化，嚴格審視，詩人寫這首詩時，主角的設定應該是天空。把天空的水藍與看不到盡頭，比作「好深的一口井」，真是奇妙至極！因為「天空」和「井」兩者，原本可說是典型「井水不犯河水」的關係，但詩人將它們聯想在一起，所運用的最重要的介質便是：椰子樹。因為椰子樹的夠高夠大予人足夠安全感，才能讓人喜歡依靠著它站著，依靠著它仰頭看天空；因此而發現了天空和井的共同處。詩人在這邊對空間的處理做了極漂亮的處理：先將天空凝聚為「一口井」，再用「藍」來擴張它，然後再凝聚為「深」，而最後倒數第二句「旋轉的水，旋轉的井」，更是增強了全詩的張力，充分展現了詩人在平面與立體以及靜態與動態的轉換之自然。最精彩的是最後一句：「我和椰子樹都倒在它的懷抱了。」這是筆者之所以把這首詩放在這邊的原因：在天空和井兩個角色將讀者引到無窮無盡深的旋轉中心後，椰子樹的角色，在最終和詩人一起懷抱出現，讓人不禁鬆了一口氣。誰能說椰子樹在本篇是跑龍套的角色呢？而林煥彰寫的一首關於羊蹄甲，2012 年在成都出版的《在心裡種一棵樹》有〈喜歡一群爬樹的羊〉一詩：

> 它們不是動物，正確的說法是 屬於植物
> 它們有一個土土的名字，叫羊蹄甲
>
> 一群喜歡爬樹的羊

春天來過
夏天來過
秋天來過
冬天也來過

一年四季都喜歡爬樹的那群羊
它們只喜歡在樹上留下綠色的腳印
有了綠色的腳印就什麼都留下了
我就是喜歡這樣的一群羊

　　這首詩一開始題目就非常吸引人。羊蹄甲，是屬於落葉小喬木，原產於印度，臺灣引進後，主要栽培於低海拔地區，所以我們在平時常常可以看見它們的身影。羊蹄甲的葉片長得很像羊蹄的甲，只要看過一眼，大概就不容易忘記。最主要的是，它的葉子整年都是翠綠的，遠看就如同羊群踩過遺留下來的羊腳印。雖然它有這麼一個有趣的名字，開出來的花也非常豔麗，花季時幾乎可以比美櫻花開時的粉紅盛況；但因為它的汁液有毒，筆者小時候聽多了大人的許多告誡，所以對它總是懷著「可遠觀而不可褻玩焉」的距離，長大後也繼續不斷告誡小孩不要靠近。沒想到，到了詩人筆下，羊蹄甲不但不再只是站著不會動的樹，還變可愛了！ 詩人不僅把它的葉子比擬作一隻隻雜沓交錯的翠綠腳印，讓它整個活潑了起來，還給它另外取了一個很清新又可愛的名字：「一群喜歡爬樹的羊」。原不屬於理性上的不合理，因為詩人的浪漫情感，將現實的空間轉變為詩的空間，構築出多采多姿的詩的意境。

**以其它植物為主題的童詩書寫：**

　　樹是自然界不可忽略的元素之一，那麼花、草及其它各種類的植物，便是讓原本死氣沉沉的大地，變得五顏六色、多彩多姿，變得更活潑、更有生命力的主要角色。林煥彰對於以特定的花為主題的植物書寫較少，最早發表的作品的是〈朱槿花〉，被收錄在 1976 年出版的《妹妹的紅雨鞋》裡：

> 朱槿花含苞的時候，
> 像很多小小的紅燈籠，
> 掛在我房間的窗口。
>
> 微風一走過，
> 踩響了小小的鈴鐺，
> 像過春節時，
> 張燈結綵的廳堂。

　　朱槿花，別稱「扶桑花」，其名應是來自其花，取其大紅之色而稱。事實上，中國的華南，在千年以前也早普遍種植。西晉時，稽含所著的《南方草木狀》是目前公認全球最早記錄朱槿的文獻，書中對朱槿的長花蕊描繪的仔細且真確：「上綴金屑，日光所爍，疑若焰生」。根據《本草綱目》的記載，它不但無毒，而且花莖葉根都可食用，所以實用頗高。早期台灣的農村社會，幾乎家家戶戶都有種植，常被作為家戶或田間的圍籬界限之用。

　　筆者回憶起自己童年時，也常和鄰居的小朋友，從隨處可

林煥彰童詩研究

崔璨明珠

見的朱槿圍籬，採摘下大紅色的扶桑花，先吃掉它垂墜在外的甜甜的大花蕊，然後再把它別到耳上，想像自己是個漂亮的大姑娘。回到〈朱槿花〉這首詩，詩人主要是在對含苞待放前的朱槿外形進行素描與書寫聯想，從「像很多小小的紅燈籠，／掛在我房間的窗口。」這句足見詩人的觀察入微。但在第二段「微風一走過，／踩響了小小的鈴鐺」，含苞的朱槿在詩人筆下隨著劇情走動，變成了小鈴鐺；而最後兩句「像過春節時，／張燈結綵的廳堂。」朱槿又回歸到它一開始所扮演的角色「紅燈籠」。筆者認為，與其說作家是在寫朱槿花，不如說作家是藉此詩來抒發內心對童年與逝去年代的懷想。如同詩人早期寫白鷺鷥的題材或意象，對詩人而言，產生的一種象徵性的意義，代表童年的回憶，逐漸沒落的農業社會，或失去的時代。因為現代的社會，過年時早已沒有舊時春節時，家家戶戶高掛紅燈籠的熱鬧光景。無論如何，這首〈朱槿花〉仍然充分呈現出童詩的特質，讀起來就像素描一樣，用一種趣味的筆調，比喻或擬人化的手法，三言兩語就把描寫物的特徵交代得一清二楚，讓讀者看了，產生心靈的共鳴外，也能發出會心的微笑。除此，林煥彰還寫了幾首關於蘑菇的童詩，其一為〈雨中的小蘑菇〉一詩，收錄在《夢的眼睛》一書：

　　　　蘑菇小娃娃，
　　　　春雨下了，沙沙沙！
　　　　她打著小白傘，
　　　　站在雨中央，
　　　　沙沙沙！

一點兒也不害怕。

沙沙沙！春雨下了，
有好長的幾個夜晚啊！
沙沙沙！沙沙沙！
小蘑菇還是打著小白傘，
站在雨中央，
等著媽媽……。

　　這首〈雨中的小蘑菇〉，又是詩人在兒童詩創作上另一種不同的寫法。主角是下過雨後，常會在潮濕的森林、草地或住家的庭院裡，被發現附著在樹根旁，不經意的突然冒出來的小蘑菇，彷彿伴隨著雨出生般。

　　首先，從文學的內部研究來分類，從內容的部分來看，這首詩可以被歸類為童話詩。詩裡小蘑菇是個在雨中獨自撐傘，不願離開的小娃娃。第三句「她打著小白傘，／站在雨中央，／沙沙沙！／一點兒也不害怕。」詩人刻意用代表女性的「她」作為蘑菇的代名詞，凸顯與映襯出「一點兒也不害怕。」的強度，不知不覺中讓讀者多了許多對小蘑菇的心疼與認同。取得讀者的同理心後，作家覺得還不夠，第二段又多加進一句「有好長的幾個夜晚啊！」後，到底能讓小蘑菇如此堅持的原因是什麼，小蘑菇到底在等誰呢？幾經看似不經意的佈局後，最後才說出小蘑菇始終打著小白傘，站在雨中央，不願離開的原因：「等著媽媽……」。筆者回想起訪談林煥彰先生的生命歷程故事，不禁聯想到，這首〈雨中的小蘑菇〉，是否也象徵著詩人

對母親的懷想與思念之情呢？想到這邊，筆者內心不禁產生無比的感動！

再從外部研究的修辭部分來看，詩人在這首詩裡，共用了五次「沙沙沙」的疊詞來擬聲下雨的聲音。林煥彰先生曾說過，楊喚是他最崇拜的詩人；而童詩的創作，從楊喚時期起，「聲音」的詩便開始風行了起來。事實上，我們也可以從這首詩感受到詩人對聲音在詩中的張力表現：藉著「沙沙沙」的下雨聲，表現出雨聲的大小；藉著「沙沙沙」的下雨聲，也表現出小蘑菇的勇敢。

其二為被收錄在《夢和誰玩》中的＜秋天的小蘑菇＞一詩：

> 中秋過後，
> 剛下了一場小雨，
> 森林裡的小蘑菇
> 都撐開了小花傘，
> 準備要出來散步了。
> 小蘑菇的腳兒，
> 都種在地底下，
> 她們要怎麼去散步？
>
> 別吵，別吵，
> 夜裡，她們就會走動了，
> 趁著我們都睡著了的時候，
> 就一朵拉一朵，
> 出來散步了。

走累了她們就會聚集在一起，

在大樹底下，

和月亮、星星

說悄悄話，

說悄悄話呀！

　　這首也是以蘑菇為主題書寫的植物童詩。一樣的主題，描述的卻是完全不同的故事。前一首詩中無法移動的小蘑菇，詩人在這首詩裡，創造了一個可以賦予她們出走的奇幻世界，在這個奇幻世界裡，什麼都可以有反轉的可能。但是詩中的任何誇張，原不屬於理性上的合不合理，還需要讀者感性的共鳴和認同。所以詩人帶領著讀者進入夢的潛意識：「別吵，別吵，／夜裡，她們就會走動了，／趁著我們都睡著了的時候，／就一朵拉一朵，／出來散步了。」詩人透過詩中的對話，為自己的浪漫情感，將現實的空間轉變為詩的空間。最後一段，「走累了她們就會聚集在一起，／在大樹底下，／和月亮、星星／說悄悄話，說悄悄話呀！」，當小蘑菇長成一大簇時，緊貼在一起的畫面，像不像一群小女生靠在一起輕聲細語的講悄悄話，交換小秘密呢？詩人在詩的結尾，為蕈類植物的群聚生長，給了既奇幻又合理化的說明。

　　在林煥彰的兒童詩中，花被寫入的次數很多，但大多是和其它生命或非生命的自然現象與物體搭配出現。而在他的「說系列」作品中，接下來這首〈花說〉是唯一的一首以植物為書寫主題的詩，也可以說是一首寓言詩：

你知道，陽光有幾種顏色？
你知道，雨會往哪兒下？

開不開，我自己決定
紅不紅，我自己決定
香不香，我自己決定

陽光，給我什麼，那是一種秘密
雨，給我什麼，我不必告訴你

風吹來，他想打聽消息
蝴蝶飛來，她說春天到了
鳥兒飛來，他要帶我去旅行

在這首詩裡，從花的自問自答，我們可以很明顯的感受到花的驕傲、自大，甚至自命不凡，但它究竟為了什麼要這麼說？詩人想透過它來表達什麼呢？很少有人會用這樣子的方式與語詞來書寫花，因為在一般人的眼裡，美麗與嬌弱常是花的同義詞。所以第一次讀這首詩時，筆者不禁被那三句：「開不開，我自己決定；／紅不紅，我自己決定；／香不香，我自己決定。」給震懾住了。記憶中，曾經也有這麼一朵花是如此驕傲與矜持的，就是聖伯里修斯寫的《小王子》裡那朵獨一無二的玫瑰。獨一無二不是因為她是字面上的唯一，而是因為小王子和她之間的互相被馴服與理解的關係。如果從這個角度來解讀這首詩，就不難理解詩人暗藏在其間的意念了。

一開始，花拋出的兩個提問：「你知道，陽光有幾種顏色？／你知道，雨會往哪兒下？」就已經很明白的說出花的等待，也暗喻詩人的等待。接下來的連三句「開不開，我自己決定；／紅不紅，我自己決定；／香不香，我自己決定。」，看似自我，但後兩句「陽光，給我什麼，那是一種秘密，／雨給我什麼，我不必告訴你」，就道出她的自我其實不是自我，而是一種殷切的盼望與期待，她有一份屬於自己的堅定信念，在等待對的人來理解。

詩人將自己化身為花，與其說幫花代言，不如說是藉著讓花說話，來表達詩人內心的想法與意念。如同花在自然界，雖然芬芳美麗，但如果沒有知道她需求的陽光和雨來照拂她，她無法長成；美麗如她，卻還是無法自由移動的植物，所以只有透過風、蝴蝶和鳥的駐足，她才能隨著他們延續與開啟生命。仔細玩味，這像不像是詩人的自我寫照呢？花原本是無法言語的，但詩人賦予她發言與想法，用移情的方式，把纖細善良的感情移置到事物上面，讓讀者自行體會這種濃厚的情意，同時藉機把自己的意念透露出來。

## 四、小結

根據筆者整理與統計：林煥彰從 1976 年出版第一本無意中為兒童寫的的童詩集《童年的夢》開始，到 2021 年 6 月由

北京世界圖書出版社所出版的《翻譯鳥聲》，共計有４１本，去除重複收錄的，共有685篇童詩創作。其中，以動物及植物為主題書寫的，占了絕大部分。從其所占比例來審視，本章的重要性，不言而喻。

在鳥獸詩的貓詩中，讀者從詩裡看到了林煥彰筆下各種性格的貓：有小得可以跟著放在詩人心裏隨時陪伴詩人的貓，有躡手躡腳到終於懂得母親給的愛的貓，再到膽小到被自己的影子嚇到的貓，以及最讓人難忘的、天真可愛到要跳出去摘雲來吃的貓。而在鷺鷥的詩裡，讀者透過詩看到了：從白到愛乾淨，走紳士風的鷺鷥，再到會打問號來思考的鷺鷥，最後成長為具備生活智慧的優雅的鷺鷥。每一首都激起讀者心中無限的想法，直接內化到讀者的心中。

在昆蟲詩的部分：林煥彰不僅透過文字讓讀者了解大自然界中毛毛蟲與其它物種的生態關係，也化身為毛毛蟲來說話，讓孩童了解不同物種間生命的有限和長短的相對性，不知不覺中，讀者在讀完後，智慧也跟著增加了！而以蚊子為主題的童詩書寫，更是一種創新的思維展現，林煥彰成功的從不同角度讓讀者了解到：大自然中的各種生命體，即使小至蚊子，都有獲得被尊重的權利。

最後在植物童詩創作的部分：樹的呢喃、吱喳，讓人們仰望的高大帶來的安全感，到激發孩童要跟著椰子樹往上成長的意念；再到自然界中執著撐傘站在雨中等待母親的小蘑菇與倏然成簇出現的蘑菇群，充滿想像力的一群爭先恐後爬上樹的羊蹄甲葉子；以及終於理解了表面自大的花，內心世界的糾結原因，還有跟著詩人懷想朱槿花在時代變遷下的角色扮演與演

變。

　　林煥彰在本章的動物及植物童詩的創作書寫，每每能真切掌握人類集體意識會有的共有規律，透過淺白的語言文字，將內在的意念，在瞬間化為具體意象，而帶給讀者深遠的感受與發想。

# 伍

林煥彰

童詩中的自然生態（下）

王國維在《人間詞話》裡對於詩人有一段評語：「詩人對宇宙人生，須入乎其內，又須出乎其外。入乎其內，故能寫之；出乎其外，故能觀之。入乎其內，故有生氣；出乎其外，固有高致。」這是指，詩人對宇宙萬物必須有「入乎其內」與「出乎其外」的創作胸懷。詩人因為保有赤子之心，由表及裏，真切的了解自然之物，深入體會萬事萬物，從觀察中熟悉事物的特徵、形態、規則等各方面知識，所以能為其形象創造豐富的材料；從熟悉中透視萬物內部的本質真理，產生審美情感，而能在創造活動中，讓閱讀者達到深切的感受。林煥彰先生在兒童詩的創作上，正具備這樣的特色：大自然生態裡，不只是動、植物為其童詩書寫主題，包含四季、大地山川、日月星辰、風雨雲霧等非生物自然現象，讓整個世界氣象萬千所產生的宇宙意識與對生命的觀照，都是詩人筆下無法忽略的主題。

　　所以，接續上一章在動物詩中鳥獸、昆蟲與植物的童詩創作，本章要繼續在林煥彰先生以大自然界非生物意象方面的兒童詩作，來進行探討。

# 一、 四季童詩的意象象徵

　　大自然，我們每天生存與生活的空間，主要由大地山川景觀所組成，除此，還有四季的輪流報到與日月星辰風雲雨的交錯出現，少了哪一個，我們美麗的大自然將失色不少。本節分別以林煥彰以四季所創作的童詩來進行論述與賞析。

**以春天為書寫主題的童詩：**

　　春天，是一個生機盎然、旖旎、和煦的季節，也是一個令詩人忙碌的季節。古往今來，不知多少詩人在春天這個題目上動過腦筋，寫過詩；通過詩人的魔杖，把春天點化得形象活現。而在林煥彰的四季童詩作品中，春天更是出現頻率最高的角色之一。在他所有已出版的作品中，幾乎本本皆有春天的身影，無論是單獨現身，或是與其他角色搭配出現，都有許多精采與充滿童心的創思。例如《童年的夢》的〈春天來呵〉一詩：

<blockquote>

春天來了，

春天在郊外，

向我們招手；

花兒是她的臉，

我們躲在屋子裡，

是看不見的。


春天來了，

我們結伴到郊外，

</blockquote>

迎接這個小妹妹，

和她一起玩耍，

鳥兒又唱又跳說：

春天來呵！

　　這是一首讀起來令人很愉快的春天詩，也是林煥彰最早期的作品之一，被收錄在第一本童詩集《童年的夢》中。四季是大自然現象，原本是沒有具體形象的，所以要怎麼讓孩童知道春天來了呢？詩人一開始先拋出訊息：「春天來了，／春天在郊外，／向我們招手」，孩童們是很喜歡跟朋友在一起玩的，聽到好朋友來找他們玩，通常都會不由自主地興奮起來，可是東看西看一定看不到這個詩人所說的在「向我們招手」的朋友，這就是詩人有意無意的佈局。期待的心情升起之後，這時每個人都急著想知道春天在哪裡，於是詩人又給了另一個提示：「花兒是她的臉」，孩童的好奇心在此時被徹底引發，詩人趕緊又給了另一個線索：「我們躲在屋子裡，／是看不見的。」最後，直接給了一個行動指引：「我們結伴到郊外，／迎接這個小妹妹，／和她一起玩耍，鳥兒又唱又跳說：／春天來呵！」原來詩人要大家走出屋子，到郊外去遊玩、感受春天，因為我們只能從大地的景象去感受它的來臨。透過擬人的方式，讓春天成為一個有花般臉兒的可愛小女孩，再設計了捉迷藏式遊戲的寫法，使得孩童更易親近詩，這也是林煥彰童詩創作的特色之一。也只有具備童心的詩人，才能把詩心掌握的如此之好。林煥彰書寫春天的詩，還有《妹妹的紅雨鞋》裡的〈春天〉一詩：

春天來了，
春天在草地上
插了許多小黃花。
小黃花，
是春天輕俏的眼神，
是春天閃爍的腳印；
像許多金色的小鈕扣，
鑲滿了大地的新衣裳。

　　詩人自小在宜蘭的農村長大，對於春天時草原上的繁華
與美麗，必然印象深刻。一開始，春天一樣被擬人成是一個有
形體的人，「在草地上／插了許多小黃花。」比較特別的地方
在於：春天來了，我們在草原上理應會看到百花齊放、色彩繽
紛、互相比美的無限旖旎風光，但詩人在這首詩裡，從頭到到
只用了兩種顏色：黃色與金色。這就好比音樂的音符之於音樂
家，顏色的運用構圖之於畫家，同樣的，色彩的進入詩中，對
詩人也是一種感覺的呈現。詩人在詩中所用的色彩，通常必有
所指。它們在詩人寫作時，會下意識的左右了詩人的精神、情
緒和舉止，也可以說是詩人透過心理的衝擊，而產生影響感覺
的一種表現方式。一般而言：藍色象徵陰鬱、消極、沉靜，白
色象徵明快、潔白、純真，綠色象徵和平、生長，黃色則象徵
快活與希望，金色象徵華貴與輝煌。所以，從這個角度再回過
頭來欣賞林煥彰的這首〈春天〉，就不難理解詩人的意圖與意
念了。在這首詩裡，透過黃色與金色兩種顏色的搭配出現：「小
黃花，／是春天輕俏的眼神，／是春天閃爍的腳印；／像許多

林煥彰童詩研究

璀璨明珠

金色的小鈕扣，／鑲滿了大地的新衣裳。」是不是更令人充分感受到一種輕快、柔和的感覺呢？

其實文字本身是平面的，詩人要把春天這個本來摸不著也看不見的東西具象化，讓他們成為可感可觸可見可聞的實體，真是一件不容易的事。除了前面兩首詩的表現方式外，是否還能有其它不同的方式呢？接下來的這首在《春天飛出來》裡的〈春天怎麼來〉一詩也非常有特色：

> 春天怎麼來？
> 花開了，
> 春天就從花朵裡
> 跑出來。
>
> 春天怎麼來？
> 草綠了，
> 春天就從綠色裡
> 跳出來。
>
> 春天怎麼來？
> 我高興了，
> 春天就從我心窩裡
> 飛出來。

讀到這首〈春天怎麼來〉時，會有一種神奇的、雀躍的、想跟著跳、跟著飛起來的感覺。為什麼呢？顯然詩人在這邊又

再度施展了魔法：使用簡單經濟的字句，並巧妙地運用了修辭學上的反覆及排比，甚至有層遞的影子。簡單經濟的字句是指在字數上的精簡，毫無疑問，這首詩符合了詩一向講求的「語言的經濟」[53]；語言的經濟是為了讓詩產生力量。在修辭上，詩人在每一段的第一句用同樣的語句反覆提問：「春天怎麼來？」，已經讓讀者對主題有強調及突出的感覺；再進一步運用了並列排比與層遞，告訴讀者春天是從哪裡來的：「從花朵裡／跑出來。」「從綠色裡／跳出來。」「從我心窩裡／飛出來。」不但加強了全首詩的氣勢，充滿春天的氣息，更讓人讀來充滿一種愉悅的音律感。

之後，在睽違這一首〈春天怎麼來〉的創作十四年後，2007 年詩人在馬來西亞出版《夢的眼睛》裡收錄的另一首春天的詩〈春天飛起來〉一詩，筆者認為可以被視為是〈春天飛起來〉的續集：

> 把翅膀折疊起來；
> 那隻蝴蝶，
> 牠睡覺的時候，
> 把自己變成了
> 一片葉子。
>
> 那片葉子，整理得好好的，
> 讓我在上面

---

53.《布穀鳥兒童詩學季刊》第 14 期（1983 年 7 月），頁 75。

寫了一首小詩，

那首小詩，
讓許多追逐春天的小孩
跟著它，飛了起來，

整個春天，都
飛了起來。


　　根據筆者的研究與整理，從 1993 年到 2007 年間，林煥彰共出了六本兒童創作詩集[54]，其中雖然也有幾首與春天有關的童詩新作，但是以春天為主題的童詩，只有兩首，兩首被收錄在馬來西亞出版[55]的這本《夢的眼睛》裡，除了這首〈春天飛起來〉外，就只剩一首目錄編排順序在它之前的〈春天正在路上〉。而從相隔十四年的兩首創作，內容文字都使用了「飛起來」的角度來思考，可見得兩篇的承續關係。前一首敘述春天是那麼來的之後，在這首詩裡，詩人不但加入了蝴蝶的角色來增添春天的色彩，自己也入鏡到詩裡共同出演。也許是因為此時的詩人，已經六十八歲，到了近「從心所欲不踰矩」的年紀，所以寫法上不僅更加圓熟，也多了幾分自在。

　　蝴蝶是最常來拜訪春天的客人之一，用她來代表春天，就如同之前用花朵來代表春天來了，一樣的具備「可喻性」。但

54. 見附錄二《林煥彰童詩的內部研究與主題意象關鍵字分類整理表》。

55. 林煥彰以《夢的眼睛》為名出版的童詩集，共有兩本。另一本是 2009 年 10 月在中國雲南，由教育出版社出版，內容篇目不盡相同，詳見本書附錄二的整理。

詩人就像一部電影的導演般，可不是讓蝴蝶出來隨便跑龍套，而是透過她，塑造出這樣的場景：「把翅膀折疊起來；／那隻蝴蝶，／牠睡覺的時候，／把自己變成了／一片葉子。」，蝴蝶停在葉子休息時，通常翅膀是合起來的，如果剛好和停留的葉子色系相同，看起來的確像是另一片葉子。以物擬物的轉化修辭，很普遍，但要把看不到的自然現象，擬虛為實，甚至在下一段寫出了：「那片葉子，整理得好好的，／讓我在上面／寫了一首小詩。」讓讀者不知不覺的跟著遊走在虛實之間。在詩的最後：「那首小詩，／讓許多追逐春天的小孩／跟著它，飛了起來，／整個春天，都飛了起來。」讀者才恍然從詩中醒來。英國詩人英倫·泰特認為：「一首好詩應該具備內在的平衡張力，也就是介於抽象和具體之間，全體與個體之間，文字的狹義與廣義之間的制衡力量。」正好可以為這首詩下最好的註腳。

**以夏天為書寫主題的童詩：**

　　地處熱帶及亞熱帶地區的臺灣海島，夏天是個既潮濕又炎熱的季節。現代的孩童因為科技的發展，人們對冷氣的依賴程度已越來越深，但這也僅止於大家對溫度的舒適好感度。對夏日而言，絲毫無損於它在孩童心中的地位。夏日才有的熱度構成夏日才有的氛圍、夏日才有的發現完整了夏日才能進行的活動，夏日所能給與孩童內心的快樂、愉悅與滿足，從以前到現在，不曾改變。林煥彰在關於夏天的童詩創作，《童年的夢》裡的〈夏日〉這首詩是最經典的。

夏天，

海是快樂的

有很多

笑聲。

夏天，

我也是

快樂的。

因為我

走向海，穿著

最少的衣服。

　　短短的幾句詩，全篇完全沒有用「熱」這個字來形容夏天，
但讀來一方面讓讀者感受到夏天的熱，一方面在讀完後，卻又
令人不自覺地有一種清涼又消暑的感覺。這次詩人用「倒反」
的方式來書寫這首詩。在詩的一開頭先講出第一個結論：「夏
天，／海是快樂的」，引起讀者的好奇：海不會說話，詩人是
要怎麼讓人感受到它的快樂呢？詩人也不打啞謎，直截了當的
說出答案：「有很多／笑聲。」原來是透過聽覺說出海對夏天
的感覺。這個笑聲，可以有兩種解讀：一種是海浪聲音的集合
體，是一種暗喻，同時也表達在炎熱的夏天，到海邊接近海水、
聽到浪潮，想與海接觸前的期待心情。另一個解讀方向，則是
指在夏天時聚集到海邊準備戲水的孩童，歡樂的笑聲和浪潮聲
交互作用後所引發出的一種感受的示現。

　　而在最後一句：「因為我／走向海，／穿著／最少的衣
服。」這邊快樂的原因，詩人所想表達的：除了指在夏天的海，

可以解除身上最多的束縛，親近清涼的水的快樂；同時也象徵
著親近大地之母時，回到母親懷抱的快樂，有一種無憂無慮的
感覺，不用再煩惱，不用再憂愁，當然快樂囉！另外書裡還有
一首〈夏日，在天空游泳〉：

一朵白雲，在天空
散步
今天，天氣很熱
魚兒們都在水中
游泳

媽媽，請您讓我也變成
小魚兒
到水裡和牠們一起
玩耍，
等晚上，天涼的時候
再變回來
安安靜靜地，
躺在您身旁──
一覺到天亮。

夜裡，
一朵白雲，在天空
散步；
我真的變成一條魚，

在天空，
　游泳。

　　這首詩和前一首〈夏日〉的詩，相同之處在於：都把「夏天」和「海／水」聯想在一起。不同的地方則是在於：一是在場景的不同。〈夏日〉一詩很明顯的指出地點是在海邊；〈夏日，在天空游泳〉，顯然不是在海邊，但自然也不是真的如題目所言「在天空游泳」。二是在形式上，比較接近「幻想詩」風格。一開始詩人先說：「一朵白雲，在天空／散步」，將雲飄浮在空中的動作，擬人化為在散步，而雲的顏色用「白」，也是詩人一種不經意的刻意安排，因為夏天日正當中時的雲，通常是白得發亮發熱，所以很自然的帶出後一句「今天，天氣很熱」，透過這個開場場景的塑造，讀者已經在不知不覺中進入詩人設計的奇幻空間之門了。接下來，下一句「魚兒們都在水中／游泳」，孩童的心情已經呼之欲出，讀者的心情也跟著起來。

　　第二段，則是充滿童心的一段書寫：「媽媽，請您讓我也變成／小魚兒／到水裡和它們一起玩耍，／等晚上，天涼的時候／再變回來／安安靜靜地，／躺在您身旁──／一覺到天亮。」讓人讀來備感溫馨。最後，則再返回奇幻世界，夜裡白雲還是在天空散步，暗喻夏夜仍是如白天一般的熱，然後下一句：「我真的變成一條魚，／在天空，／游泳。」應該是指孩童睡著後，進入夢的世界，在詩人布置的奇幻世界中，像魚兒一樣開心的游泳於天空。現實世界中，筆者看著魚，也曾不止

一次的羨慕魚兒們在水中游泳，沒想到，詩人讓這個每個孩童的願望，在夢裡、在天空實現了！另外還有兩首關於夏天的詩，其一是〈夏天是冰涼的〉一詩：

> 媽媽，冰淇淋在正午的巷口叫我
> 媽媽，冰淇淋在正午的巷口叫我。
> 他們說：夏天是炎熱的季節。
> 他們說：夏天是炎熱的季節。
> 媽媽，冰淇淋在我的肚子裡唱著。
> 媽媽，冰淇淋在我的肚子裡唱著。
> 他們唱著：夏天是冰涼的季節。
> 他們唱著：夏天是冰涼的季節。

　　這首詩其實是林煥彰創作的第二首關於夏天的詩，起先被收錄於1976年《妹妹的紅雨鞋》一書中時，原來的篇名是：〈夏天〉，和他的第一首被收錄在第一本童詩集《童年的夢》中的夏天的詩〈夏日〉，只差一個字，後來可能是為了區別，所以到了1983年出版《牽著春天的手》童詩集，篇名就改為〈夏天是冰涼的〉，之後正名定調。

　　在這首詩中，和夏天搭配的角色變成冰淇淋。冰淇淋是許多孩童在夏天時最想要吃，但又常會因為受到大人各種維護健康理由的阻撓，而不能常常享用的冰品，所以這首詩，其實原本只有四句，但卻採用了複數句的寫法，每句都特別重複兩次，漸次加強，表達出孩童心中的強烈盼望。

而在最後，詩人用「媽媽，冰淇淋在我的肚子裡唱著。」，也是很有童趣的寫法，筆者回想在教室裡，最常聽到的聲音，除了孩童們嘰哩呱啦的興奮的講話聲，就是孩童快樂時從嘴巴哼出的小小的歌唱聲。所以，這邊又再次印證了詩人對孩童觀察力的敏銳度與潛藏在詩人身上的童心。在最後「他們唱著：夏天是冰涼的季節。」，詩人巧妙的請出冰淇淋來為夏天唱歌，誰還能否認夏天不是冰涼的呢？

**以秋天為書寫主題的童詩：**

　　秋天的秋高氣爽，大概是在酷熱的夏季之後，最讓孩童開心與期待的季節。涼爽的氣溫，起風的日子，同時也是收穫的季節。在秋天這個季節裡，大地所呈現的景觀與前兩個季節有著迥然不同的氣象。在詩人筆下，也有著不同的意象產生，例如以下這首緊接在夏天之後的〈秋天的楓樹〉，收錄在《牽著春天的手》一書中：

　　　　　　夏天的楓樹，
　　　　　　每一棵都是一個
　　　　　　大鳥巢；
　　　　　　它們的每一片葉子，
　　　　　　都是綠色的
　　　　　　一隻隻睡著了的鳥兒，
　　　　　　甜甜的睡著了的鳥兒。
　　　　　　秋天來了，
　　　　　　它們才會醒來；

醒來了，

它們才會叫；

它們叫了，

就有風；

有風了，它們才會飛；

會飛，它們就

高高興興，

繽繽紛紛的

飛了起來！

　　一般人想到楓樹，大概都會直覺的想到是秋天的另一個代名詞，可是卻常忘了：楓樹並不是只有在秋天才會生長的樹。筆者在一開始讀這首詩時，就是遇到這樣的窘境。這首詩的第一句是：「夏天的楓樹」，一時之間，筆者還以為是打錯字或出版社沒校到錯字，把「秋」字不小心印成「夏」字，後來讀完整首詩，才發現這又是詩人最擅長的：不經意中的刻意寫法。夏季的楓樹，在雨季雨水的充分滋潤下，葉子是豐滿與翠綠的；整棵樹豐滿與翠綠到什麼程度呢？詩人用「每一棵都是一個大鳥巢」來譬喻楓樹，然後用小鳥來譬喻葉子：「它們的每一片葉子，／都是綠色的／一隻隻睡著了的鳥兒，／甜甜的睡著了的鳥兒。」到這句為止，都是在為即將現身的秋天暖場鋪陳。下一句詩人接著說：「秋天來了，／它們才會醒來」，這時孩童應該會開始腦力激盪，怎麼醒啊？詩人仍舊沒有直接說出答案，但是在詩裡，詩人把譬喻成鳥兒的葉子接下來的動態，交代的一清二楚：「醒來了，／它們才會叫；／它們叫了，／就

有風；／有風了，／它們才會飛；／會飛，／它們就高高興興，／繽繽紛紛的／飛了起來！」原來是透過秋天的風，在其間穿針引線，把整棵楓樹的葉子在秋風吹拂後四處飄落的景象，譬喻成小鳥被風吹醒，到處叫與飛的樣子，是不是很巧妙又充滿趣味的寫法呢？書裡還有這首〈秋天〉，也很有童趣：

秋天把天空升得更高，
我的風箏吵著說：
「快幫我加線！快幫我加線！」
我向媽媽要了一卷給他，
他就拉著我的手
一直往上跑；
我們跑過草原，跑過水田，
跑到一條小河邊；
我跑累了，線也放光了，
我的風箏又吵著說：
「我還要，我還要──」
我發現到：
小河有一條放不完的長線，
可以從天上放到大海；
於是，我把風箏交給他，
讓他拉著我的風箏，
在秋天的藍天底下，
靜靜的玩耍。

除了象徵秋天的楓葉外，伴隨著秋天而來，會把樹的葉子帶著到處跑的秋風，對孩童而言，無疑是最好玩的朋友了，而放風箏也成為每個孩童在秋天時最喜歡進行的戶外活動。在〈秋天〉這首詩中，風箏被擬人為小孩的好朋友。秋天到了，秋風一起，高高的天空在招手，詩人借由風箏來說出小孩的心聲，跟媽媽嚷著要加線去玩。在這邊，詩人用了一個很特別的開場：「秋天把天空升得更高」，在詩人所有四季詩的創作裡，唯獨賦予秋天這個可以把天空升高的能力，為什麼呢？　這不是超現實的寫法，而是一種知識性與文學性的展現。因為經過夏天雨季的洗禮，大氣中的塵埃微粒或是雲霧都大為減少；此時的秋天天空是一片廓清，透明度特別高，因此當我們抬頭往上看時，會有一種秋天的天空特別高的感覺。詩人必定對大自然有一定的觀察力與了解，用充滿浪漫與文學性的寫法，把秋天特有的天空情景帶入詩中。

　　當天空被廓清之後，整個大空間出來了，最適合玩耍，所以第二句開始：「我的風箏吵著說：／『快幫我加線！快幫我加線！』／我向媽媽要了一卷給他，／他就拉著我的手／一直往上跑」，先將風箏擬人，再借由它和小孩的對話，充分描寫出孩子放風箏時的心情與情境，讀者讀起來應該都會感受到一種似曾相識的感覺，最傳神的是在最後寫的：「我發現到：／小河有一條放不完的長線，／可以從天上放到大海；／於是，我把風箏交給他，／讓他拉著我的風箏，／在秋天的藍天底下，／靜靜的玩耍。」，站在海邊的地平線看海平線，海和天是連成一「線」的，詩人將入海流的小河，聯像成是一個擁有放不完的「線」的人，既具童趣又充滿想像力。近年，林煥彰

秋天的童詩創作，又呈現不同的視角，例如 2018 年武漢出版的《影子》裡的〈秋天的訪客〉：

> 我秋天的訪客特別多，特別是
> 每位訪客都喜歡，用楓葉
> 留下他們的
> 腳印；小小的，一枚又一枚
> 像要送給我的小星星，
> 可惜，我常常不在家！
>
> 客人來訪未遇，不是我不歡迎
> 不是我故意關門謝客；
> 我沒有好好做一個主人，
> 沒有一一接待，十分失禮
> 不知他們是男孩，是女孩？
> 我在猜想，他們一定都是
> 小小朋友，也一定都是知道
> 我是喜歡寫詩的老人家，
> 他們是愛讀詩的男生女生，
> 我這首詩，就送給他們吧！

這首〈秋天的訪客〉，一開始就說，「我秋天的訪客特別多，特別是／每位訪客都喜歡，用楓葉／留下他們的／腳印；小小的，一枚又一枚／像要送給我的小星星；／可惜，我常常不在家！」，秋風掃落葉，本是司空見慣的事，到了詩人筆

下，楓葉就成了來無影去無蹤的秋風，所留下的一個個具體的腳印！而詩人也未見得真如詩中所寫的常不在家，它們也可能會趁詩人不注意時，悄悄的進去逛幾圈，然後再調皮地故意留下一點東西，例如秋天最常見的楓葉。另外一段：「我在猜想，他們一定都是／小小朋友，也一定都是知道／我是喜歡寫詩的老人家，／他們是愛讀詩的男生女生，／我這首詩，就送給他們吧！」，因為詩人家裡最多的就是書與詩，所以，才會有「他們是愛讀詩的男生女生」這樣的臆測。

寫這首〈秋天的訪客〉時，林煥彰已經八十歲，可以說是他晚年的近代作品，雖然是童詩，但讀起來，卻讓筆者有一種喜悅中帶著感傷的感覺，全詩隱含詩人心中對未來的意象構擬：一是對自己留下的作品，能持續有許多讀者陸續來訪問與閱讀，是一種期待也是一種喜悅；二是為秋天是個凋零的季節與自己年歲的逝去而感傷，其中的象徵意義是：在現代電子產品極度發達的世代，童詩是否也會面臨不該凋零而凋零的命運呢？

**以冬天為書寫主題的童詩：**

冬天來了，隨著北風的呼呼聲，氣溫的陡降，大地也隨著改換景觀的簾幕。冬天，是四季的最後一個季節，對於多愁善感的詩人而言，卻是個寒冷中又夾帶溫情的矛盾季節。詩人透過書寫伴隨冬天出現的景象與事物，藉機傳達內心的感受並漸次勾勒出冬天的意象。例如《小河有一首歌》也有這首〈太陽也怕冷〉：

太陽和我們一樣，

也怕冷。

一到冬天，

天還沒暗，

遊戲還沒做完，

他就急急忙忙的回家了！

妹妹說：

真討厭！下次，

我們不要跟他玩。

　　其實，大家都很清楚：到了冬天，晝短夜長的季節變化；太陽也本應是釋放熱量的來源。可是在這首詩中，太陽卻被寫成了「和我們一樣，／也怕冷。」的玩伴，而且還是個不講義氣的玩伴，玩到一半，就趕忙要提前回家，然後詩人又請出了富有正義感的妹妹，在最後丟出：「真討厭！下次，／我們不要跟他玩。」，相信每個讀者讀完，都會對這個沒義氣的太陽和很有義氣的妹妹之間產生的對比印象深刻；同時，更在不知不覺中學到冬天太陽所產生的日夜長短的變化。

　　其次，冬天凜冽的風，也是最常出現在詩人筆下的主題，例如這首被收錄在 1976 年《妹妹的紅雨鞋》中的〈冬風〉：

冬風是個野孩子，

最會調皮搗蛋！

我把窗子關起來，

他就在外面砰砰敲；

我把窗子打開來，

他就伸出冰冷的手，

摸摸我的臉頰，

摸摸我的脖子，

我不要跟他玩！

我不要跟他玩！


　　以及 2011 年由重慶出版社出版的《妹妹的圍巾》中的〈我是大笨蛙〉一詩：


冬天，風愛跑馬拉松，

他邀我賽跑，

我就鼓起勇氣

和他賽跑。

風，快要輸給我的時候，

他就賴皮——

鑽進我的夾克裡，

一路猛吹氣，

把我的綠色夾克吹成

鼓鼓的青蛙皮……

愛跑馬拉松的風，

一直吹一直吹

也把我吹成　一隻

大笨蛙，我就輸給他了

這兩首詩的創作時間，前後相距三十五年，且都是以「風」為主題並將它擬人賦予性格後，來書寫與呈現冬天的冷冽。雖然場景與事件不同，表現手法也不同，但冬風在兩首詩中的形象與性格，顯然是相似的。在第一首詩裡，「冬風是個野孩子，／最會調皮搗蛋！」，一開始就先把冬風的性格定位：「我把窗子關起來，／他就在外面砰砰敲；／我把窗子打開來，／他就伸出冰冷的手，／摸摸我的臉頰，／摸摸我的脖子」，冬風在這首詩裡，不僅愛玩且蠻橫不講道理，也不懂得什麼是尊重，沒經過人家同意就恣意的接觸人。原本看不到的的冬風，在詩人筆下具象化為一個到處玩的「野孩子」。而在第二首詩〈我是大笨蛙〉中，詩人將近年興起的馬拉松跑步寫入詩中，三十五年後再出現的冬風，此時已經是個馬拉松好手：「冬天，風愛跑馬拉松」，而詩中的孩子，再次遇見老友，一起馬拉松比賽，最終發現冬風還是跟以前一樣不懂的尊重人家，一樣未經同意就鑽進孩子的「綠色」夾克裡：「風，快要輸給我的時候，／他就賴皮——／鑽進我的夾克裡，／一路猛吹氣」，最終整個被「吹成　一隻大笨蛙」。在這邊，詩人改用敘事詩的方式，藉由同樣的介質「風」，充分呈現冬天的冷冽，同時又把被風侵入夾克，整個綠夾克鼓鼓的樣子，聯結到「大笨蛙」的角色，實在深具童心與童趣。

　　至於描繪冬天景觀的童詩，有收錄在《回去看童年》裡的〈冬天來了〉一詩：

　　　　媽媽拿了件毛衣，
　　　　幫我套在身上，又叫我

把窗戶關起來。
我喜歡趴在窗口，
看窗外的風景：

同樣的一座小山，
春天的蝴蝶，不見了
夏天的蜻蜓，不見了
秋天的鳥兒，也剛剛飛走
只有一片芒草
長高了，又開滿了
喜歡向我招手的
芒花。

芒花，
滿山的芒花
由藕色變成純白；
有些樹，葉子變黃了
也開始飄落
我的窗口，也有了
一層薄霧，
我背著媽媽
偷偷的把窗戶打開，
一陣強風猛抓著我的胸口，
叫我打了一個大噴嚏；
在夢裡還咬著老鼠的

小貓咪，

都被我給嚇跑了！

媽媽走過來，

要我趕快把窗子關上！

　　這首詩的前三句：「媽媽拿了件毛衣，／幫我套在身上，又叫我／把窗戶關起來。」先透過媽媽與孩子的日常互動，寫出氣溫的陡降；第二、三段則描繪春夏秋三個季節在小山的變化，再經由觀察芒花的消長來象徵冬天的來臨。最具童趣的地方在：「我背著媽媽／偷偷的把窗戶打開，／一陣強風猛抓著我的胸口，／叫我打了一個大噴嚏；／在夢裡還咬著老鼠的／小貓咪，都被我給嚇跑了！」一個大噴嚏形成一個大轉折，把冬天的最佳搭檔「風」再度帶進來，然後把讀者從現實世界拉進詩人的奇幻空間中，最後以「媽媽走過來，／要我趕快把窗子關上！」倏地再將讀者拉回現實世界。這首冬天的詩，除了生動的透過日常生活的描述，寫出冬天的景觀，也隱含了另一個象徵意義：從媽媽在詩的最前面和最後面，套毛衣及關窗戶的兩個動作，同時寫出母親在孩子心目中是最重要的保護牆的象徵。

## 二、 其它大自然非生物童詩的意象隱喻

我們生活在一個日月星辰變換推移的星球，日月星辰明暗亮度、冷熱溫度的變幻，一直都是孩童在智識開啟與累積的過程，最受吸引與最能激起其好奇心的。就如同本章第一節詩人的創作，詩人在描寫秋天時，一句「秋天把天空升得很高」，就引發筆者無限的想像與情感，從此天空成為筆者最喜歡探索的風景與空間。本節將討論林煥彰在四季之外，宇宙內掌管與對地球萬物影響很深的日月星辰及其它非生物自然現象童詩意象的象徵。

**以太陽為主題的童詩書寫：**

林煥彰到十五歲以前，都生活在農村裡，崇尚自然，觀察尤其入微。例如寫太陽的童詩，光是寫它的現身，就有兩首篇名相同但內容完全不同的作品，分別被收錄在他最早的兩本童詩集。其一為在《童年的夢》中的〈日出〉一詩：

> 公雞啼叫時，
> 一隻黑母雞打草堆中躍起，
> 將一枚剛生下的雞蛋留給我們，
> 我們很高興的管它叫日出。

在這首詩裡，「公雞啼叫」與「日出」的聯想關係，是共喻與可知的；但接下來的：「一隻黑母雞打草堆中躍起」，就開始引發讀者的好奇。詩人還特意用「黑」字來作為母雞的

顏色，這「黑母雞」可以是黑夜的象徵。沉睡的黑夜，被啼叫聲給驚醒而跳了起來，讓整首詩增添了一種充滿想像力的奇幻感。全首只有四句，但從詩中選擇的角色、場景到情節，處處都可見到詩人極力想把意念化為文字的發揮。例如「草堆」的選擇，為什麼不是選擇公雞啼叫時最喜歡站的屋頂或高處，而是草堆呢？這也是詩人對孩童的一種同理心的體現。因為孩童的身高，正好是農村裡常見的稻草堆的視角，正好可以看到太陽從躍起的黑母雞後面升起，所以最後兩句：「將一枚剛生下的雞蛋留給我們，／我們很高興的管它叫日出。」原本的超現實情節，在最後就被詩人順理成章的給合理化了。其二在《妹妹的紅雨鞋》中，篇名一樣為〈日出〉一詩：

早晨，
太陽是一個娃娃，
一睡醒就不停的
踢著藍被子，
很久很久，才慢慢慢慢的
露出一個
圓圓胖胖的
臉兒。

在這首〈日出〉中，藍藍的海被比喻為藍被子，太陽則被擬人為一個可愛的娃娃：「一睡醒就不停的／踢著藍被子」，應該是賴床不想起床吧！所以才會：「很久很久，才慢慢慢慢的／露出一個圓圓胖胖的／臉兒。」詩人巧妙的把太陽緩慢

的出現，生動的比擬作孩童起床的掙扎經驗，充分展現出生活化的書寫風格。

《童年的夢》還有一首〈日落〉，對太陽的描述，也深具童趣：

> 黃昏時，
> 弟弟蹦跳著，
> 拍打太陽
> 那只火紅的大皮球
> 回家。
> 媽媽說：
> 他整天玩個不停，
> 就把它沒收了。

在這首詩中，太陽不再是「雞蛋」，也不是「賴床的娃娃」，而是成為弟弟手中「那只火紅的大皮球」，而且最後的命運不太好，因為：「媽媽說：／他整天玩個不停，／就把它沒收了。」詩人的意向所致，童趣與童味也不知不覺的融入其中。

**以月亮為主題的童詩書寫：**

從地球看夜空，月亮及星星都是屬於在黑暗的夜空中會發亮的星體，其中月亮的形狀還會隨時間而變化，對孩童而言，深具神秘與神話感，也充滿想像力的馳騁。早在 1982 年出版的《壞松鼠》就有〈七個圓圓的月亮〉一詩：

有一幢房子，

開了七扇窗；

正好，每一扇窗都可以看到

同一個方向。

有天晚上，

月亮升起來的時候，

一個可愛的小女孩兒

輕輕的，拉開了

每一個窗簾，

她很高興的

對著她的媽媽說：

今兒晚上有

七個圓圓的月亮！

　　這是一首很簡明易懂的作品，讀來有一種「童言童語」的童趣與愉悅。這首詩透過一種不可能的結局，反過來告訴孩童真正的事實是什麼：那就是月亮只有一個，不管窗戶開向哪個方向，它還是獨一無二的一個。在詩的第一段詩人先寫出場景：「每一扇窗都可以看到／同一個方向」，然後出現一個小女孩，拉開每個窗簾，像發現新大陸般，開心的跟媽媽說：「今兒晚上／有七個圓圓的月亮！」因為是孩子直接脫口而出的想法，所以讓人讀來特別有一種療癒感。而透過這首月亮詩，也可以讓年級高的孩童思考：方向與數量之間的非必然關係性。除此之外，詩人也像導演一般，擅長請出自然界的其他角色，來襯托出主角的特質與特色，例如這首收錄在《童詩動物遊樂園》

裡的〈青蛙家族要開會——不管青蛙們怎麼說，月亮還是月亮吧！〉：

> 今天晚上要開會，
> 青蛙家族都坐在池塘邊，
> 圍著
> 池塘裡的月亮：
> 咕呱咕呱咕呱
> 牠們要討論
> 為什麼今晚的月亮不是圓的！
>
> 青蛙媽媽先張開大嘴巴說：
> 昨天晚上，
> 小青蛙肚子餓了，叫得很厲害
> 我把月亮切了一小塊，
> 煮了一碗月亮湯，給牠喝了！
>
> 青蛙爸爸也張開大嘴巴說：
> 不對不對啦！
> 初一十五的月亮，
> 本來就不一樣；
> 我們要有耐心等，
> 每天晚上都要坐在池塘邊，陪她
> 等十五的晚上，
> 她就恢復圓圓胖胖。

小青蛙也張開不算小的小嘴巴說：

那也不對，

我喝了媽媽煮給我的月亮湯，

肚子鼓鼓的，

月亮就在我的肚子裡，

慢慢變圓了。

　　這首詩，以想像力為主軸，是一首童話詩，也是科學詩。詩人將水池邊呱呱叫的青蛙聲，跟映照在水面的月亮，帶入童話的元素，巧妙的結合在一起，寫成了一篇相當有趣的童詩。詩人一方面藉由青蛙家族的有趣對話，傳遞月亮會有陰晴圓缺變化的知識，另一方面透過家族成員間的對話，隱喻母愛無處不有。青蛙媽媽先說：「小青蛙肚子餓了，叫得很厲害／我把月亮切了一小塊，／煮了一碗月亮湯，給牠喝了！」，只要孩子需要，連天上的月亮都可以切來吃，這段話充分寫出了母親對孩子無限的愛。而最後一段，小青蛙說：「我喝了媽媽煮給我的月亮湯，／肚子鼓鼓的，／月亮就在我的肚子裡，／慢慢變圓了。」小青蛙邏輯推理出的答案，真是讓人不禁發出「童言童語」的微笑，同時也呼應了前面青蛙媽媽的愛。小青蛙在喝下月亮湯的同時，也喝下了青蛙媽媽滿滿的愛。

**以星辰為主題的童詩書寫：**

　　在星辰的童詩創作部分，筆者曾到林煥彰在九份「半半樓」進行訪談，這間「半半樓」是詩人的居所也是工作室，一邊傍山而築，另一邊則面對大海；「半半樓」面對大海的一面

是大大的落地窗，從裡面往外看，不僅山與海盡被收入眼簾，抬頭看到的星星，特別大也特別明亮。星星的作品，詩人寫來別有一番意境。例如《壞松鼠》裡的〈星星們都到海上去捕魚〉：

> 剛才，
> 海上只有
> 兩三顆漁火，
> 現在，越來越多。
>
> 奇怪，天上的星星
> 剛才很多，
> 現在，越來越少了。
>
> 凌晨，是星星們
> 到海上捕魚的時候嗎？

　　這首詩是在描述：入夜前，一艘艘出發準備去捕魚的漁船所發出的燈光，到凌晨時，天上的星星漸漸減少的景象，但在詩人筆下，成為另一種浪漫。詩的前兩段：「海上只有兩三顆漁火，／現在，越來越多。」及「天上的星星／剛才很多，／現在，越來越少了。」，詩人巧妙的透過「漁火」和「星星」兩者出現的數量變化的對比先鋪陳提問，然後在最後將星星擬人為漁民，而得到一個有趣的答案：「凌晨，是星星們／到海上捕魚的時候嗎？」詩人這首詩不在於描繪的實感，而是在於

林煥彰童詩研究

璨明珠

把讀者帶入畫面，接受情緒的感染，同時也作出形象的暗示；短短幾句詩，卻充分顯示出海邊漁民生活的生態與大自然和萬物共生的情景。

同一時期，《壞松鼠》還有兩首關於星辰的創作，〈小星星〉為其一：

> 小星星是不會發光的，
> 只因為天太暗了，
> 他們都找不到媽媽，
> 又怕老巫婆把他們
> 裝進黑袋子裡；所以，
> 每一個小星星
> 都嚇得發抖了，
> 才擠出眼淚來。

其二為〈夜晚的天空〉一詩：

> 夜晚的天空，
> 藏著許多小貓咪，
> 牠們好像很怕冷，
> 躲在媽媽的懷裡，
> 只露出小眼睛。
> 我很喜歡看看牠們，
> 牠們也很喜歡看看我。

前一首詩，可以說是一篇奇幻感十足的童話詩：有「天太暗了」的場景，有「找不到媽媽」的小星星，還有會抓人的「老巫婆」……，簡直齊聚了所有童話故事中孩童最深的恐懼元素。詩中的小星星被詩人設定為不會自己發光，象徵著孩童因為年幼還沒有保護自己的能力；廣大的黑暗的夜空被比作是會抓小孩的老巫婆，象徵著無窮盡裡世界中，可能隱藏的黑暗與險惡；最後小星星：「都嚇得發抖了，／才擠出眼淚來」，讀到最後，讀者才猛然發現：小星星的光源是這麼在詩中被詩人合理化來的，不禁令人發出會心的微笑。而在〈夜晚的天空〉一詩中，小星星則被比擬為在廣大的夜空中，怕冷怕到整個躲進媽媽懷裡的一隻隻小貓咪，所露出的一隻隻明亮的眼睛。不管是前一首「令人心疼的小星星的眼淚」，或是後一首裡寫到的「冷到只露出眼睛看人的小貓咪」，讀者跟著詩人的想像力馳騁，不僅獲得相當的興味和滿足，在閱讀完後，心裡也對這個世界多了一份同情與關愛。

**以風雨為主題的童詩書寫：**

　　大自然的諸多自然現象：風雲雨霧，一直是諸多詩人鍾愛書寫的主題。而林煥彰在風雲雨霧的作品，創作量最多的為：以風及雨為主題的童詩書寫，這應該和詩人自小在宜蘭長大，以及之後在九份購置「半半樓」為長期工作室有密切關係。宜蘭東面臨海，秋冬兩季強烈的東北季風夾帶大量水氣，夏天又經常有颱風侵襲，因此下雨幾乎是宜蘭的自然特色。而九份的地理位置恰為迎風山坡，不論東北季風威力大小，都首當其衝，同時也是臺灣的多雨區，尤其以綿密長久的陰雨天著稱。

因此，本段僅探討詩人在風及雨的童詩創作。

在風雲雨霧四者中，只有風是沒有具體形象，但卻又是最常出現在人們身邊的，幾乎無所不在。所以，它也成為最能引發孩童好奇與興趣的存在。

林煥彰早期以風為主題的童詩創作有兩首，其一為在1976年發表的〈都是他不好〉一詩，收錄在《妹妹的紅雨鞋》一書：

> 風是個壞孩子，
> 不肯讀書，只愛搗蛋。
> 我在燈下看書，
> 他就趁我不注意，
> 來敲敲我的窗戶，
> 當我抬頭往外看，
> 他馬上就溜走了。
> 等我再低頭看書時，
> 他又來了，
> 害我不能專心讀書。

其二為在1983年收錄在《壞松鼠》中的〈不要理他〉一詩：

> 風是住在我們家隔壁的小朋友，
> 他不念書，
> 又最愛搗蛋！
> 我打開門，讓他進來，

他卻一骨碌從後門溜出去。
我把門關了，
他又跑到前門來敲門。
媽媽說，我功課還沒做完，
最好是不要理他。

　　在這兩首詩中，風的角色與性格，包含之前在上一節討論四季時的冬天曾提到的：〈冬風〉及〈我是大笨蛙〉兩首詩中，全被詩人擬人定位為：「壞孩子，不肯讀書，只愛搗蛋」、「野孩子、調皮搗蛋」、「快要輸給我的時候，他就賴皮」的形象，在所有大自然非生物的意象中，大家也幾乎一面倒的認同與接受這個定調的象徵。根據詩人塑造出的情境，例如這兩首詩中寫的：「我在燈下看書，／他就趁我不注意，／來敲敲我的窗戶，／當我抬頭往外看，／他馬上就溜走了。／等我再低頭看書時，／他又來了，／害我不能專心讀書。」以及第二首詩中的：「我打開門，讓他進來，／他卻一骨碌從後門溜出去。／我把門關了，／他又跑到前門來敲門。／媽媽說，我功課還沒做完，／最好是不要理他。」，除了風的形象象徵，這兩首詩還充份表現出孩童在面對：要讀書還是出去玩，兩者之間掙扎取捨的矛盾心境。風的出現，暗喻孩童心中想出去玩，卻又不得不壓抑下來的念頭，成為代替孩童被罵的角色。其實，明明是沒有具體形象的風，也不會說話，只是透過各種伴隨它出現的現象與情境，而淪為詩中的「壞小孩」，詩人其實心中對它是有愛的；所以多年後，又創作了以下這幾首童詩，其一為在2017年在杭州出版的《我的童年在長大》有一首〈看不到的

風〉：

　　　風，我沒有看到過
　　　不知道他長什麼樣！
　　　一群好奇的落葉，在馬路上
　　　都朝著同一個方向
　　　追著跑——
　　　我真的看到了！

　　　山坡上，一片茂密的雜草
　　　不知為什麼，
　　　都好像很自動地
　　　彎著腰，也都朝著同一個方向；
　　　我在想，看不到的風
　　　一定都是從他們的背上
　　　呼呼地跑過去了——
　　　前面一定是，有什麼好看的吧！

　　在這首詩中，一開始詩人就先將風的形象重新設定：「風，我沒有看到過／不知道他長什麼樣！」，讓讀者跟著詩人重新找回初始的風。然後，開始設計兩個情節，先在馬路上，找落葉出場，寫出詩人的觀察：「一群好奇的落葉，在馬路上／都朝著同一個方向／追著跑——」，先刻意發出：「我真的看到了！」的驚呼；再到山坡上，請雜草出來：「山坡上，一片茂密的雜草／不知為什麼，／都好像很自動地／彎著腰，也都朝

著同一個方向；」詩人一樣說出自己的推論：「我在想，看不到的風／一定都是從他們的背上／呼呼地跑過去了──」。讀者有如看電影般，跟著詩人的步伐「找看不到的風」：走到馬路上又跑到山坡上，從「落葉朝向同一個方向」，看到了風被追著跑；再從「一片雜草彎腰朝向同一個方向彎腰」的情景，看到風從他們背上跑過去……。透過對生活及自然常見的現象的細膩觀察，風的形象在詩人筆下，開始出現迥然不同於之前的改變：落葉成了最調皮的角色，追著風跑，風從主動成為被動的角色；事實上，風吹落葉寫成落葉反過來追著風跑的方式，並不是第一次出現。2009 年在昆明出版的《夢的眼睛》還有另一首詩：〈落葉和風〉裡，「一陣風吹過──／他又追著頑皮的風兒，／翻翻翻，翻翻翻翻翻，／翻到你的跟前來 ......」在這首寫落葉愛翻滾的詩中，詩人已經直接寫出了落葉追風玩的情景了。

另外，在〈看不到的風〉詩中，寫落葉時，用「好奇的落葉」來形容；寫雜草時，中間也不經意地加入「不知為什麼，好像......」的語句，都是在為最後的結語：「前面一定是，有什麼好看的吧！」鋪陳，詩人除了寫出孩童對大自然萬物的好奇心，也寫出人們在群體意識下的群體生態行為。像 2009 年在雲南出版的《夢的眼睛》也有一首〈風說〉：

「我在跑，你看到了嗎？」
葉子，搖搖頭；
他沒說什麼。搖搖頭。

「我在說話，你聽到了嗎？」

花兒，點點頭；
她微微笑著。點點頭。

在這首詩中，詩人直接成了風的代言人，用兩句問句、兩個以「搖搖頭」及「點點頭」的回答法，來表現風吹過葉子和花的情景，真是巧妙至極，又充滿童趣。

除了風以外，詩人以雨為主題的童詩創作，也相當豐富與引人入勝。最經典的莫過於他在第一本童詩集《童年的夢》裡的〈童話（一）及童話（二）〉二部曲：

〈童話（一）〉
下雨了，走走走……
走到爸爸的口袋裡，
變成一個小銅幣；
不會淋雨，又可以買東西。

〈童話（二）〉
爸爸，
天黑黑，
要下雨了，
雨的腳很長，
它會踩到我們的，
我們趕快跑！

這兩首詩，擺脫了雨中即景的素描寫法，而是以孩童的角度來想像與聯想，因而產生了極有童趣的畫面：在一部曲裡，下雨了，「走到爸爸的口袋裡，／變成一個小銅幣」，選擇寫爸爸而不是媽媽，雖然可能是因為當時農業社會的背景普遍為「男主外，女主內」的家庭，爸爸從口袋裡掏出錢幣來支付各項開銷的畫面，深烙在孩童的心裡，所以才會有「不會淋雨，又可以買東西」的結論，但時至今日看來，仍有爸爸是一家之主的象徵意義。而二部曲裡，把雨水從高高的天空下下來的情景，想像成是「雨的腳很長」，已經非常逗趣，後面的這句：「它會踩到我們的，／我們趕快跑！」，更是將孩童心理對未知現象的恐懼，想像延伸到無限，實在充滿童味。關於雨的童詩創作，在馬來西亞出版的《夢的眼睛》裡還有這首〈不睡覺的小雨點〉：

> 小雨點，滴哩哩，
> 滴哩哩，滴……
> 下來就下來嘛，
> 怎會有那麼多話？
> 整夜都在屋頂上
> 滴哩哩，滴哩哩
> 不停地說話，不停地
> 彈上又跳下！
> 滴哩哩，滴哩哩
> 好討厭的，不睡覺的
> 小雨點兒呀！

這首詩中，對於雨水的觀察不僅入微，描述也非常生動：「下來就下來嘛，／怎會有那麼多話？整夜都在屋頂上／滴哩哩，滴哩哩／不停地說話，不停地／彈上又跳下！」，原本只是屬於自然現象的小雨滴，經由詩人的擬情，在孩童的眼裡成了：愛說話、愛動，整夜不睡覺的吵人的小雨點。其實，根據筆者訪談林煥彰時，詩人曾自述，這首詩是屬於童年時對雨的印象記錄。因為當時住的房子屋頂有漏水的情形，所以每當下雨時，就是全家最困擾的時候；詩人離開家鄉後仍深烙腦海，因而有了這首童詩的創作。所以，這首詩裡的雨，除了被詩人賦予人格外，也象徵著詩人對童年印記的追憶。詩人還有另一首創作〈冬天，山裡的雨〉：

> 冬天，山裡的雨
> 踢踏踢踏，常常不睡覺，
> 他們，男孩女孩都有
> 男男女女都愛在我屋頂上，
> 嬉戲，踢踢踏踏；
> 踢踢踏踏……
>
> 他們好像在跳舞。我在屋裡，
> 躺在床上，感覺他們的舞步
> 有時是整齊的，有時
> 就亂七八糟，
> 踢踏踢踏，踢踢踏踏
> 慢慢地變成滴滴答答，

滴答，滴答，

滴，答，滴，答……

剛開始時，我不是怎麼喜歡的

後來我也慢慢變成喜歡，

喜歡他們的演出；

因為是

免費招待，感覺自己是很重要的

成為他們的貴賓，

十分榮耀！

　　這首詩被收錄在 2018 年出版的《影子》的童詩集中，就出版時間來看，屬於詩人晚期近作。和〈不睡覺的小雨點〉相較，兩首詩都是在描述雨水打在屋頂的聲音，且都是運用聲音的摹寫，來形容雨滴。但是在狀聲詞的使用上，顯然是不同的。2007 年的〈不睡覺的小雨點〉裡，是講個不停的說話聲：「滴哩哩，滴哩哩，滴……」，而 2018 年的〈冬天，山裡的雨〉，雨聲變成是跳個不停的舞步聲：「踢踏踢踏，踢踢踏踏／慢慢地變成滴滴答答，／滴答，滴答，／滴，答，滴，答……」。林良先生曾說過：

　　詩人是用耳朵寫作的人……他應該聽到他所寫的每一個字，聽到他所寫的每一個句子，聽到他所寫的每一行詩……小孩子和語言的關係是：由「聲音」捕捉「意義」。他們先感受到「聲音」，然後才是那聲音所代表的「意義」。……詩是美

好的聲音。這句話對小孩子比對成人來說更真。小孩子對聲音的感受力，比成人敏銳的多。[56]

　　詩人在這兩首詩中的呈現，就如同林良先生所言：「詩人是用耳朵寫作的人......他應該聽到他所寫的每一個字，聽到他所寫的每一個句子，聽到他所寫的每一行詩」，充分掌握了孩童對聲音的感受力，而將書寫的主體，透過情境的聲音，巧妙的捕捉了其中的意義。

# 三、　宇宙意識與生命觀照

　　林煥彰創作童詩，為萬物及各種自然現象代言、表達意念；以淺白的文字，豐富的想像力，試圖把許多美好意象和希望，藉詩的力量傳入孩子們的心中，使孩童的心靈更善良；同時盼望孩童在親近「詩」的過程中，能更加認識這個世界，因而學會同情，用同理心來跟宇宙萬物交往，關照生命。

　　本節將以詩人在以宇宙意識及生命觀照方面為主題的童詩創作來探討。

　　詩人專意為孩童寫詩，在浩瀚宇宙與廣大世界裡，不管是動、植物或是非生物意象的萬物，在詩人筆下，處處展現生機。

---

56.《布穀鳥兒童詩學季刊》第 2 期（1980 年 7 月），頁 38-39。

當讀者隨著詩人進入詩人所塑造的童詩世界時，不僅智識因更加認識這個世界而隨著增加，同時因為詩人賦與萬物人格，而更增加了孩童對這個世界的同理心與愛。例如《回去看童年》裡的這首〈種樹〉為其一：

樹有生命，
樹也有感情；
樹需要陽光，
樹也需要水分，
還需要有人照顧它。
媽媽說：
要種樹，也要愛樹；
天天澆水，
天天跟它說話。

這首詩在一開始寫：「樹有生命，／樹也有感情；／樹需要陽光，／樹也需要水分，／還需要有人照顧它。」，樹是植物生命體，只要有充足的陽光和水，自然會長大；這是大家都知道的。但其中特別提到一句：「樹也有感情」就不見得是人人都能理解的了。這個部分，筆者曾有一段傷痛記憶，在讀大學住宿時，曾種了一盆野薑花，我把它放在走廊盡頭的陽台，每天澆水時都會小小聲地跟她說話、談心，室友們都對我的作為頗不以為然，還常調侃我過度浪漫、不切實際。看著每天逐漸茁壯長大，長出花苞的野薑花，筆者對同學的意見絲毫不引以為意，直到有一天下課，宿舍阿姨的小姪子出現，小男孩好

奇的在筆者眼前倏地將它連根拔起……，筆者當場變臉，帶著
極度崩潰的心，很嚴肅的抓著宿舍阿姨的小姪子，整整對他說
教了一個小時，最後目送他蹦蹦跳跳的、哼著歌離開。

　　現在回想起這段往事，就更能感受到詩人創作這首〈種
樹〉的詩心。詩最後寫的：「要種樹，也要愛樹；／天天澆水，
／天天跟它說話。」，詩人想表達的，就是讓孩童從照顧樹的
過程中，培養對它的情感，也是對宇宙生命的一種關懷。以種
樹為主題的，還有這首〈在心裡種一棵樹〉：

　　　　三月十二日，是植樹節；
　　　　我在報紙上、電視上
　　　　都看到有人植樹的畫面；
　　　　我也要種一棵樹。

　　　　我想種一棵樹；
　　　　一棵樹，是一座
　　　　小小的水庫
　　　　一棵樹，也是一座
　　　　小小的空調器。

　　　　我要種一棵樹；
　　　　我沒有半吋土地，
　　　　我的樹，只能種在
　　　　我心裡。

我心裡有樹，
我會愛護
所有的樹。

　　開頭的第一段：「三月十二日，是植樹節；／我在報紙上、電視上／都看到有人植樹的畫面；／我也要種一棵樹。」，這段話隱含了詩人對「身教」的重視與期待，也提醒讀者現代社會風氣對孩童的影響。這首詩，詩人以第一人稱的方式說話：「一棵樹，是一座／小小的水庫／一棵樹，也是一座／小小的空調器。」用「小小」的水庫來形容一棵樹，提醒人們樹在人類與大自然中所扮演的協調與平衡角色；用「小小」的空調器來形容樹，是一種象徵寫法，說出樹對人類生活的貢獻與重要性。最令人感動的是最後這段：「我要種一棵樹；／我沒有半吋土地，／我的樹，只能種在我心裡。／我心裡有樹，我會愛護／所有的樹。」，雖然沒有土地可以種樹，只能種在心裡，但種下的是對樹永遠的珍愛，對所有植物的生命關愛。另外，還有收錄在《春天飛出來》裡的〈樹生病了〉一詩：

空氣越來越壞，
樹生病了，
葉子一片片枯黃。

啄木鳥是樹的醫生，
樹生病了，
啄木鳥就來看他。

ㄅㄡ、ㄅㄡ、ㄅㄡ

樹的肚皮沒有蟲啊！

ㄅㄡ、ㄅㄡ、ㄅㄡ

啄木鳥搖搖頭說：

我一點辦法也沒有呀！


在這首以「樹生病了」為主題的詩裡，樹生病了，樹醫生啄木鳥來看病。但啄木鳥卻發現：「樹的肚皮沒有蟲啊！」，最後無奈地搖搖頭說：「我一點辦法也沒有呀！」其實，詩人想表達的關切在第一句：「空氣越來越壞」的大自然。樹生病不是因為肚皮有蟲，自然也不是啄木鳥能力不足。詩人藉由啄木鳥的診斷與無奈，期盼能喚醒孩童心中對我們所生存的宇宙與大自然的關注。除此，還有這首〈放暑假〉：


放暑假，昆蟲都到野外上課；

金龜子學溜滑梯，

天牛學爬樹，

蚱蜢學跳高，

蚯蚓學測量，

魚兒學游泳，

我學釣魚，不過我先跟牠們說：

你們千萬不要來上鉤。[57]

57. 林煥彰：《春天飛出來》（台北：台灣省政府教育廳，1993 年 10 月），頁 18。
　　後來這首詩在 2007 年出版的《我愛青蛙呱呱呱》頁 64-65，有另一個改寫版。

暑假，是每個孩童最期待的假期。詩人同樣以第一人稱進入詩中，成為和昆蟲們在大自然裡一起去野外上才藝課的一份子。從詩裡，可以看出：每個成員顯然都選擇了自己擅長的才藝，但是輪到詩人時，詩人卻選擇學釣魚，然後還先跟魚兒們說：「你們千萬不要來上鉤。」這首童詩中最後提出的警語，頗發人深省。同樣身為宇宙自然中的生命體，還是免不了陷入一種兩難的選擇：弱肉強食的「食物鏈」關係或是悲天憫人的生命情懷。詩人對有情世界萬物的愛，在詩中表露無遺。

　　詩人對人類在大自然裡的表現，顯然是很有意見的，例如《我愛青蛙呱呱呱》裡的這首〈風景〉：

> 山是靜的，鳥是動的；
> 湖是靜的，湖也是動的。
> 山靜靜的，坐著，
> 湖幫他畫像，──
> 鳥兒飛來，陪著他。
> 人最壞，划著船，
> 弄破了這幅畫。

　　原本和諧的畫面，有山、有鳥、有湖水，「山靜靜的，坐著，／湖幫他畫像，──／鳥兒飛來，陪著他。」一切都是那麼的美好，直到「人最壞，划著船，／弄破了這幅畫。」人在湖中划船，本是普遍的人類活動，殊不知，過度的使用與開發，已經嚴重影響到與大自然的和諧相處，這應該是詩人所想表達的意義吧！另外還有收錄在 2008 年出版的《飛，我一直想飛》

裡的這首〈不跟您說笑話──這是一個嚴肅的話題〉一詩：

> 地球是一個，破碎的蛋殼
> 有些碎片，早已成為汪洋中的小島，
> 有些是小島時而露出水面
> 更多的是，被海浪淹沒。
> 我站在一片落葉上，和一隻螞蟻對話
> 它有先知的敏覺，可以聽到
> 我們聽不到的聲音。它說：
> 這個蛋殼破裂的聲音，越來越大！

　　這是一首充滿悲天憫人情懷的童詩，詩人曾在書中自述：
「寫詩的人，是否都比較多愁善感？其實也不；每天看到天災
人禍，你能無動於衷嗎？」。詩的第一段：「地球是一個，
破碎的蛋殼／有些碎片，早已成為汪洋中的小島，／有些是小
島時而露出水面／更多的是，被海浪淹沒。」很明顯的，是把
地球比喻成一個破碎的蛋殼，碎片成為汪洋的小島，而小島的
消長則暗指地球上大小戰爭不斷導致國土分裂，人類的過度開
發，破壞大自然的生態，以及汙染越來越嚴重的問題。而以
「蛋殼」來形容地球，也是詩人刻意想表達的一種意象，希望
能透過蛋殼易碎的物性，來提醒人類地球目前所面臨的危機。
副標題〈這是一個嚴肅的話題〉，也是一種暗喻，面對目前地
球的諸多危機：臭氧層破裂，全球暖化，我們居住的台灣海
島，在汪洋大海中就有如是一片落葉，所以會有第二段和螞蟻
的對話：「我站在一片落葉上，和一隻螞蟻對話／它有先知的

敏覺，可以聽到／我們聽不到的聲音。它說：／這個蛋殼破裂的聲音，越來越大！」，其中，詩人選擇「小螞蟻」作為對話的對象，也暗指人類應有謙虛的精神：人類只是宇宙萬物的一份子，並不是萬物的主宰，應該要了解自己的渺小，而平等的對待萬物。

## 四、小結

詩歌動人的質素，不分古今，是永恆不變的。筆者擔任兒童教育第一線工作者多年，發現兒童對於周遭的物象，往往較成人更易投注真情。很多成人認為不足為奇、不足為怪的事物景觀，在兒童看來，都具有新鮮可感的地方。筆者長年觀察，日常生活中常見兒童瞪大眼睛，使用一些單純而絕對性的詞語，這種主觀直覺式的論斷，正可顯示孩童以自我為中心的宇宙觀。林煥彰先生透過淺白的語詞進行童詩創作，用智慧的眼光指引兒童去認識周遭的環境；用純美的心，去引導兒童欣賞大地，並以最真摯的感受，去教育兒童心存感激。

本章主要探討林煥彰先生在大自然非生物部分的童詩創作。

在春夏秋冬四季的書寫：春天可以從我們的心裡飛出來，可以被孩子的追逐追到飛起來，蝴蝶翅膀折疊後可以讓詩人寫詩；夏天的快樂，來自海的笑聲也來自冰涼的冰淇淋，夏天的

天空還可以讓孩子去游泳；秋天的楓葉是到處飛的鳥兒，秋天天空原來可以升高，讓天空變大，讓風箏吵著去玩；冬天的冷冽，則讓風有了充分頑皮的機會。大自然的諸多現象，原本是沒有具體形象的，詩人必定對大自然有一定的觀察與了解，用充滿浪漫與文學性的寫法，寫大地在四季的景象變換，透過擬人的方式，設計了捉迷藏式遊戲的寫法，加入顏色的元素，創造出一個奇幻空間，讓孩童去感受它們的來臨，使得孩童更容易親近詩。

在日月星辰的書寫，乃至看不到的風及透明的雨，詩人再度透過對自然細緻的觀察，把許多精采與充滿童心的創思融入詩中。太陽可以是黑母雞生出的蛋，也可以是賴床的孩子，更可以是被媽媽沒收的火球。月亮可以是池塘邊青蛙家族討論的主題，還被煮成母愛滿溢的月亮湯，也可以變換成七個圓圓的月亮；令人心疼的小星星的眼淚，與冷到只露出眼睛看人的小貓咪，原來星星的樣貌不只一種。「壞小孩」的風，其實從來沒說過話，也從沒機會為自己辯白，詩人終於給了它不同的面貌；至於不睡覺的小雨滴，長大後還是不停的在屋頂跳踢踏舞，真的很令人傷腦筋。文字本身是平面的，詩人把日月星辰及風雨等非生物的自然現象，經由平實、生活化的語句與反覆、排比、層遞及轉化等修辭運用，讓它們成為孩童可感可觸可見可聞的實體，這是林煥彰童詩創作的特色之一，只有具備童心的詩人，才能把詩心掌握得如此之好。

最後在宇宙意識與生命觀照的童詩創作，則充分顯露林煥彰與世界共處、悲天憫人的人生哲學。世界萬物，無論大小，都有其價值存在，人類除了要有對萬物的關愛，更要帶著謙虛

的心，與世界共處。隨著詩人進入詩人所塑造的童詩世界時，孩童的智識不僅因更加認識這個世界而隨著增加，同時因為詩人賦與萬物人格，也更增加了孩童對這個世界的同情與愛。

綜上所述，筆者認為：林煥彰創作童詩，為萬物及各種自然現象代言、表達意念；以淺白的文字，豐富的想像力，試圖把許多美好意象和希望，藉詩的力量傳入孩子們的心中，使孩童的心靈更善良；同時盼望孩童在親近「詩」的過程中，能更加認識這個世界，因而學會同情，用同理心來跟宇宙萬物交往，觀照生命。

伍──林煥彰童詩中的自然生態（下）

# 陸

## 林煥彰

## 童詩中的教育理念與社會關懷

林煥彰先生自 1973 年開始，從參加第一屆洪建全兒童文學創作獎徵稿，一口氣創作了二十首童詩，得到佳作；後又以《妹妹的紅雨鞋》為書名，連同之後整理舊作以回憶童年題材的童詩集《童年的夢》，先後由台中光啟出版社及台北純文學出版社於 1976 年出版，並於 1978 年獲中山文藝獎的「兒童文學類獎項」至今，仍創作不輟，已逾半世紀。在其創辦和主編的《布穀鳥兒童詩學季刊》第十四期，林煥彰邀集了眾多詩人為兒童寫詩，曾在刊頭文提到：

　　　　兒童文學是成人為兒童寫作的文學，是為了兒童從小能夠接受文學的陶冶，啟迪他們的心智，豐富他們的想像，增進他們的生活情趣，培育他們的高貴人格；這是文學家關愛民族幼苗的具體表現，使他們用最好的心智為兒童所創作的不朽之作，能夠讓世世代代的兒童和他們分享美好的心靈經驗。有美好的兒童文學，才能使兒童接受心靈的教育，造就成一個有高貴氣質的人。……

　　　　兒童詩是兒童文學裡重要的一環。在兒童欣賞時，具有提升兒童對文學的認識和示範性的價值。提供更多文學的良性的滋潤。用最好的語言，最愉悅的心境，最純真的意念，最豐富的感情，最靈活的想像，最新的思想來為他們寫詩。

　　從這段文字，可以很清楚的看出林煥彰為兒童創作童詩的理念。同時，在筆者數次的深度訪談中，他也不只一次的表達：透過童詩創作，運用有形象、有韻味的語言，把心中美好的感覺經驗和智慧表達出來，讓孩童體會生命、事物的真善美的詩

觀。

　　林煥彰除了對兒童有愛與關懷，內心更對孩童有一份期待，希望透過文學作品的啟發，讓孩童對自身所處的生活環境與這個世界多一份思考，多一份尊重，進一步培養一種悲天憫人的胸懷。所以，在他的作品裡，隱隱約約投射出對社會關懷的一份心意。

　　本章將以林煥彰童詩中的教育理念與社會關懷創作為主軸，分別從他的教育觀、社會觀察與關懷及在人生境界的創造與發想等三方面，分三節加以探討與進行析論。

# 一、積極行動派的教育觀

　　常常有人問林煥彰，為什麼要為兒童兒童詩？他的回答，一如他的童詩，淺白、直接又充滿愛：

　　　為兒童寫詩，我覺得很愉快，是我自動自發的，我以為這是愛心的表現；因為我愛兒童，我關心兒童。[58]

　　因為對兒童的關懷與愛，所以林煥彰不僅創作不輟，他更是一位「入世」型的積極行動派詩人。除了寫童詩、創辦兒童

58. 林煥彰：《一個詩人的祕密》（臺北：聯合報股份有限公司民生報事業處，2005 年 8 月），頁 126。

詩學刊物，例如《布穀鳥兒童詩學季刊》及《兒童文學家》雜誌來推廣兒童詩，同時也為兒童寫的詩編選了《童詩百首》及《兒童詩選讀》等書，更經常應邀於華文地區兩岸四地及東南亞進行童詩交流活動；也由於其童詩作品普受肯定和歡迎，大量成為兩岸四地語文課本的課文，經常走入圖書館及校園，成為從「課本」裡走出來的詩人，為兒童讀詩、朗詩、分享詩的真善美。

詩人積極的教育觀，在他的許多童詩作品顯現無遺。其中最具代表性的，也是最早被編入教科書的是〈椰子樹〉和〈不要理他〉，這兩首都是屬於比較勵志的詩，已分別在本書第四章及第五章先後析論過。除此，還有多首童詩創作，都隱含有詩人積極的教育觀在內。

以下分為三個面向，以詩人在童詩的教育性的創作來進行分析與討論。

**關於知識與學習的童詩創作：**

童詩，無論是成人或兒童的作品，都特別強調「美麗的想像」與「動人的情意」。也就是：文學性、教育性與娛樂性。而在教育性的表達上，特別是童詩，最忌諱直接的說教，但若是透過絕妙的處理，反而收到極佳的效果，留給後人最佳的示範。所以童詩的教育性是必須的，但要在愉悅中吸取。如同詩人在筆者訪談時，多次提到美國桂冠詩人弗洛斯特所說的：「讀起來很愉快，讀過以後，感覺自己又聰明了許多，就是詩。」童詩的教育功能，不應該是說教式的教條，而是它的內容蘊含具有啟發性的意義，讓讀者讀後有所領悟與內化。

詩人從自己的童年失學導致少年苦學經驗，深刻體會到學習的重要，所以在鼓勵孩童汲取知識與奮進學習的部分，態度是很積極的，大量呈現在他的許多童詩創作中。例如《小河有一首歌》裡的這首〈愛讀書的蝸牛〉為其中一詩：

> 愛讀書的蝸牛，
> 爬上了一堵古牆，
> 以為找到了一本好書，
> 他要一字一字的讀，
> 所以，一天一夜，
> 他才讀了一行詩。

　　臺灣屬多雨的亞熱帶氣候，蝸牛是孩童在下過雨後，最常看到也最感興趣的小生物。因為牠背上總是背著一個重重的殼，特點是行動速度極為緩慢，兩根 V 字形的觸角，更是像極了兩隻大眼睛，有趣至極。一般人常用「小蝸牛」來評價他人動作速度緩慢；但蝸牛也可以不是貶抑詞，牠同時也是努力，積極向上不放棄的象徵。在這首詩的一開始，詩人便給了蝸牛一個冠冕：「愛讀書的蝸牛」，很明顯的是站在蝸牛堅持不懈、務實、陽光的這面的。接下來繼續說：「爬上了一堵古牆，／以為找到了一本好書，／他要一字一字的讀」，這是詩人的自我寫照：自學的歷程是艱辛的，成人後的他，常利用工作下班後，跑到舊書攤找書買書，然後回家一字一字的閱讀。這邊也藉機告訴孩童，要懂得珍惜可以學習的時光與機會。最後兩句：「所以，一天一夜，／他才讀了一行詩。」，在這個部分，詩

人刻意利用「一天一夜」和「一行詩」的對比差，反襯出那「一行詩」的珍貴。那「一行詩」原本應該是指蝸牛走過留下閃閃發光的那一條痕跡，但在詩人筆下，成了激勵孩童奮發向上的最佳象徵。另外，還有同樣被收錄在《小河有一首歌》裡的〈圖書館附近的小麻雀〉一詩：

> 住在圖書館附近的小麻雀，
> 牠們都很喜歡念書；
> 經常飛到閱覽室的窗前，唧唧唧的念著。
>
> 有一天，牠們壯大了膽子，
> 停在我的圖畫故事書上，
> 對著我羞羞的說：
> 我們讀過的字，
> 已經比你還多。

　　小麻雀就和前一首詩的蝸牛一樣，在現實世界裡，當然不會念書，也不可能識字；但這首詩先刻意選了圖書館作為場景，用圖書館學識淵博的象徵意義，塑造出常出入圖書館的小麻雀「小博士」的形象。最後一段最逗趣：「有一天，牠們壯大了膽子，／停在我的圖畫故事書上，／對著我羞羞的說：／我們讀過的字，／已經比你還多。」真是生動有趣又超級激勵人心！詩人顯然心中存有勵志的用意，鼓勵孩童們只要像小麻雀一樣常上圖書館去念書，就可以讓自己也成為學識淵博的「小博士」唷！接下來這首〈蟬兒們的工作最賣力〉一詩，也很有

勵志性：

> 夏天，蟬兒們最忙碌，
> 鋸鋸鋸，鋸鋸鋸……
> 好像要把整座森林，
> 一口氣，通通鋸下來。
> 鋸鋸鋸，鋸鋸鋸……
> 天還未亮，
> 它們都已經上山，
> 開動了電鋸，
> 鋸鋸鋸地鋸個不停。
> 如果你不睜開眼睛的話，
> 一定會誤以為：
> 它們已經把整座森林
> 都鋸光了！
>
> 鋸鋸鋸，鋸鋸鋸……
> 蝴蝶飛過來，又飛過去；
> 蜜蜂也飛過來，又飛過去。
> 它們說：
> 夏天，太陽真大，
> 只有蟬兒們的工作最賣力！

　　這首詩是改編自1993年詩人的童詩集《我愛青蛙呱呱呱》中的〈蟬〉一詩。後來，在 2003 年先被列入臺灣康軒版國小

五年級的國語科教師手冊，並於 2014 年被選入國小三年級學生的國語課本中。蟬是臺灣每逢夏季來臨，準時報到的昆蟲之一。筆者回想小時候，一到了夏天，除了西瓜、扇子、留在記憶中的還有蟬鳴，似乎少了蟬鳴，的確夏天也就少了些意思。而孩童對周邊的聲音尤其敏銳，如同林良先生所說：

> 小孩子和語言的關係是：由「聲音」捕捉「意義」。他們先感受到「聲音」，然後才是那聲音所代表的「意義」。[59]

在這首詩裡，詩人充分善用聲音的影響力；首先，詩人選擇用「鋸」字來作為蟬鳴叫的狀聲詞，而不是如前人常用的「唧」字；根據詩人自述，使用鋸字是借用了伐木工人使用電鋸時發出鋸木材的聲音，藉由伐木工人的辛苦來比擬蟬的賣力，所以就出現了「鋸鋸鋸，鋸鋸鋸……」的擬聲，鋪陳在整首詩中。而為了說明蟬兒們賣力的程度，詩人在第一段使用了譬喻法：「好像要把整座森林，／一口氣，通通鋸下來。」，第二段使用誇飾法：「天還未亮，／它們都已經上山，／開動了電鋸，／鋸鋸鋸地鋸個不停。／如果你不睜開眼睛的話，／一定會誤以為：／它們已經把整座森林／都鋸光了！」，最後在第三段，請出森林中的蝴蝶、蜜蜂，在牠們飛過來飛過去的巡視後，藉由牠們的口，來為蟬兒背書證明：「夏天，太陽真大，／只有蟬兒們的工作最賣力！」對於臺灣學習中的孩童而言，夏天同時也是準備聯考及各種大小考試的季節，所以詩人

---

59.《布穀鳥兒童詩學季刊》第 2 期（1980 年 7 月），頁 40-41。

這首詩〈蟬兒們的工作最賣力〉，非常具有象徵意義。

因為蟬從生到死的生命歷程十分特別，幼蟲生活在泥土中可長達數年甚至數十年，之後才會爬上枝頭結蛹，破殼而出化為飛蟬。然而，飛蟬的壽命卻十分短暫，抵不過一個夏天。所以蟬的生命歷程象徵著重生，也代表著對生活的無限執著和對信念的奮不顧身。對於正在強大升學壓力下的學童而言，將賣力工作的蟬比擬為努力讀書的考生，尤其具有激勵的意義。另外，還有收錄在《壞松鼠》裡的〈霧〉一詩：

> 媽媽說我最好玩，其實
> 霧才更好玩呢！
> 他一大早就跑出來，
> 一看到人，
> 就塞給一條手帕，
> 不分大人或小孩，
> 通通蒙住眼睛，
> 然後把你推開，
> 又團團把你圍住；
> 叫你跟他玩捉迷藏。
>
> 可是，你要是捉住了他，
> 他還會耍賴，
> 叫你不可以把手帕拿開，
> 要你繼續當鬼，
> 繼續跟他玩兒；

你要是說，不玩啦！

他還是會纏著你，

把你團團圍住；

直到太陽公公出來了，

拿著金色的拐杖，

敲敲他的頭，他才會乖乖的

背著書包上學去。

　　豐富的想像力，加上童話式的寫法，構成這首超寫實卻又充滿童趣的詩。好玩是孩童的天性，或者應該說，孩童的成長少不了好玩，其中「捉迷藏」可以說是孩童最喜歡的遊戲之一。詩人必定對孩童相當了解，也就是具備了童心，所以，才會在一開始寫出孩童說：「媽媽說我最好玩，其實／霧才更好玩呢！」，這應該是很常發生在每個孩童身上的日常：總是覺得「自己不是」最好玩、最不乖的那位，而是「另一位」最好玩、最不乖；總是會把自己好玩、不乖的原因，歸諸到別的人事物身上……。在這首詩裡，詩人巧妙的請出行跡老是最交代不清的「霧」來跟孩童做對比，如此相較之下，孩童的好玩反而顯得是屬於較光明磊落，或者應該說是名正言順的。中間的遊戲過程，詩人用敘事的方式寫出，既生動又寫實，讓讀者不覺與生活經驗結合，而在讀詩時產生進入詩中的感覺。而太陽公公的出現，象徵著孩童好玩的心的終究無法隱藏，而在詩的最後，「拿著金色的拐杖，／敲敲他的頭，他才會乖乖的／背著書包上學去。」是詩人在提醒孩童，玩完後，別忘了讀書這件最基本也最重要的事。

**關於品格教育的培養：**

　　除了好好上學、好好認真讀書是孩童最基本的本分外，詩人對於孩童在品格教育方面的重視，也在他的童詩創作裡，透過各種主題，有許多的提醒與隱喻。我們可以從幾首詩人創作中，找到不少蛛絲馬跡。例如在《壞松鼠》裡的這首〈拖地板〉為其一：

> 幫媽媽洗地板，
> 是我們最高興的時候；
> 姊姊澆水，
> 我在灑過水的地板上玩兒，
> 像在沙灘上走過來走過去，
> 留下很多腳印，
> 像留下很多魚。
> 然後，我很起勁地拖地板；
> 從頭到尾，像捕魚一樣，
> 一網打盡。

　　要孩童拿遊玩的部分時間，來分擔家庭勞務，是一種生活教育；但要孩童愛上做家事，就不是一件容易的事了。詩人卻在這首〈拖地板〉中，啟動強大的想像力，加上譬喻法的輔助，將它書寫的活靈活現，例如這段：「姊姊澆水，／我在灑過水的地板上玩兒，／像在沙灘上走過來走過去，／留下很多腳印，／像留下很多魚。」將留在灑水後的地板上的腳印比喻成沙灘上的腳印，再把腳印比喻成海裡的一條條魚，實在深具

林煥彰童詩研究

崔璨明珠

童趣。最後的幾句：「然後，我很起勁地拖地板；／從頭到尾，像捕魚一樣，／一網打盡。」帶著這樣的心情與目標去做家事，相信讀完這首詩後，每個孩童都能充分感受到：做家事也可以是一件快樂的事。孩童做家事、分擔家庭勞務，很明顯是詩人品格教育觀的一環，在今天這個少子化的現代，更具啟示意義。接下來，是這首在《春天飛出來》裡的〈夢〉一詩：

> 睡覺時，我跌了一跤，
> 路上的小石子，
> 都變成糖果了；
> 我挑了一顆最大的，
> 用力一咬——
> 牙齒都掉光了！

　　這首是一首奇幻、有趣又具有警示意味的作品。孩童生活中，最不能缺少的：如果「好玩」是第一，那麼「好吃」就是排名第二。特別是甜甜的糖果，幾乎所有孩童在它面前都會失去抵抗力。而眾所周知，過多的糖果不僅對身體健康有害，甚至會妨礙到腦部的發展，包含記憶力及認知的部分[60]。在這首詩中，詩人以第一人稱來書寫，先創造一個夢的世界，因為在夢的世界裡：所有的不可能都有可能成真：一開始，詩人先以一個夢來引起孩童的興趣：「我跌了一跤，／路上的小石子，／都變成糖果了」，這是多少孩童的願望啊！但接下來的三句

---

60. 葉懿德：康健編輯部，2021/07/01，https://www.commonhealth.com.tw/article/84585。

是：「我挑了一顆最大的，／用力一咬——／牙齒都掉光了！」
簡單的幾句話，真是讓人驚嚇指數爆表啊！身為第一線教育工
作者，筆者深知糖果對孩子是幾近致命的吸引力，但也許孩子
們讀了這首詩，透過虛實情境，也會有所感悟與收穫吧！此
外，還有在福州出版的《妹妹的紅雨鞋》裡的〈螃蟹和魚〉一
詩：

> 螃蟹喜歡橫著走路，
>
> 螃蟹對魚說：
>
> 我這樣走，大家都會怕我。
>
> 魚喜歡游來游去，
>
> 魚對螃蟹說：
>
> 這樣不好，你會沒有朋友。

　　這首詩可以歸類為寓言詩。詩人在兩段的第一句，分別寫
出：「螃蟹喜歡橫著走路」及「魚喜歡游來游去」，事實上，
不管是在陸地上橫著走或在水中游來游去，都不是牠們兩者可
以自行決定，而是大自然賦予牠們的一種天生能力。但在這首
詩裡，詩人讓這個天生的能力成為一種選擇，而且更透過牠們
之間的對話：「螃蟹對魚說：／我這樣走，大家都會怕我」及
「魚對螃蟹說：／這樣不好，你會沒有朋友。」以反諷、嘲弄、
倒寫的情境設計，暗表詩人的理念批判：因為螃蟹橫著走是正
常的，但如果人要橫著走，代表的意思就不一樣了。人橫著走，
代表了肆無忌憚，行動蠻橫無理。因為是童詩，設定的閱讀對
象是孩童，所以詩人在這首詩試圖將「橫著走路」和「你會沒
有朋友」的因果關係連結在一起，透過有趣的情節安排，引發

孩童進一步去思考對於做人處事，應該抱持的正確態度。這首詩，詩人在品格教育的著眼點是在學習尊重、謙虛與同理心。下面這首收錄在《回去看童年》裡的〈稻草人和他的小朋友〉，也很有異曲同工的象徵意義：

> 稻子收割以後，
> 稻草人就沒事了。
> 白鷺鷥飛過，提醒他：
> 天氣漸漸地涼了，
> 要多穿衣服喔！
> 小麻雀兒也飛過來，告訴他：
> 田裡還有一些不小心掉落的
> 稻穗，要一一撿起來啊！
>
> 稻草人在秋風中，沉思：
> 我不該再裝人嚇牠們……。

　　稻草人在現實世界的角色與任務，和白鷺鷥及小麻雀應該是屬於對立的，但在詩人的浪漫筆觸下，這首詩裡，正反立場開始出現反轉的情境：「白鷺鷥飛過，提醒他：／天氣漸漸地涼了，／要多穿衣服喔！」、「小麻雀兒也飛過來，告訴他：／田裡還有一些不小心掉落的／稻穗，要一一撿起來啊！」，其實，我們不懂鳥語，根本無從得知這是否是真的，稻草人忙了一整年，也從來沒機會去傾聽其它不同的聲音。在最後一段，「稻草人在秋風中，沉思：／我不該再裝人嚇牠們……。」，

讀者在閱讀完的同時，除了發出會心的微笑，也不禁開始思考是否要如同稻草人般，不再繼續當只是個會嚇鳥兒的稻草人，而是要當一個會反向思考並且充滿陽光與積極態度的人。

**關於自我實現的童詩創作：**

有了基本知識的學習累積，孩童從讀詩的過程獲得領悟，智慧從中而生，而自我實現則是智慧追求過程的展現，也就是說，孩童對自己及他人都能抱著喜歡及接納的態度，能充分發揮各種才能和潛能，實現個人理想和抱負的過程。詩人有如此積極的教育觀，和詩人自身的成長歷程密切相關。他曾在《一個詩人的祕密》書中提到：

去年我常有機會到國小去和小朋友見面、演講、上課，也談自我成長的故事。他們都對我的小時候很好奇：為什麼一個鄉下出身的牧童，沒有讀過什麼書，怎會寫詩，而成為一個「有名」的詩人？我當然做過很多努力和學習，才能使用有限的文字來寫詩。……

2004 年 12 月中，我有兩個學校的三場演講，每一場都有三百多位五年級學生和老師參加，都給我熱烈的歡迎，有的學生幾乎是瘋狂的包圍著我，爭先恐後的要跟我握手，其中有一所學校的老師，還特別在我進入會場時說：「我們歡迎林煥彰爺爺從課本中走出來……」全場小朋友歡呼雷動，讓我熱烈盈眶，一時說不出話來。這都是因為詩的緣故，如果不是因為詩，我大概也不會有今天這樣的風光，每到一個學校，都有很多學生和老師歡迎我、鼓勵我。……

根據上面的自述，以及筆者的訪談，詩人都提到：原本詩人只是把寫詩當成是活著的唯一憑藉。但在寫詩的漫長過程中，不斷受到許多感動與啟發，因此體會到：生命的意義是要有所作為，要對人類社會有所貢獻，做一些美好的積累。也因為如此，在他的童詩創作裡，也出現許多鼓勵孩童了解自己、接納自己，並進而往自我實現的目標前進的作品。例如 2007年在《夢和誰玩》裡寫的〈樣子就是樣子〉一詩：

　　　　貓，有貓的樣子；
　　　　我，有我的樣子。

　　　　魚，有魚的樣子；
　　　　海，有海的樣子。

　　　　鳥，有鳥的樣子；
　　　　天空，有天空的樣子。

　　　　雲，有雲的樣子；
　　　　風和雨，有風和雨的樣子。

　　　　花草樹木，有花草樹木的樣子；
　　　　每一個人，有每一個人的樣子。

　　　　樣子就是樣子；
　　　　樣子就是，樣子的樣子……

我喜歡我自己的樣子。

　　這首詩比較特別的是，詩人在這邊運用了修辭學裡類疊法的類句方式，將「有……的樣子」一句，用只更換主詞的方式，在每一句重複使用。詩人在這首詩：以陸地的貓、我，在海的魚、海，在天空的鳥、天空，自然氣象的雲、風、雨，植物界的花草樹木，以很淺白的文字，透過有秩序、有規律地反覆出現的語句，借用歌謠中複沓的方式，表達出並強調詩人的思想與意象：宇宙萬物，包含人類，都有自己本來的樣子，孩童要先能接納自己、肯定自己，才能朝自我實現的目標前進。同時，這首詩也隱約帶有淡淡的批判意味，對於現代教育體制下，許多因為無法接受真實的自己，或選擇逃避，或自我否定，或隨波逐流的孩童，詩人也盼望透過這首詩，來達到一定程度的提醒與表達心中的關切。另外，2008 年被收錄在《飛，我一直想飛》裡的〈尋找自己的天空〉為其二：

　　　　我們，都很單純
　　　　只是悶悶不樂而已；

　　　　我們，走在同一條路上
　　　　但每個人都有不同的際遇；
　　　　像一棵銀杏樹上的葉子，
　　　　每一片都朝向陽光，
　　　　可並非每一片都能得到
　　　　相同的照顧。

我們，默默地向前走
但願每一個人都能找到
自己心裡所想的；

像每一棵白樺樹，有自己的天空
一直向上成長

　　這首〈尋找自己的天空〉可以說是前一首〈樣子就是樣子〉
的二部曲。當孩童接受自己的樣子接納自己的好與不好後，下
一個成長中會遇到的問題應該是：未來的我，想成為怎麼樣的
人，也就是不免都要面臨：築夢與踏實的問題。詩人在第二段
寫：「我們，走在同一條路上／但每個人都有不同的際遇；／
像一棵銀杏樹上的葉子，／每一片都朝向陽光，／可並非每一
片都能得到／相同的照顧。」，其中隱含的意念，根據詩人自
述這首詩的寫作意念，最主要是要告訴孩童，重視任何一次選
擇的重要性，並勇於承擔自己選擇的結果。如同詩的最後所說
的：「但願每一個人都能找到／自己心裡所想的；／像每一棵
白樺樹，有自己的天空／一直向上成長」。

　　除此，這首詩還提到兩個很重要的象徵代表：一是銀杏葉，
二是白樺樹。在眾多植物中，唯獨這兩者中選，不是沒有原因
的。詩人在詩中書寫的每個角色，必然有其內在隱含的意喻。
銀杏葉，葉型為扇形，除兩邊對稱，兩邊又分裂成二，至葉柄
處合併成一，常被視為是調和的象徵。所以，詩人選擇用銀杏
葉，也隱含有成長中會遇到的對立矛盾，與在堅持後最終取得
調和與和諧的意喻。而白樺樹，除了高大筆直的外型，讓人有

不斷向上成長的直接聯想，根據植物學家的研究，白樺樹喜歡陽光，生命力也很強，在大火燒燬的森林以後，首先生長出來的經常是白樺，從這個角度來看，詩人這首詩的教育觀既深刻又積極。

最後是在 2014 年出版的《花和蝴蝶》裡的〈我種我自己〉一詩，筆者認為可以視為自我實現主題的三部曲：

> 我給自己機會；
> 我是一粒種子，
> 我也不僅是一粒——
> 我還是一棵樹；
> 我種我自己。
> 我種我自己；
> 我萌芽，我扎根，我長大；
> 我茁壯，我開花，我結果；
> 我給我自己機會。
>
> 我給我自己機會；
> 我有機會深入大地，
> 我也有機會展向蒼穹；
> 我種我自己。
>
> 我種我自己；
> 我不怕風，不怕雨，也不怕太陽；
> 我不怕生，不怕死，也不怕化成灰；

我給我自己機會。


我給我自己機會，
我種我自己；
我種我自己，我成為頂天立地。


　　這是詩人寫給在追求自我實現過程中的每個人的一首「激勵詩」。在這首詩裡，有兩個地方可以看出詩人的強烈意念：一是全詩的「種」字總共出現了三十一次，可以說是整首詩的詩眼，因為有這個「種」字，詩人自然而然地把「自己」化身為詩中的「一粒種子」，既然是種子，種下後就可以有無限的發展機會：「我種我自己；／我萌芽，我扎根，我長大；／我茁壯，我開花，我結果；／我給我自己機會。」一面往下扎根，一面向上萌芽，然後長大、茁壯、開花、結果，都是來自一個動作：把握種下自己的機會。

　　二是詩人除了使用排比的語法外，更刻意使用疊句回文的方式，讓每段的最後一句，成為下一段的第一句；因此產生了一種詩的獨特韻律感，使讀者在閱讀時，充分感受到詩人透過這首詩想要表達的強烈意念：「我給我自己機會，／我種我自己；／我種我自己，我成為頂天立地。」詩人盼望每個孩童都能成為頂天立地的社會中堅份子的同時，自己也透過寫詩播種社會而達到自我實現。

## 二、 社會觀察與社會關懷

社會觀察是基本，沒有觀察，便不會有所思；沒有了可以思考的憑藉，便不會有進一步的體會；沒有體會就不會有同理心；沒有同理心，就不會有「人飢己飢、人溺己溺」的悲天憫人之心。詩人關心社會各個族群的日常生活，將觀察與發現，運用有趣與充滿寓意和韻味的詩的語言，分享給孩童，期待孩童在閱讀完詩人的作品後，心中也能有所啟發與領悟。

以下即以詩人童詩中以社會觀察與關懷為主題的創作，分別進行剖析與論述：首先是在《回去看童年》書裡的這首〈末班車的月台上〉一詩：

下課的，上夜校的學生
下班的，上夜班的工人
在最後一班車的月台上
都變成了長頸鹿

他們，都自動站成一排
把自己的脖子拉長
朝家的反方向望著，拉長了自己的脖子
拉長了自己的脖子，朝家的反方向望著
把自己的脖子拉長
他們，自動把自己做成了一種標本

咳、咳、咳

咳了幾聲，
又咳咳咳了幾聲
睡了一整天的破擴音器
懶懶的，沙沙的，說了：
對不起，這班列車
要晚三十分鐘到站……

　　末班車，每天都有；上夜校、夜班，出現在末班的月台上的人，也每天都有；但這樣固定的光景，曾幾何時，又有幾人會像詩人這般經過詳細的觀察後，再將其書寫出來呢？詩人在詩的一開始，把「上夜校，下課的學生」及「上夜班，下班的工人」，用倒裝的句型寫成：「下課的，上夜校的學生／下班的，上夜班的工人」，使用倒裝句的文法，主要的目的就在：強調語氣。所以，當讀者感受到這樣的氛圍後，再看到下一句：「在最後一班車的月台上／都變成了長頸鹿」時，不僅能充分理解到詩人用長頸鹿來借代人的意義，也能同時體會到月台上等待末班車的人想回家的心情。進入第二段，詩人的寫法更是生動：「他們，都自動站成一排／把自己的脖子拉長」，在現實生活中，人怎麼可能把脖子拉長？在接近夜半的月台，這樣的誇飾寫法，著實為整首詩增加了許多戲劇感；然後接下來中間這兩句「朝家的反方向望著，拉長了自己的脖子／拉長了自己的脖子，朝家的反方向望著」，頂真回文的寫法，又是另一種語氣的強調，但乍看之下，會覺得不合邏輯：很想回家，不是應該往家的方向，望眼欲穿看過去嗎？自然，這又是詩人在考驗讀者的觀察與智慧。凡是坐過車的人都能很容易想到：車

子還沒來之前，當然是從反方向開過來呀！而下一句，因為等太久了，詩人把他們的心情這樣寫：「把自己的脖子拉長／他們，自動把自己做成了一種標本」，充分寫出了月台上等末班車的人，無奈中只能自我解嘲的心情。最後出場，出場前還刻意「咳、咳、咳／咳了幾聲，又咳咳咳了幾聲」的破擴音器，才是最令人沮喪的結尾：「對不起，這班列車／要晚三十分鐘到站……」。整首詩以極具戲劇性的劇情，把一個社會現象的觀察，表達得淋漓盡致，而孩童從閱讀的過程中，也開啟本我以外的視野。同樣在《回去看童年》書中的這首〈冬日街景〉一詩為其二：

> 一部黃色的工程車，
> 停靠在路旁，
> 跳下來數位
> 穿著灰色工作服的工人；
> 他們都戴著
> 黃色的安全帽，還有
> 沾滿油垢的棉手套
>
> 毛毛雨飄灑著；
> 在這樣的冷天裡，
> 我只能站在走廊上，
> 靜靜地觀看：
> 忙碌的人，
> 來來往往的車輛……

黃色的工程車，
慢慢啟動起重機，
跟怪手一樣笨重的的吊桿，
也慢慢移動，
慢慢移向
五花八門
密密麻麻
錯綜複雜的
招牌與招牌之間，
找到一個小小的空隙，
在那兒懸著──

穿灰色工作服的工人，
開始拉動黑色的電纜線，
有的架著鋁製的梯子，
爬上電線桿；
有的掀開路旁的鐵蓋，
鑽進埋進電纜線的坑洞裡，
不慌不忙，檢查電線⋯⋯

雨越下越大，
街上行人稀少，
車輛照樣來來往往，
停靠在路旁的工程車，
被沖洗得更加鮮明耀眼，

工人們的身上都冒著，

冉冉上升的白煙。


　　這首詩最早是在 1991 年的 12 月發表在民生報的「兒童天地」，後來被收錄到 1993 年出版的童詩集《回去看童年》中。全詩以素描詩的方式描繪：在馬路上與街道邊，正在進行懸掛招牌工程時的工人，在下雨的寒冬中，工作時的情景。這個場景依舊是我們生活中常見到的社會現象，但是當每個人都汲汲於自己在做的事時，又有幾個人會抬起頭來，關心這些不畏寒風與大雨，仍辛勤工作的工人們呢？第二段的「毛毛雨飄灑著；／在這樣的冷天裡，／我只能站在走廊上，／靜靜地觀看：／忙碌的人，／來來往往的車輛……」，詩人雖然只能靜靜的在旁觀看，但其實已經把看到的一切，透過詩傳達出去。最後一段的「雨越下越大，／街上行人稀少，／車輛照樣來來往往，／停靠在路旁的工程車，／被沖洗得更加鮮明耀眼，／工人們的身上都冒著，／冉冉上升的白煙。」整首詩用素描加上敘事的方式書寫，讓整個畫面躍然紙上，孩童也從中了解到工人階層辛勞的工作與生活方式。接下來同一書中的這首〈一個丹麥老人〉一詩為其三：


　　　　一個丹麥老人，退休了的老紳士

　　　　他提著一個全新的黃皮包

　　　　拄著拐杖，走路一顛一顛的

　　　　在天將暗的時候，

　　　　在奧登塞的市政廳前

公車總站，走來走去
尋找他要搭乘的公車站牌

這兒的人，凡能夠和他用同樣語言交談的
都對他說過同樣的話，也指點他
應該走到對面那個站牌——
他也總是一遍又一遍，顛顛顛的
晃過馬路，走到對面那個站牌
碰碰鼻子
然後又顛顛顛的，一步步晃過來
重新逐一的看看這邊的每一個站牌
逢人又問他要搭乘的車站牌
究竟在哪兒？

天已經完全暗了下來，
公車一輛輛接走了要回家的人，
最後，這個老人
還是把自己留在
一個個無言的站牌下

　　這首詩是詩人在 1991 年 8 月應丹麥福恩島的安徒生研究
中心邀請，在奧登塞大學出席「第一屆國際安徒生研討會」
時，在街道邊的社會觀察與記錄。筆者在讀完後，心中也深受
牽動。老人的問題，不只是在當地當時才有，是全世界都正在
面臨的社會現象，即使詩人並不諳當地的語言，也能從旁觀察

而了解事情的前因後果與老人的問題。

　　這首詩讀起來，像是首故事詩，又像是個寓言詩。紳士裝扮的老人，提著全新的黃皮包，和他進行的行為產生極大的反差，他反覆的問一樣的問題、反覆的在街道兩邊的站牌，顛顛顛的一步步，晃過來又晃過去：「逢人又問他要搭乘的車站牌／究竟在哪兒？」最後一段：「天已經完全暗了下來，／公車一輛輛接走了要回家的人，／最後，這個老人／還是把自己／留在一個個無言的站牌下」，讀者彷彿跟著詩人在旁邊看著一切的發生，卻又一點辦法也沒有，就像一個個站牌，難過到無法言語。

　　老人的社會問題對於孩童而言，因為年齡差距的關係，基本上並不屬於孩童會主動去關心的面向，詩人寫這首詩，除了表達內心對社會弱勢族群的關心，也間接揭露心中期待孩童對同一個生活空間不同族群的思考與關懷。最後〈麻鴉！麻鴉！〉一詩為其四：

> 麻鴉！麻鴉！
> 喜歡嘰嘰喳喳的麻鴉！
> 是我們每天都可以看到的
> 鳥兒。
>
> 麻鴉！麻鴉！
> 跟我們一樣，
> 無憂無慮
> 即使在垃圾堆一樣的

陰溼的木板屋底下，在風雨中
還是嘰嘰喳喳；
即使是沒有穀粒可以果腹，
也能忘記挨餓的肚子；
在炎熱的陽光底下
還是嘰嘰喳喳，嬉戲。

麻鴉！麻鴉！
跟我們一樣，無須別人的照顧
也無須別人的疼惜，
嘰嘰喳喳的，玩得很開心。

麻鴉！麻鴉！
是帶給我們歡樂的，無憂無慮的
小天使！
麻鴉！麻鴉！
嘰嘰喳喳的麻鴉，是我們的
小兄弟！

　　這首詩，根據詩人在詩末的自述，是在 1986 年 10 月，詩人在菲律賓馬尼拉舉辦的「第一屆菲華兒童文學研習營」講學完畢後，由工作人員陪他坐馬車在細雨中逛馬尼拉的大街小巷，一路上看到許多菲律賓貧窮人家的小孩，在路邊開著消防栓淋雨、沖洗、嬉戲，好像一點憂愁也沒有。之後，當馬車經過一處貧民區，也看到一群小孩，一絲不掛的，在陰溼的小木

板屋裡玩耍。詩人心中頗為沉重，就以菲律賓的國鳥—麻鴉，就是我們常見的麻雀，寫了這首詩。

用詩裡的麻鴉，嘰嘰喳喳的，看起來像無憂無慮，來隱喻當地貧窮孩子生活的光景：「即使在垃圾堆一樣的／陰溼的木板屋底下，在風雨中／還是嘰嘰喳喳；／即使是沒有穀粒可以果腹，／也能忘記挨餓的肚子；／在炎熱的陽光底下／還是嘰嘰喳喳，嬉戲。」這樣的生活是真正的無憂無慮，還是不得不的無憂無慮呢？在這首詩裡，詩人關懷的主題仍是孩童，透過麻鴉隱喻描寫不同生活條件下生長的孩童的日常，藉以勉勵同樣身處在弱勢環境中的孩童，無論如何，也要開開心心、自得其樂，活出生命的光彩，找出生活向上的契機。

# 三、 人生境界的創造與發想

因為林煥彰的詩產量很多，正如同他自己所說：「我幾乎天天都在寫詩。」，所以常常會碰到人提問：寫詩要不要靈感？詩人在接受筆者訪談時，是這麼說的：

人家常常會就會說，哇！你作品那麼多，你的靈感怎麼來的？

你怎麼寫得那麼好？靈感從哪裏來？我說：哪有憑空掉下來的，哪有說神給你，卻沒有給我？那就不公平了，是不是？

所以，我認為你要「認真生活」，那認真生活，你就會感受到人生總會有不同的際遇。有時候可能很順利，有時候可能就好像挫折很大，所以那個喜怒哀樂是很自然，一定會有的。所以要看你怎麼樣去生活。

從這段話，可以瞭解：因為詩人很認真的生活，認真生活，讓他對很多細微的人事物有很仔細的觀察，因為這些細密的觀察，讓他有許多的體會與感悟，所以能持續不斷有創新想法，而這些創新的想法，讓詩人創作源源不絕。詩人在 2018 年出版的《我的貓是自由的》序裡，也曾提到：

我什麼都寫，只要我用心想，當下想到一個有意義的意念，我自己覺得值得寫，我就會開始認真想，認真醞釀，用心構思如何表現才能把它想像的更好、寫得更美⋯⋯因此，我什麼題材都想，只要我沒寫過的，我就要想辦法把它寫出來。讓喜歡讀詩的人能讀到我的新東西，我才會發現自己不斷寫作的意義。

可見，對詩人而言，寫作的意義在：「讓喜歡讀詩的人能讀到我的新東西」，詩人透過每天生活，不斷思索，從平常生活中，找出新的想法，創作成詩。例如這首被收錄在《一個詩人的秘密》中的〈隨便你好啦〉一詩：

有一種鳥兒，牠的叫聲
好像有人要欺負牠；

「隨便你好啦！

隨便你好啦！」

可惜，我沒有看到牠，

不知道牠名叫啥？

　　在這首詩裡，詩人用的是平時大家在日常生活最常聽到與使用的語詞：「隨便你好啦」，透過從一種不知名的鳥兒的叫聲，將其「擬聲」，賦予它在詩中一個新的意義。如果加上題目，這句話總共在詩裡重複出現三次，不但沒有累贅，反而成為整首詩的內涵。雖然是平時常用的一句話，但在詩人筆下，成為一種新的暗示的承載，產生新的意義，成為詩的語言。正如同林良先生所說過的：「詩人是用耳朵寫作的人。他應該聽到他所寫的每一個字，聽到他所寫的每一個句子，聽到他所寫的每一行詩。……使詩裡的意義都醒過來，爬起來，成為聲音，成為有意義的聲音。」[61]，詩人在這首詩，充分透過聲音，顯現出獨特的創新。另外，還有被收錄在同一本書的這首〈我的小時候〉一詩：

我到花園去看花，

蝴蝶飛來跟我說話；

牠說牠小的時候

就認識我，而且

---

61.《布穀鳥兒童詩學季刊》第 2 期（1980 年 7 月），頁 40-41。

還在大家面前說

大聲說——

牠跟我小時候一樣，

全身毛毛的！

我認為他不該這麼說，

讓我臉紅！

　　根據詩人自述，詩人極大部分的詩作，都是「它們來找詩人」，而不是詩人非要去寫它們不可，所以詩人就把它們用文字留下來。這首〈我的小時候〉，便是詩人在整理陽台盆栽時，看到蝴蝶飛來，所產生在腦海裡的一個想法而寫出。所以，對詩人而言，認真生活，認真思索，隨時可以有新的發現，而成為寫詩時的各種發想與創造。同時，詩人也認為，詩就在他的腦子裡，他喜歡把詩帶著去旅行，走到哪兒，就寫到哪兒。例如這首在《回去看童年》裡的〈我和小螞蟻〉一詩：

小螞蟻是有的，蟑螂我還沒看到

小討厭，其實也不怎麼討厭

偶爾牠們會爬到我手臂

或我的手指頭，東瞧瞧西看看

說「牠們」，其實也不對

應該說是一隻、兩隻，

不是一大群

我的手臂，或我的手指頭

跟你的或他的，都差不多
但在牠們的小小的，小小的心目中
是一座山，或一大片丘陵
牠們好奇嗎？還是我有什麼味道？
酸的、甜的、苦的、辣的？
要不，牠們怎麼愛爬到我身上
我動一動手，我寫寫字，
牠們會不會像我們
感覺有地震，那麼可怕？

我是愛惜生命的，或者說
我是怕死的；
那麼，我也應該愛惜牠們的小生命，
讓一隻、兩隻小螞蟻在我手臂上，
或手指頭，走走看看
也沒什麼關係嘛！

　　這首詩，是 1991 年，詩人應新加坡政府新聞及藝術部邀請，出席「國際作家周」活動，參與演講與朗誦詩作及座談，晚上在招待所休息時，看到小螞蟻爬到詩人手臂及手指頭時，而有的觸發與意念寫成，透過細膩的觀察，與小螞蟻的互動，成為旅行中有趣的插曲。

　　另外，在〈家是我放心的地方〉一詩中詩人寫到：

　　再過幾個小時，我就可以回到家；

我的腦子還十分清醒，現在是
凌晨一點二十五分
——飛機剛剛過換日線……

再過幾個小時，我就可以回到家；
飛機在一萬一千三百公尺的高空飛行，
安安穩穩，我在一盞小燈下想家
——家是我放心的地方

　　這首詩，是詩人在一萬多公尺的高空，從美國飛回臺灣
的飛機上寫的詩。一個簡單的感覺：盼望回家的心，就有了「家
是我放心的地方」的句子出現，於是一首詩就這麼出現了。詩
人喜歡帶著詩的感覺去旅行，去找詩，去發現美、善良和友愛。
如同他在文末所言：「我要走到哪兒，就能寫到哪兒，讓我的
詩，將來也能自己飛翔，要飛到哪兒，就飛到哪兒……。」

　　除了認真生活，持續創作，當詩人去學校演講與分享創
作，以一位從「課本」中走出來的林爺爺，回答一位小朋友的
提問：選擇寫詩，有沒有後悔時，詩人立即回答：「沒有！」，
詩人說：他從課本走出來，和小朋友有約，接受他們的訪談，
有問必答，無所不談，小朋友高興，詩人也高興。他說：

　　現在，他們讀我的課文，和我見面，我相信，他們長大以
後，也一定還會記得我，如果他們還對詩有興趣的話，也還會
去找我的詩來閱讀，那我就應該更努力，寫更多更好的詩，和
他們分享……。

可見，在詩人的觀念裡，寫詩分享，就是把善的種子撒播在喜歡詩的人的心田上，讓他自己萌芽，這也是詩人追求人生境界創作與發想的動力。從 1976 年出版第一本童詩集，開始專意為兒童寫詩，截至 2020 年，詩人的詩被收錄到中小學語文教材中，包含海峽兩岸暨香港澳門地區，以及新加坡，一共有六十七首（篇），包括童詩、散文、童話，童詩劇和個人談創作的文章，文類相當多元。詩人對於自己的作品能被收錄到語文教材，心中所受到的感動與鼓勵是很大的。而其中，讓詩人最感動的是在 2002 年由香港牛津大學出版社編印的《啟思中國語文》中，詩人的作品〈曬衣服〉一詩：

　　　　　媽媽洗好的衣服，
　　　　　都曬在陽光底下。
　　　　　我印有地球的
　　　　　那件球衣，
　　　　　正好夾在爸爸媽媽的中間；
　　　　　也在陽光底下。
　　　　　而我，仰著頭
　　　　　呆呆地看著；
　　　　　看著我的衣服，
　　　　　看著整個地球。
　　　　　只是，想不透
　　　　　為什麼？
　　　　　代表我們國家的
　　　　　那塊土地，

會有那麼多眼淚，

一滴一滴

往我臉上滴下！

　　這首詩，早在 1993 年 12 月就被收錄在《回去看童年》一書中，而詩人之所以格外感到受鼓舞與榮幸的是，這首詩在 2002 年和詩人的恩師，詩人紀弦先生的作品〈教師之夢〉同時被選入香港中學語文課本中。〈曬衣服〉這首詩，根據詩人在一篇〈詩人的告白〉中所說，它的詩想是來自於詩人從一本日文雜誌中看到一幅漫畫，因為圖中有一件床單晾在竹竿上，中間垂下來的部分在滴水，因此引發詩人的聯想。而這首詩，用的是敘事的方式，但其中隱含了詩人心中感觸。根據詩人的自述，這首詩的完成是在沉重的心情下完成，雖然為兒童寫詩，不應寫得如此沉重，但只要不消極，仍然可以為孩童帶來許多的思考空間。透過這首詩，也多少表現出詩人去國懷鄉，感極而悲的文人心情。

　　從以上的論述與分析，我們可以這麼為詩人與詩的關係做個界定：詩就是詩人的人生。如同筆者訪談詩人時，詩人所言：

　　我們作為一個寫作人，本身就要有一種所謂的廣義的「悲天憫人」的人道主義的思想；要為別人想，這是很重要的。那我常常會講分享、分享。我寫東西意義在哪裏，當然說有稿費、版稅更好，對不對啊？但也不一定，你寫的每一篇都有機會發表。你寫多了也未必就有機會出版。當然必須人家看上你，或者認為你實在是好，才可能有那個機會。那也有可能你寫的很

好，但人家不關注你，你也沒有機會得到；都不一定，對不對？所以，這方面，我們都要放下，不要有功利。有了功利心，為了利、為了稿費、為了出版才去寫，那個意義就沒有了。寫作的最大意義是「成就自己」，我完成了我的人生，我這一生沒有白走。

可見，在詩人的想法裡，「一個寫作人，本身就要有一種所謂的廣義的『悲天憫人』的人道主義的思想；要為別人想，這是很重要的。」，對詩人而言，「寫作最大的意義是『成就自己』」詩人透過不斷創作與分享，來完整他的人生。這個部分，詩人也提到自己 2003 年曾收到詩人謝輝煌先生寫給詩人的一封短箋的往事。謝先生在短箋裡的內容是：「在東部旅遊時的一家餐館休息時看到煥彰寫的詩〈輪子的心事〉，被裝飾在牆上，用以呼喚客人思古幽情。第一眼看到，對老兵的我而言，別有一番滋味在心頭。」這首〈輪子的心事〉是這麼寫的：

> 很多事，都成為
> 過去
>
> 一輛板車留下一個
> 輪子，斜依著它的軸心
> 在荒草堆中
> 想心事
> 不懂事的，牽牛花
> 一到秋天

就爬上輪子的背上
開著，短暫的花

一朵，兩朵，都這樣
成為過去

　　詩人後來把這短箋用透明塑膠封袋裝起來，寫下感想：
「詩，我寫完之後，它離開了我，還能『活著』就是一種奇蹟，
也是值得安慰的。」這也讓筆者想到：一個人的人生充滿了詩
意和創造，一定會給他帶來無限的喜悅，使他熱愛人生，為人
生如此美好而感恩，並因此提升自己的人生境界。詩人的人生
必然也是如此。如同以下這首〈花的生命會發光〉（原名：心
中的小精靈）一詩：

種花，不只是為了欣賞
我更想知道
從我心裡到手上
能在大地呈現多少
生命的光芒？

我種的花，有的活了
有的枯萎；
有的，也死了！
活的，有些開花
有的，只長葉子

我一樣，都愛護她們啊！

我愛護她們，天天去看她們
跟她們說說話；
我跟她們說些什麼話？
我跟她們說心裡的話？
我不願意讓別人知道的
也都會悄悄地告訴她們——

我種花，我知道
花的生命會發光；我也很想知道
我的生命
會不會發光？

　　這首詩一開始所說的：「種花，不只是為了欣賞／我
更想知道／從我心裡到手上／能在大地呈現多少／生命的光
芒？」，其中便隱含詩人寫詩播種孩童心中的意念。第二段寫
的：「我種的花，有的活了／有的枯萎；／有的，也死了！／
活的，有些開花／有的，只長葉子／我一樣，都愛護她們啊！」
以及最後一段：「我種花，我知道／花的生命會發光；／我也
很想知道／我的生命／會不會發光？」，則直接印證詩人所說：
「詩應該寫得多采多姿，沒有束縛，有無限存在的可能；過去
這麼想，也這麼寫；往後，我也當如是，並且還應當更加努力
去追求。」[62]

62. 林煥彰：《回去看童年》，自序。

# 四、小結

從本章的論述，我們可以看到：詩人對童詩的創作意義，是有一份神聖的使命感的。所以，除了透過童詩的書寫，試圖建立孩童們積極扎根的讀書積累精神，培養良善的品格，獲得自我實現；更重要的，詩人也很清楚，自我實現的終極目標並非獨善己身，自我實現是必須在除了自己之外，也必須擁有對我們所生存的社會，每天所看到、所聽到、所接觸到的人事物，能以一顆柔軟的心，細密的觀察，悲天憫人的同理心予以真摯的關懷，最終，產生對家與國、人類社會的一份認同與使命感，而能盡一份心力與貢獻。

首先，在積極行動派的教育觀：童詩創作的主要閱讀對象是兒童，所以詩人在創作時，對教育性的處理，相當慎重。因為作品中若一味強調「教育」的效果而忽略了表達的技巧，往往是形同嚼蠟，得到相反的效果。如同林仙龍先生對童詩在教育上的角色定義：

> 詩不僅是真的教育，善的教育，更是美的教育。它對美的捕捉、表現、追求和創造，不但比「真」「善」更積極，而且更完整。[63]

而最感人真摯的作品，往往源於作者本身真摯情感的發揮。因為對兒童的關懷與愛，所以詩人不僅創作不輟，更是一位「入世」型的積極行動派詩人。不僅寫童詩、創辦兒童詩學

---

63.《布穀鳥兒童詩學季刊》第 4 期（1981 年 1 月），頁 46-47。

刊物，同時也為兒童寫的詩編輯書籍，後來，更不遺餘力的奔走於華文地區兩岸四地及東南亞進行童詩交流活動；進入晚年，即使已經成為「林爺爺」，仍秉持熱情走入圖書館及校園，成為從「課本」裡走出來的詩人，為兒童讀詩、朗詩、分享詩的真善美。

在社會觀察與關懷的部分：詩人關心社會各族群的日常生活，將觀察與發現，用充滿智慧的語句，故事詩的方式，引導兒童去認識周遭的環境，關心社會一直存在與正在發生的事，激發孩童悲天憫人的同理心，用真摯的關懷去感化兒童，期待孩童在閱讀完詩人作品後，心中也能有所感動、啟發與領悟。

最後，在人生境界的創造與發想的部分：詩人反對靈感說，主張透過認真生活、認真思索的態度，將許多體會與感悟，持續不斷於創新寫作，而這些創新的想法，讓詩人創作源源不絕，而有：「讓喜歡讀詩的人能讀到我的新東西」的意念，因此確定了詩人寫作的意義。其次，在詩人的觀念裡，寫詩分享，就是把種子撒播在喜歡詩的人的心田上，讓他自己萌芽，最具體的實踐在於：詩人的詩被收錄到中小學文教材中，包含海峽兩岸暨香港、澳門地區，以及新加坡，一共有六十七首（篇），包括童詩、散文、童話，童詩劇和個人談創作的文章等文類。詩人從詩中獲得自我成就，並把自己在生活的發想與創新作品分享給孩童，讓孩童也能從他不斷創新的作品得到啟發與收穫。

其實，要在童詩裡讓孩童明瞭這麼多崇高偉大的觀念與理想，並不是一件容易的事。但誠如筆者在訪談時，詩人所言：

我是到了六十幾歲，才領悟到了我這樣一路走過來的人生。以前我也寫過一首小詩，一輩子也是探討這個，也就是說，你任何時候的生活都可能累積後來你寫的有機會出現的東西，那是一輩子的，你不能很現實說我要寫什麼，我才去體驗那個生活，……

　　我的觀點是這樣子，我認為我都已經活到了六十幾歲了，我對人生是有所感悟了，是什麼？就是作為一個人怎麼樣才活得有意義。所謂的意義，我的界定是說：你對這個你生活過的社會、國家、人類，留下了什麼？你總要，有一點可以，有一點有意義的貢獻吧！

　　那我寫作呢，我是認為「分享」很重要，分享我的這一生所得到的一些感悟、我發現的美、我想到的我的一些智慧，可以稱得上智慧的東西的呈現。只是透過不同的表現方式而已。透過用文字的，我就寫詩；透過畫的，我就用線條、色彩、空間的處理。當然我是最主要還是使用文字。


　　因為帶著「分享」的想法，希望能分享一生所得到的一些感悟與智慧，所以詩人即使已經到了年逾八十幾的年紀，仍然每天認真生活，仍然持續創作不斷。

　　文章是作者思想與情感透過文字的展現，自古以來的文學作品，無論是詩詞歌賦或是散文、小說、戲劇，當它呈現在讀者面前，便自然而然的兼具了兩項任務：一是知識的灌輸與道德情操的培養，一是使人感動快樂。筆者在林煥彰的童詩作品中也找到了同樣的特質與期待。

柒

結論與建議

本書共七章，以文本分析法（Textual Analysis）、文獻探討法（Document Analysis）、深入訪談（In-depth interview）為研究方法，研究林煥彰自 1976 年到 2021 出版的童詩集，共 685 篇創作。全文自臺灣童詩的興起開始梳理，以及從林煥彰的生命歷程談他的創作理念與詩觀的建立。從第三章開始，分為四大主題：分別論述林煥彰童詩創作中的親情與童年、自然生態中動植物、大自然非生物類、教育與社會關懷及結論。加上附錄一訪談詩人的逐字稿及附錄二林煥彰兒童詩詩集內部研究主題意象關鍵字整理表，共計近二十五萬字。

　　這份研究的完成，是一份任重而道遠的工作。從一開始的文獻蒐集便很不容易，先是遇到許多早期的作品已絕版，而現存臺灣各大學及區域圖書館資源也有佚失不完整的問題，或是近期的許多童詩集並沒有在臺灣出版。後來，所幸一方面有詩人本人大力慷慨出借部分書籍，讓筆者能有機會一一透過拍照保存原書繼續研究；另一方面則透過多次跨海購書，才總算取得較完整的文獻資料與書籍。

　　其次，在訪談作家的部分：在本書撰寫期間，與詩人大約有十次左右的見面與聚會（包含四次深度訪談）。之後將訪談以逐字稿方式分上中下三篇整理，每篇逐字稿整理完再寄回給詩人，期間因為進入晚年的詩人，眼睛飽受眼疾之苦（這邊真的忍不住要很感謝林煥彰先生），無法細看電腦文字，所以每次筆者都先特別將文稿字體放大印出，以紙本方式寄到九份工作室給詩人，經詩人細看確認訪談內容並加註後，再寄回新竹給筆者重新校正調整，三篇逐字稿共約五萬字，著實相當耗時與耗力，但卻是極珍貴的第一手文獻資料。筆者將妥善保存詩

人親手校定的原始手稿，希望能成為之後相關研究者最完整的第一手文獻史料。

而在文本分析的部分：雖然之前也有相關論文研究者有類似的分類表[63]，但因距離現在 2023 年又經歷了十年，而詩人又是屬於創作不斷的多產作家，因此之前的資料已不敷使用。在一篇篇仔細校對與重新整理的過程中，也發現前人分類表上的許多錯誤，乃一併於本研究中更新、補正，重製分類表列於附錄二。這份整理工作相當繁複也很耗時，但希望同樣也可以成為後續研究者最正確與最新版的文獻參考資料。

# 一、研究結果

本研究的完成階段，正巧歷經世紀疫情新冠肺炎侵襲全世界，一個前所未有過的病毒，有如蝗蟲過境般，崩潰了全球醫療體系，噬食了世界經濟體，也重新開啟了全球政治體的博弈，而人性面的良善與回歸，更是備受考驗。

在整理文獻與撰寫文稿的漫長過程中，筆者研究林煥彰的童詩：從梳理臺灣兒童文學到臺灣本土童詩的興起與發展，前人篳路藍縷，在「跨越了語言的一代」詩人群策群力，為本土兒童文學立言的使命下，為當時許多有志於此的青年創造了

---

64. 王耀梓：《林煥彰童詩創作研究》（高雄：高雄師範大學國文教學碩士論文，2012 年）。

一個掌握與突破自我生命宿命的契機，林煥彰便是其中之一。在沒有任何文學背景與學歷的加持下，透過不斷自學、刻苦耐勞與堅韌的性格，積極投入創作並成為推展童詩的重要推手之一。最難得的是，即使命運並沒能給林煥彰所有最美好的一切生命樣貌，林煥彰卻始終能以一顆赤子童心，透過認真生活、細密觀察與真心體驗，創作不輟，並運用口語化、平實的文字，加入各種修辭美學，創造出各種意象，讓閱讀他的童詩的人：不僅堅硬的心被溫暖的文字瞬間融化，曾經失落的童年也一一被撿拾回來珍藏，對周圍所處環境的人事物，也開始想起用關懷來代替冷漠的眼。

　　最後本節將分兩部份，對林煥彰童詩創作的特點價值及影響地位進行綜合論述。

**林煥彰童詩的特點與價值：**

（一）生命療癒性：

　　林煥彰的童詩創作，雖然是童詩，但閱讀者並不限於孩童。他的童詩常常是以兒童的視角和另類、反轉的思維來書寫，擅長把一些生活上的奇思怪想，透過各種淺顯易懂、口語化的語詞，將意象加以轉化，讓它們適當的合理化。而現代人抑或是經歷了生活型態轉變，抑或遇到成長過程的不適應，很多想法常會有是否不見容於當下的時勢與社會的自我懷疑，以致常常在對與不對之間掙扎，但在讀完林煥彰的童詩，引發共鳴後，會有一種釋懷、一種喜悅，就是生命被療癒的感覺，因為從林煥彰的童詩裡，看到了童稚的純真。每個人的心中原本就該保留一個角落給這份純真，這世界才會變得更美好。

正如他在接受筆者訪談時所言：

童詩是純真的，是無邪的，可以是寫實，也可以是超現實
的……，是美好的意念的催化劑，有了它，要轉化一些不良的、
負面的情緒，就變得格外容易了。

在本書中，提到許多林煥彰的童詩創作，都具備這樣的特
點。例如，他早期寫的〈月方方〉，月亮再怎麼有陰晴圓缺，
都不可能是方的，但在詩人筆下，高掛在天上遙不可及的月
亮，永遠沒有媽媽梳妝台上那個方方的鏡子所反映出來的媽媽
要親近。還有〈影子〉一詩中，會跟著主人前後左右移動的影
子，就像小黑狗一樣忠實的跟著，所以我們其實不孤單。寫貓
詩時，透過小貓，把每個人潛藏在心中的那個膽小、不確定的
小孩，活靈活現、生動的描寫出，原來卸下面具後，赤裸的我
們是這麼可愛。

（二）形式創新性：

林煥彰有一顆豐富的童心，也是一位長壽的詩人。根據
筆者的整理，截至 2021 年 6 月的《翻譯鳥聲》童詩集，共有
685 首童詩創作，可說是一位創作量極高的作家。不僅如此，
他的童詩在形式上更是不斷追求創新。

林煥彰在童詩作品形式上的創新，可分成前後兩期：前
期是指，在本書第二章中，筆者梳理臺灣童詩第五期黃金期到
衰退前出版的作品；後期則是指，海峽對岸近二十年在文化及
教育往上直追，林煥彰的作品在大陸兒童文學界大受歡迎後出

版的作品。前期的作品在形式變化已展現出多樣性，例如敘事詩、寓言詩、童話詩、幻想詩、散文詩、文字詩、話劇詩等；後期作品則開始出現跟進時代創新形式的圖像詩、融入剪紙藝術的撕畫詩、和音樂朗誦搭配的音樂詩，還有加入十二生肖的詩畫集。很少有詩人，對自己作品的形式不斷追求如此多樣創新性。從訪談中，可找到支持詩人追求創作形式創新性的原因：

> 我認為你要有自覺的，不斷要有新的東西出現，才有意義；如果我一直　停留在我以前的作品中，就像有人在講，你在吃以前的這個什麼利息什麼的，那就沒有意義。要不斷有新的東西出現。所謂新的東西就是要有新觀點，新的表現方式，要能夠這樣去經營，所以我後來才會有一種不同的寫作觀。
> 所謂的「創新」這種觀念。詩的美學，一樣的，繪畫也是一樣。你要創新，如果只是重複別人重複自己，那就沒有意義了，就沒有長進了。

詩人的創新原動力，源自於獨特的內心世界，也源自於他遇到了千百年難得重演的時代境遇。未來恐怕很難再有人在童詩作品的形式上，做到如此豐富與多樣的創新性。

（三）主題多元性：

林煥彰在 1978 年獲得第十一屆「中山文藝獎」的兒童文學類首獎後，便立志畢生為兒童寫作，推廣兒童文學，創作題材廣泛主題多元。岩上曾說林煥彰和他有一些共同點：「我倆均有不少實驗性的作品，力求題材的多樣性。……都喜歡從日

柒──結論與建議

279

常事物中發現特殊意義」<sup>65</sup>，蕭蕭也曾這麼評過林煥彰：

> 他是詩壇的背包客，在詩的王國隨意坐臥，悠然自得，不懼高山峻嶺擋道，不畏海角天涯阻隔……，不論是坐著社區巴士、高鐵、捷運、搭乘飛機、船艦，超越海峽，升空入海，他都能寫出詩來……不論是新摘的火龍果、路過的灰鴿子、沉思的夜鷺、不言不語的市街招牌、一陣不喜不憂的小雨，都會被他寫進詩裡，跟不相類屬毫無關係的動物植物器物礦物景物相互比帥。<sup>66</sup>

截至 2021 年林煥彰的 685 首童詩創作，詩人所創作的作品對象相當廣泛：從家人開始，包含母親、父親、小孩和與其他家人的互動、再到童年時光的回憶與生活記錄；大自然的面向，則包含各種動、植物及非生命意象的自然現象，都是他書寫的對象；再來便是積極的教育觀、對社會的關懷的諸多創作；最後整個宇宙意識與對生命的觀照都是詩人關心的主題。

因此，在童詩創作的領域，林煥彰作品之豐富，在題材的多樣性與多元性的展現，應該無人能出其右。

## （四）教育推廣性：

林煥彰不僅創作不輟，寫童詩也創辦兒童詩學刊物，例如《布穀鳥兒童詩學季刊》及《兒童文學家》雜誌來推廣兒童詩，

---

65. 岩上：〈祝福——回憶與詩人林煥彰交往二、三事〉《林音深廣　煥彩明彰》（臺北：萬卷樓，2019 年 8 月），頁 296。
66. 蕭蕭：《林音深廣　煥彩明彰》序言（臺北：萬卷樓，2019 年 8 月），頁 2。

同時也為兒童寫的詩編選了《童詩百首》及《兒童詩選讀》等書，更奔走於華語文地區（包含兩岸四地）及東南亞華語文生活圈，進行童詩交流活動與推廣；後來，更直接走入圖書館及校園，成為從「課本」裡走出來的詩人，為兒童讀詩、朗詩、分享詩的真善美。

在童詩的教育推廣上，詩人固然是一位「入世」型的積極行動派詩人；而就他的童詩在教育的推廣性而言，因為詩人本身始終有著一顆童心，再加上他的童詩創作，用詞淺顯易懂易引起共鳴；題材多元，形式豐富，樂趣盎然，非常適合對世界充滿好奇心的孩童，所以更具有教育推廣性。

**林煥彰童詩的影響與地位：**

綜合前述林煥彰童詩的特點與價值，林煥彰的童詩書寫在台灣新詩發展史的影響與地位如下：

**（一）影響：**

根據訪談，林煥彰在 1974 年及 1978 年先後獲得洪建全兒童文學獎及中山文藝獎獎項之前，還有一個人曾對林煥彰說過一句話，是一個重要的啟迪：

> 去香港中文大學教書，散文寫的非常好的，是叫吳宏一教授。他最早看中我的東西啊，要收入國中語文課本，後來沒有通過，可是呢，更早以前，周夢蝶就好像預言一樣的說，你這些東西將來有可能變成課文……

因此，更加促使林煥彰致力於童詩的各項推廣作為，而或許是因為自覺早年失學在學歷上的劣勢，所以林煥彰較同時期的詩人們，更願意主動積極的去承攬各種繁雜的編務，但卻也因此讓他成為後來臺灣兒童文學的領航者。

在諸多作為中，最具體也是最早的，是在 1980 年邀集詩人舒蘭（戴書訓）、薛林（龔建軍），發起共同成立「布穀鳥兒童詩學社」，同時創辦《布穀鳥兒童詩學季刊》、設立「楊喚兒童詩獎」、成立《布穀鳥語文中心》。透過《布穀鳥兒童詩學季刊》，林煥彰邀集到的同仁、會員與顧問，最多時多達近兩百人，不僅遍及全台各地的中小學教師及兒童文學作家，更擴及海外，包括香港、東南亞、美國、加拿大等，甚至讓《布穀鳥》這份刊物裡的童詩有機會飛入當時尚未開放的中國大陸，影響大陸兒童文學界注意到童詩的重要性與在臺灣的發展。這份刊物，不但齊聚了當時的許多作家一起來為兒童寫詩，例如林良、趙天儀、杜榮琛、岩上、詹冰、林武憲、謝武彰、黃基博、陳木城、王蓉子等，而「楊喚兒童詩獎」也發掘了年輕一代的童詩作家，例如三屆的得獎者：林鐘隆、夏婉雲、方素珍、李國耀等。

緊接著，林煥彰在 1983 年 12 月，更具名函邀關心兒童文學人士籌組「中華民國兒童文學學會」，隔年正式成立，林煥彰功不可沒，除了負責規劃、執行，成立之後更任首屆總幹事。[67] 此後，影響範圍擴大到之後台東師範的創辦「兒童文

---

67. 林文寶、邱各容：《台灣兒童文學史》（臺北：萬卷樓，2018 年 7 月），頁 174。

學研究所」[68]，正式將兒童文學研究納入師資培育學校教育體系。

　　1988 年起，林煥彰與謝武彰、陳木城、杜榮琛、李潼、曾西霸、陳信元、方素珍等，先後成立大陸兒童文學研究會（並擔任會長）、中國海峽兩岸兒童文學研究會（林煥彰擔任第一、四、九屆理事長）、世界華文兒童文學資料館（由林煥彰擔任館長）等，並加入「亞洲兒童文學學會」擔任八屆臺北分會會長，長達十六年，1999 年 8 月在其任內舉辦第五屆亞洲兒童文學大會，在臺北有來自韓國、日本、中國大陸、香港、菲律賓及星馬等國家地區一百餘位兒童文學作家學者進行研討和交流，並編印中英韓日四種語言的論文集。

　　進入晚年後的林煥彰，除了仍持續創作成人詩和兒童詩，更開始走入臺灣、大陸及海外圖書館及中小學校園和小朋友見面、演講、上課，和小朋友分享詩作，也教小朋友朗詩，成為從走出教材、親近孩童的童詩作家，把詩的真善美帶給孩童。

　　以上所有歷程與作為，都足以顯現林煥彰在臺灣童詩與兒童文學的推展，實已居無可超越的時代影響力。


（二）地位：

　　林煥彰有「兩岸童詩交流第一人」[69]的封號，是有具體的原因與事實作為的。

　　1987 年臺灣宣布解嚴，林煥彰、陳木城、杜榮琛、李潼、

68. 朱介英：〈純淨的自然主義詩人：林煥彰書寫兩大自然〉《林音深廣　煥彩明彰》（臺北：萬卷樓，2019 年 8 月），頁 171。
69. 〈臺灣詩人林煥彰：被稱「兩岸童詩交流的第一人」〉：https://kknews.cc/culture/ovz4po.htm〔查詢日期：2019.11.16〕

曾西霸、陳信元、方素珍等成立「大陸兒童文學研究會」，林煥彰被推為會長，立即開啟積極和大陸兒童文學的研究與交流。1989 年 8 月，林煥彰應邀率團進入大陸，開啟了歷史性的「兩岸兒童文學破冰之行」。並於 1992 年成立「中國海峽兩岸兒童文學研究會」，持續兩岸兒童文學界的互動。在當時特殊時空與歷史因素下，能達成這樣的成果，實在是非常不容易。整個過程，林煥彰在接受訪談時，曾有語重心長的回憶與敘述，都收錄在本研究的附錄一。

而臺灣童詩界年輕一代的方素珍及林世仁也都曾先後提到，此次破冰之行後及兩岸兒童文學研究會的成立對他們的影響。當年有跟上林煥彰的步伐一起經歷的年輕作家方素珍稱：「兒童文學圈新鮮人的我，在他的號召下，一干文友一起為兒童文學做了一些美麗的事情。」[70] 沒跟上當年之行的林世仁則說：「煥彰老師對兒童文學界最大的貢獻應該是 1989 年啟動兩岸兒童文學的破冰之旅。……我的第一次大陸行，便是在兩岸交流二十週年之後，才跟上腳步的。」[71]

大陸兒童文學評論家劉緒源在《中國兒童文學史略》一書中曾說到：

> 林煥彰的童詩創作，是真正的兒童的思維，是原生態的兒童形象，充滿兒童趣味，沒有精妙的詩思，因為直白，而常有

---

70. 方素珍：〈寫詩、坐轎，都不安份〉《林音深廣　煥彩明彰》（臺北：萬卷樓，2019 年 8 月），頁 147。

71. 林世仁：〈詩畫編三跨界的童心詩人〉《林音深廣　煥彩明彰》（臺北：萬卷樓，2019 年 8 月），頁 181。

更多意外之喜。對大陸兒童文學的啟迪有很重要的貢獻。[72]

除此，中國大陸在 2018 年出版的《百年百部中國兒童文學經典書系》，選自五四新文化運動至當代，兩岸三地文學作家作品共一百位，一百部作品包括兒童文學各種文體，林煥彰的童詩創作被選進 119 首，收錄到跟早期同樣書名的《妹妹的紅雨鞋》一書中。評選委員在總序前評介[73]：

在一首首獨具巧思的小詩裡，作者那對兒童心理的細微觀察，對兒童情感的真切表露，那以兒童的眼光對周邊事物所做的觀測，以及高於詩意的溫柔情愫的描繪，使我們如同進入一個盪漾著純真童趣的奇妙天地。徜徉其中，可以見到一幅幅兒童活潑潑的嬉戲的情景，可以聆聽到他們稚拙率真的話語以至那樸質無邪的心靈的呼喚，使人怦然心動，獲得無比的愉悅……

因此，林煥彰被認為是在海峽兩岸童詩影響最大的人，無庸置疑。

事實上，自 1993 年起，林煥彰就有很多童詩被陸續選入新加坡、臺灣、香港、澳門及中國大陸中小學上課的語文課本及教材，總計有 67 首（篇），後被完整收錄在 2020 年出版的《鳥有波浪　海有翅膀》一書中。一位童詩作家，能有如此

---

72. 劉緒源：《風信子兒童文學理論文叢 中國兒童文學史略（1916-1977）》（上海，少年兒童出版社，2013 年 1 月），頁 209。

73. 林煥彰：《妹妹的紅雨鞋》（武漢：長江少年兒童出版社，2019 年 7 月），總序前關於本書。

多首作品被選入孩童的教科書，更加充分肯定了林煥彰在童詩創作的地位。

隨著時代變遷，科技文明不斷進化，人們在文化層面也跟著同步提升；本書的撰寫與研究，除了整理分析林煥彰的詩作，探討他詩作的價值、影響與位置之外，更希望能引起更多人關注與研究華文童詩的發展。

## 二、研究建議

跟所有研究者一樣，在本研究即將完稿時，筆者也出現了研究有未竟之憾。所以，在最後，提出幾個建議，或許可以給後續研究者幾個方向。

（一）關於林煥彰童詩集中，部分童詩有「成人化」思維傾向，是否應歸類為成人詩的界定問題。例如 2019 出版三本貓詩的繪本，這三本貓的童詩繪本，題材雖是以貓為主體，但內容卻大都屬於較深沉的哲學思考，也許比較適合成人閱讀，不宜列入童詩。有興趣的後續研究者，之後也可列入探究主題。

（二）當年風聲雲起，深具時代影響力，對兒童詩創作有推波助瀾之力的《布穀鳥兒童詩學季刊》，在兒童詩正值蓬勃發展的時期，卻只辦了三年，出版 15 期後便停刊。停刊原因，詩

人在接受訪談時給的答案，雖然筆者當下是相信詩人的說法，但停刊原因如此突然與簡單，作為一個研究者，本該抱持懷疑精神進一步深入探索，但因年代已久，相關耆老不是已離世，也大都不易聯繫與接受訪談，加上筆者研究主題並不在此，所以就沒有做進一步的探究。

（三）林煥彰先生是詩人也是一位畫家。他在繪畫上的成就，也備受肯定。例如這幾年，每年依照十二生肖出版的詩畫集，裡面的詩和畫全是出自詩人之手。截至 2022 年，詩人僅剩四個生肖詩集待完成；可惜，筆者對繪畫方面的了解實在淺薄，所以就留待有興趣的研究者繼續研究。

（四）教學上的實務應用：在當前的教育體制下，不僅學校在語文課的節數減少許多，科技經濟掛帥的社會觀念下，家長對文學的課程，特別是童詩的接受度，通常也顯得較不耐。筆者嘗試在課後的每週六上午，安排童詩朗讀課程及詩劇與孩童們互動，也在暑假透過辦理語文發表會邀請家長一同參與。幾年下來，成果雖有限，但每個孩子與家長對童詩及文學的接受度都大為提高（這是從有持續參與的人數來判斷）。但這個部分，已經屬於量的研究，非本研究能驗證，就留待之後有興趣的研究者繼續研究。

# 參考文獻

# 參考文獻與書目（按筆畫編列）

## 1、林煥彰的詩集文本

### （一）童詩（含繪本）

《童年的夢》（台中：光啟出版社，1976 年 4 月）

《妹妹的紅雨鞋》（臺北：純文學出版社，1976 年 12 月）

《小河有一首歌》（臺北：漢京書店，1979 年 12 月）

《咪咪喵》（臺北：信誼，1981 年 9 月）

《季節的詩》（臺北：布穀出版社，1982 年 6 月）

《壞松鼠》（臺北：台灣省教育廳，1982 年 12 月）

《牽著春天的手》（臺北：好兒童教育月刊社，1983 年 9 月）

《大象和牠的小朋友》（臺北：好兒童教育月刊社，1983 年 9 月）

《快樂是什麼》（臺北：晶音公司，1984 年 12 月）

《光與色》（臺北：晶音公司，1984 年 12 月）

《天氣圖》（臺北：晶音公司，1984 年 12 月）

《螞蟻 123》（臺北：晶音公司，1984 年 12 月）

《大木偶》（臺北：晶音公司，1984 年 12 月）

《麻雀家的事》（臺北：台灣省教育廳，1985 年）

《鵝媽媽的寶寶》（臺北：台灣省教育廳・1985 年 3 月）

《愛的童詩》（香港：晶晶幼教出版社，1985 年 4 月）

《童詩五家》（合集）（臺北：爾雅出版社，1985 年 7 月）

《飛翔之歌》（臺北：幼獅文化，1987 年）

《爺爺和磊磊》（臺北：親親文化，1988 年 8 月）

《敲敲打打的一天》（臺北：台灣省教育廳，1988 年 6 月）

《給姊姊的禮物》（臺北：台灣省教育廳，1989 年）

《母雞生蛋的話》（臺北：台灣省教育廳，1990 年）

《三個問題的答案》（臺北：台灣省教育廳，1990 年）

《我愛青蛙呱呱呱》（臺北：小兵出版，1993 年 10 月）

《春天飛出來》（臺北：台灣省教育廳，1993 年 10 月）

《回去看童年》（臺北：國際少年村，1993 年 12 月）

《夢和誰玩》（臺北：小兵出版，1993 年 10 月）

《三百個小朋友》（長沙：湖南少兒，1994 年）

《家是我放心的地方》（臺北：三民書局，1999 年 8 月）

《妹妹的紅雨鞋》（武漢：湖北少兒，2006 年月）

《飛，我一直想飛》（臺北：兒童文學家，2008 年 8 月）

《飛，我一直想飛》（臺北：秀威，2010 年 11 月）

《坐飛機》（北京：中少社‧2011 年 1 月）

《關於貓的詩(2)：貓，有好玩的權利》（臺北：秀威 2011/10 月）

《在心裡種一棵樹》（成都：四川少兒，2012 年 3 月）

《我的聲音會去旅行》（天津：新蕾，2012 年 4 月）

《大自然的心聲》（臺北：小魯，2013 年 5 月）

《影子，毛毛蟲說》（北京：遠流經典，2013 年 6 月）

《花和蝴蝶》（臺北：聯經，2014 年 2 月）

《妹妹的圍巾》（重慶：重慶出版社，2014 年 6 月）

《童詩剪紙玩圈圈》（臺北：幼獅，2014 年 7 月）

《流浪的狗》（台北：國語日報，2014 年 12 月）

《在山那邊》（臺北：小魯出版公司，2015 年 5 月）

《遇見心中的一條河》（臺北：小魯出版公司，2015 年 5 月）

《我和我的影子》（福州：福建少兒，2015 年 11 月）

《童詩動物遊樂園》（台北：幼獅文化，2016 年 6 月）

《嘰嘰喳喳的早晨》（北京：東方出版社，2016 年 11 月）
《紅色小火車》（台南：國立臺灣文學館，2016 年 12 月）
《我的童年在長大》（杭州：浙江少兒，2017 年 7 月）
《兩朵會跳的雲》（廣州：新世紀，2017 年 10 月）
《妹妹的紅雨鞋》（武漢：長江文藝，2017 年 6 月）
《大自然的心聲》（福州：福建少兒，2018 年 4 月）
《影子》（武漢：長江文藝，2018 年 6 月）
《我的貓是自由的》（長沙：湖南少兒，2018 年 10 月）
《不睡覺的小雨點》（北京：中國致公出版社，2019 年 9 月）
《我的貓是詩貓》（杭州；浙江少兒，2019 年 11 月）
《小貓走路沒有聲音》（杭州：浙江少兒，2019 年 11 月）
《我心裡養貓的祕密》（杭州：浙江少兒，2019 年 11 月）
《鳥有波浪 海有翅膀》（福州：福建少兒，2020 年 9 月）
《翻譯鳥聲》（北京：世界圖書，2021 年 6 月）


（二）現代詩

《牧雲初集》（臺北：笠詩社，1967 年 2 月）
《斑鳩與陷阱》（臺北：田園出版社，1969 年 8 月）
《歷程》（臺北：林白出版社，1972 年 9. 月）
《公路邊的樹》（臺北：布穀出版社，1983 年 6 月）
《現實的告白》（臺北：布穀出版社，1985 年 12 月）
《無心論》（臺北：文鏡文化事業公司，1985 年 12 月）
《孤獨的時刻》（中英泰）(台北：蘭亭出版社，1988 年 11 月）
《愛情的流派及其他》（臺北：石頭出版社，1991 年 4 月）
《孤獨的時刻》（中英韓）(首爾：漢聲文化研究所，1997 年 7 月）

《分享 · 孤獨》（臺北：唐山出版社，2007 年 1 月）

《翅膀的煩惱》（臺北：爾雅出版社，2008 年 1 月）

《關於貓的詩：貓，有不理你的美（詩畫集）》

　（臺北：秀威，2011 年 4 月）

《台灣，我的血點》（臺北：秀威，2013 年 8 月）

《吉羊 · 真心 · 祝福（詩畫集）》（臺北：秀威，2015 年 7 月）

《猴子 · 沒大 · 沒小（詩畫集）》（臺北：秀威，2016 年 7 月）

《先雞 · 漫啼 · 大吉（詩畫集）》（臺北：秀威，2017 年 1 月）

《犬犬 · 謙謙 · 有禮（詩畫集）》（臺北：秀威，2018 年 5 月）

《林煥彰截句－－截句 111，不純為截句》

　（臺北：秀威，2018 年 10 月）

《活著，在這一年（中英對照／英譯者：黃敏裕》

　（臺北：秀威，2018 年 11 月）

《詩，花或其他（小詩集）》（宜蘭：縣文化局，2018 年 12 月）

《圓圓 · 諸事 · 如意（詩畫集）》（臺北：秀威 2019 年 7 月）

《鼠鼠 · 數數 · 看看（詩畫集）》（臺北 秀威 2020 年 8 月）

《好牛 · 好牛 · 好運（詩畫集）》（臺北 秀威 2021 年 9 月）


（三）散文

《做些小夢》（臺北：再興，1975 年 10 月）

《我的母親》（與陳秀喜合編）（臺北：巨人，1976 年）

《人生禮物》（臺北：國際少年村，1994 年 10 月）

《詩情 · 友情》（宜蘭：縣文化局，1995 年）

《我不是現在的我》（臺北：正中，1995 年）

《臭腳丫的日記》（臺北：富春文化，1998 年 11 月）

《拿什麼給下一代》( 宜蘭縣文化局 · 1998.)
《去去去，去上學》( 台北：幼獅文化，2011 年 7 月 )


（四）編著 / 選
《童詩百首》( 臺北：爾雅出版社，1980 年 3 月 )
《兒童詩選讀》( 臺北：爾雅出版社，1981 年 4 月 )
《台灣兒童詩選》( 嘉義：全榮文化，1986 年 10 月 )
《借一百隻綿羊》( 臺北：民生報，1993 年 )
《打開詩的翅膀》( 臺北：維京國際，2004 年 6 月 )
《十年，才開始－泰華小詩磨坊 10 年詩選》
　（臺北：秀威，2016 年 7 月 )


（五）論述
《善良的語言》( 宜蘭：縣文化局，1992 年 6 月 )
《詩 · 評介和解說》( 宜蘭：縣文化局，1992 年 6 月 )
《童詩二十五講》( 宜蘭：縣文化局，2001 年 )
《一個詩人的秘密》( 臺北：民生報，2005 年 8 月 )
《寫詩，折磨自己》( 臺北：秀威，2013 年 6 月 )

《童心 • 夢想》（臺北：秀威，2014 年 10 月）

## 2、 專書

01. 朱　剛：《20 世紀西方文藝文化批評理論》
　　　　　　（台北：揚智文化，民 91）
02. 吳　鼎：《兒童文學詩歌研究》（台北：遠流，1980 年）
03. 吳其南：《從儀式到狂歡：20 世紀少兒文學作家作品研究
　　　　　　（套裝上下冊）》（北京，人民文學出版社，2014
　　　　　　年 3 月）
04. 林　良：《淺語的藝術》（臺北：國語日報出版社，1976 年）
05. 林　良：《慈恩兒童論叢》（高雄：慈恩，1985 年）
06. 林武憲：《兒童文學詩歌選集》（台北：幼獅，1989 年）
07. 林文寶：《兒童詩歌研究》（臺北：富春出版社，1995 年）
08. 兒童文學學會《資深兒童文學作家作品研討會論文集》
　　　　　　（台北：兒童文學學會，2013 年 11 月）
09. 洪中周：《兒童詩欣賞與創作》（臺北：益智出版，1982 年）
10. 涂公遂：《文學概論》（臺北：文笙書局，1991 年 8 月）
11. 許漢卿：《童謠童詩的欣賞語吟誦》
　　　　　　（臺北：臺灣省教育廳，1982 年）
12. 許義宗：《兒童文學論》，（台北：成文，1983 年）
13. 舒兆民、林今錫：《華語文教學之漢語語言學概論》
　　　　　　（臺北：新學林，2019 年 9 月）
14. 楊安澤：《為一般人而戰：破解美國大失業潮真相，以人為
　　　　　　本，讓全民擁有基本收入是我們的未來》（台北市：
　　　　　　遠流出版社，2019 年 12 月），前言作者序。

林煥彰童詩研究

璀璨明珠

15. 劉緒源：《風信子兒童文學理論文叢 中國兒童文學史略（1916 -1977）》（上海：少年兒童出版社，2013 年 1 月）

16. 蕭蕭，卡夫：《林深音廣.煥彩明彰：林煥彰詩與藝術之旅特輯》（臺北：萬卷樓，2019 年 8 月）

17. Anselm Strauss and Juliet Corbin, 徐宗國譯：《質性研究概論》，（臺北，巨流，2005.8)

18. Terry Eagleton , 吳新發譯：《文學理論導讀》（臺北：書林，2011 年 10 月）

19. 《布穀鳥兒童詩學季刊》共 15 期：（台北：布穀鳥兒童詩學雜誌社，1980.4~1983.10)

## 3、學位論文

01. 王耀梓：《林煥彰童詩創作研究》（高雄：高雄師範大學國文教學碩士論文，2012 年）

02. 李甘映明：《林武憲國語童詩語言風格研究》（臺南：臺南大學國語文學系碩士論文，2014 年）

03. 陳春玉：《林煥彰童詩研究》（臺東：臺東師範學院兒童文學研究所碩士論文，2002 年）。

04. 陳尚郁：《林煥彰兒童詩觀及其動物童詩語言風格研究》（臺北：臺北市立大學語文教學碩士論文，2015 年）

05. 康世昌：《林煥彰《童詩百首》章法研究》（嘉義：嘉義大學中國語文研究所碩士論文，2018 年）

06. 郭志清：《詹冰兒童詩語言風格研究》（臺中：臺中教育大學語文教育學系碩士論文，2013 年）

07. 張芝嫻：《台灣童詩時空觀之研究》（宜蘭：佛光大學中國與
　　　　　應用學系碩士論文，2014 年）
08. 湛敏佐：《詹冰與兒童詩》（臺東：臺東師範學院兒童文學研
　　　　　究所碩士論文，2004 年）
09. 夏婉雲：《台灣童詩時空觀之研究》（臺東：臺東師範學院兒
　　　　　童文學研究所碩士論文，2006 年）


## 4、期刊論文與報導

01. 李元洛：〈敲自己的鑼－－台灣詩人林煥彰作品欣賞〉，
　　　　　《台港文學講評》(1990 年 8 月 )。
02. 李　華：〈童詩美學上的兩個散點：試論大陸兒童文學作家
　　　　　聖野和台灣文學作家林煥彰的童詩創作〉，《瀘州
　　　　　教育學院學報》第 38、39 期 (2013 年 3 月 )。
03. 李貴蒼、熊淑燕：〈論林煥彰童詩中色彩的審美生成〉，
　　　　　《華文文學》第 127 期 (2015 年 2 月 )。
04. 吳聲淼，《兒歌與兒童詩分家了嗎 ?》，( 台東大學兒文所，
　　　　　語文學報，民 90.1)，頁 133。
05. 林　飛：〈「小河有一首歌」的詩味〉，《月光光》
　　　　　第 20 集 (1980 年 5 月 )
06. 林世仁：〈詩畫編三跨界的童心詩人〉，
　　　　　《國文天地》第 35 卷第二期，2019 年 7 月。
07. 金　波：〈一顆靈敏的愛心－－讀《林煥彰兒童詩選》〉，
　　　　　《兒童文學研究》第 1 期 (1996 年 )

08. 牧　也：〈與作家有約－－在詩的天空翱翔〉，《國語日報》
　　　　　　（2019 年 3 月）。

09. 周雪霏：一首別開生面的兒童詩－－評詩人林煥彰的《曬衣
　　　　　　服》〉，《乾坤詩刊》38 期（2006 年）。

10. 陳燕玲：〈向前追上童年的老人：林煥彰詩中童年與老年並
　　　　　　在的書寫〉，《國文天地》第 35 卷第二期（2019
　　　　　　年 7 月）

11. 陳木城：〈在藝術領空中自在寫意的飛行：林煥彰的詩與藝
　　　　　　術之旅〉，《國文天地》第 35 卷第二期（2019 年
　　　　　　7 月）

12. 郭　強：〈論林煥彰童詩的陌生化策略〉，《昆明學院學報》，
　　　　　　2012 年 8 月。

13. 喬　雪：〈想像讓童詩自由的飛翔：論林煥彰童詩的想像藝
　　　　　　術〉，《滄州師範學院學報》第 29 卷第 1 期（2013
　　　　　　年 3 月）

14. 楊淑華：〈兒童文學發展簡史〉，教育部師院通識教育「兒
　　　　　　童文學課程教材編撰」專案報告（1996 年）。

15. 葉　莎：〈螞蟻的高速公路〉，《國文天地》第 35 卷第二期
　　　　　　（2019 年 7 月）。

16. 劉　屏：〈論林煥彰的兒童詩歌〉，《文學教育》（2008 年 3 月）

17. 謝采筏：〈新世代兒童詩審美空間的拓展：兼論林煥彰童詩
　　　　　　中的「宇宙意識」〉，《國語日報》 8/4 8//11 8/18
　　　　　　三天連載，1996 年。

18. 羅文玲：〈跟著兒童文學家林煥彰玩童詩〉，《國文天地》
　　　　　　第 35 卷第二期（2019 年 7 月）。

19. 蕭　蕭：〈兒童詩理論的奠基：從妹妹的紅雨鞋得獎談起〉，

《臺灣新聞報》(1979 年 )。

## 5、媒體報導與網路資料

01. 朱介英：〈純淨的自然主義詩人：林煥彰〉，《Waves》
    雜誌 Snmmer 2019.5 月號，頁 110-119。

02. 趙　霞：〈關於兒童詩的創作、思考及其他：訪台灣兒童文
    學家林煥彰先生〉，《中國兒童文化》，2008 年，
    頁 304-315。

03. 〈美國 2020 會出現第一位台灣裔總統嗎？民主黨參選人
    Andrew Yang 令人耳目一新的經濟解方〉：
    https://medium.com 〔查詢日期：2019.11.30 〕

04. 〈台灣詩人林煥彰：被稱「兩岸童詩交流的第一人」〉：
    https://kknews.cc/culture/ovz4po.htm
    〔查詢日期：2019.11.16 〕

05. 　〈讓孩子成為被生活和命運多一份垂青的人〉：
    https://kknews.cc/culture/4q2beqq.html
    〔查詢日期：2019.11.16 〕

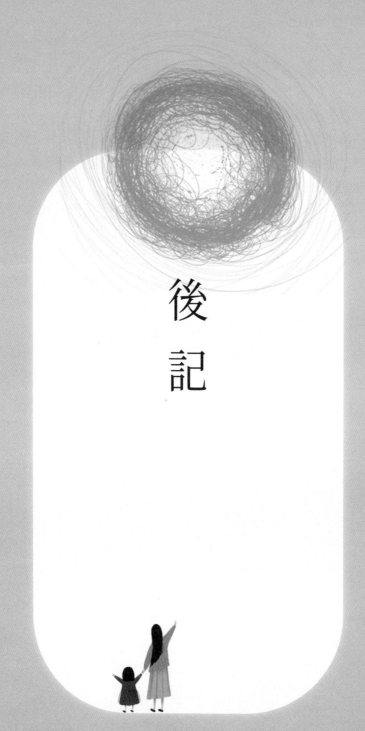

後
記

漫長的隧道，一路堅持下來，終於看見出口的亮光。三百多頁，近二十五萬字的論文，對我而言，看到的不是數字，也不是頁數，而是：一次又一次訪談奔波後的埋首整理、一張又一張貼在牆上數百篇的文本校對、一天又一天與太陽比賽早起的振筆疾書、一章又一章老師叮咚聲中的修訂再修訂，與我對自己、家人及這個世界的許諾。

　　感謝林煥彰老師願意接受麗珠數次的深入訪談，即使近年老師因眼疾而有所不便，仍不吝且細心的協助麗珠往返郵件校訂逐字稿；而老師大方提供的許多珍貴資料，也讓麗珠的研究得以順利進行；

　　感恩恩師丁威仁教授，對麗珠這個在歷盡人生顛仆、半路跨足文學領域的文學白子，不僅沒有拒絕，反而敞開大門，給了麗珠極多的溫暖與自信；恩師對麗珠始終如一的包容、要求、批判與等待，千言萬語，無法道盡；沒有您的引領、啟發與鼓勵，就沒有這篇論文的產出；

　　謝謝陳昭銘教授、曾志誠教授及葉雅玲教授，從論文計畫的口考到學位的口考，專業、犀利中帶著深切期盼的提問與珍貴的建議，均給予麗珠在論文的完成，極佳的思辨與精進空間；

　　在撰寫論文及整理蒐集文獻的過程，麗珠同時考上福建閩南師範大學閩南文化學院的博士班。閩師大博班教授們紮實的研究方法，讓麗珠獲益良多；博班導師福建師範大學文學院

的陳慶元教授，在學術研究的成就與上課時句句懇切的箴言，不僅讓麗珠深受啟發與感召，在本書付梓前，無私的指導與關心，更讓麗珠心中溫暖滿盈。還有閩師大博班的成基與志堅學長，您們如兄長般的提攜與照顧，是麗珠最大的幸運。

而我最親愛的家人：我先生瑞興，從大學時期起到一起共事，三十幾年來，充滿智慧與耐性的對待，是我人生最重要的心靈導師與最佳捕手；我的兩個兒子，陽生與陽林，從小便在九二一震後的艱困家庭中半工半讀長大，謝謝你們，在媽媽撰寫論文期間，承接許多家庭責任與班務工作的同時，依舊充滿陽光的成長；還有在工作領域裡的同事，也曾是我的學生：銘修，謝謝你常常主動留下協助許多班務。

最後，要特別補充說明：原論文中附錄一〈訪談林煥彰逐字稿〉及附錄二〈林煥彰兒童詩的內部研究與主題意象關鍵字整理表〉，經過和出版社討論，決定不放入本書。有興趣的讀者，可以到碩博士論文網站查詢參考。爾後，麗珠也擬以童書或繪本樣貌，將訪談逐字稿另行出版，讓孩童及廣泛閱聽大眾，有更多機會了解與認識林煥彰爺爺，也看見臺灣童詩發展史的縮影。

遠景文學叢書 122

# 璀璨的明珠——林煥彰童詩研究

作　　者　　楊麗珠

總　編　輯　　葉麗晴
行政總監　　廖淑華
編輯主任　　柯秦安
執行編輯　　吳建衛
美術設計　　王英姝
校　　對　　楊麗珠

出　　版　　遠景出版事業有限公司
創　辦　人　　沈登恩
發　　行　　晴光文化出版有限公司
地　　址　　新北市板橋區松柏街 65 號 5 樓
網　　址　　www.vistaread.com
電　　話　　02-2254-2899
傳　　真　　02-2254-2136
總　經　銷　　紅螞蟻圖書有限公司
電　　話　　02-27953656

出版日期　　2023 年 9 月
ISBN　　978-957-39-1169-2
定　　價　　新臺幣 350 元整

國家圖書館出版品預行編目（CIP）資料

璀璨的明珠：林煥彰童詩研究 / 楊麗珠著 . --
新北市：遠景出版事業有限公司出版：晴光文
化出版有限公司發行, 2023.09
面；　公分 . --（遠景文學叢書；122）
ISBN 978-957-39-1169-2（平裝）
1.CST: 林煥彰 2.CST: 童詩 3.CST: 臺灣詩
4.CST: 詩評

863.21　　　　　　　　　　　112007706